IL EST BRUTAL,
CRUEL ET DÉTRAQUÉ.

TOXIQUE

NEW YORK TIMES & USA TODAY BESTSELLING AUTHOR
NICOLE BLANCHARD

DÉDICACE

À toutes les gentilles filles qui rêvent de se faire sauter par un psychopathe

TABLE DES MATIÈRES

Avertissements à propos du contenu   vi
Playlist pour Toxique   vii

Chapitre 1   1
Chapitre 2   11
Chapitre 3   21
Chapitre 4   35
Chapitre 5   45
Chapitre 6   57
Chapitre 7   65
Chapitre 8   73
Chapitre 9   85
Chapitre 10   97
Chapitre 11   105
Chapitre 12   111
Chapitre 13   121
Chapitre 14   129
Chapitre 15   137
Chapitre 16   149
Chapitre 17   159
Chapitre 18   169
Chapitre 19   177
Chapitre 20   185
Chapitre 21   193
Chapitre 22   201
Chapitre 23   211
Chapitre 24   223
Chapitre 25   229
Chapitre 26   239
Chapitre 27   247
Chapitre 28   255
Chapitre 29   265
Chapitre 30   277

Chapitre 31 285
Chapitre 32 291
Chapitre 33 299

Remerciements 303
À propos de l'auteur 305
Autres romans de Nicole Blanchard 307

Avertissements à propos du contenu

Même si je pense que *Toxique* est avant tout une histoire de rédemption et d'amour passionnel, il s'agit aussi d'une dark romance dans laquelle on retrouve :

Sexe sans consentement/consentement ambigu
Partenaire abusif (pas le « héros »)
Glorification du « héros »
Piercing au niveau de l'organe génital masculin
Pratiques anales
Domination
Bondage
Violence/maltraitance domestique
Violence explicite
Sang/carnage
Manipulation psychologique
Contenu sexuel
Meurtre
Chantage
Harcèlement
Relation sexuelle à proximité d'un cadavre
Enlèvement
Torture
Grossesse/fausse couche
Héroïne en captivité
Traumatisme psychologique
Dynamique de la relation inspirée du Joker et Harley

Gardez ces avertissements en tête, et prenez soin de vous. - Nicole

PLAYLIST POUR TOXIQUE

J'ai écouté cette playlist en boucle pendant que j'écrivais Toxique et l'ai complétée au fil des années. Pour l'écouter, scannez ce QR.

Voilà mon côté obscur.

GRACIN "KING" KINGSLEY
#8942589 BLACKTHORNE
CORRECTIONAL
INSTITUTE
TESSA
EMERSON
Silka.art

CHAPITRE UN

Certains matins, je me réveille sans savoir quel jour de la semaine nous sommes. Bien que je ne m'en soucie pas non plus. Parfois, je passe de longues périodes sans jamais consulter le calendrier. C'est ce que je préfère.

Mes espoirs d'une vie meilleure sont limités si ces jours déplorables se confondent.

Au-dessus de moi, mon mari s'affaire avec des gestes familiers, que mon corps reconnaît et auxquels il répond, ne serait-ce que par habitude. Il penche lentement sa tête sur le côté pour ne pas avoir à croiser mon regard. Comme il me l'a souvent dit : « Le sexe ne doit pas nécessairement être intime pour être agréable. ». D'une manière ou d'une autre, il a réussi à convaincre mon corps. Il l'a modelé et réglé avec autant de précision qu'un musicien accorde un instrument. Il me façonne et me transforme à son goût, et moi, je le laisse faire. Je ne suis plus qu'un objet programmé pour son plaisir, à l'image d'une reine vivante du porno ou d'un robot sexuel. C'est étonnant qu'en étant aussi malmené, mon corps puisse encore réagir à la cause de sa négligence.

Le léger frottement de ses cheveux rasés m'irrite le côté du visage. C'est une agression dont je n'ose pas me détourner. L'odeur du sexe, du musc et du lubrifiant envahit mes narines, alors je commence à gémir en ouvrant la bouche. Mon mari aime quand je suis bruyante, même si c'est plus pour lui faire plaisir qu'en réaction à ce qui se passe entre mes jambes.

Avec ses mains, il me meurtrit les poignets, aussi facilement qu'il broierait la chair délicate d'une pêche. Ses doigts, qui autrefois étaient source de plaisir, ne causent désormais que de la souffrance. Les mouvements de Vic s'accélèrent en réponse à mon cri étouffé, jusqu'à ce qu'il me pénètre à un rythme effréné. Je soulève mes hanches au rythme des siennes, dans le seul but de raviver une étincelle qui mettrait à coup sûr le feu au néant qu'est devenue mon existence. Rien que pour oublier.

Chaque coup de reins allie plaisir et douleur, jusqu'à ce que je ne sache plus les différencier. Jusqu'à ce qu'ils se mélangent dans l'obscurité insondable que j'ai appris à connaître et à aimer. Je cherche à ce qu'elle m'enveloppe de ce sentiment de réconfort sinistre.

Les grognements de mon mari me ramènent à la réalité. Mon plaisir s'estompe chaque fois qu'il expire brusquement dans mon oreille, le couperet de l'inconscience réduit à un rappel agaçant. Une démangeaison impossible à soulager. J'ai envie de protester et de griffer Vic, mais à la place, j'agrippe la couette et ferme les yeux jusqu'à ce que des larmes coulent sur mes joues et mouillent ma taie d'oreiller. À côté de nous, sur la table de chevet, un réveil sonne. Je compte alors mentalement les longues minutes qui me séparent du moment où Vic s'arrêtera et où je pourrai me lever pour éteindre l'alarme.

Avec ses bras, mon mari m'emprisonne dans une cage inflexible, se raidit au-dessus de moi et gémit. La promesse de l'oubli disparaît et emporte avec elle la béatitude que procure le néant. Les bips percent le brouillard du soulagement attendu et la réalité reprend ses droits. La sueur qui colle nos torses l'un à l'autre me rappelle combien je me sens sale, mais je sais qu'il vaut mieux ne pas bouger et attendre simplement qu'il se retire.

Quand il le fera, je me retournerai de mon côté du lit, puis exprimerai mon contentement lorsqu'il me demandera si cela m'a plu. Ensuite, j'irai prendre une douche, et je me préparerai pour une nouvelle journée. Je me répète mentalement la liste des tâches à effectuer, en attendant qu'il s'appuie de tout son poids sur une main et se décale sur le côté en grognant. Je pousse un soupir de soulagement et me couvre d'un drap. J'ai depuis longtemps perdu toute notion de honte en sa présence, mais une partie de moi, au fond de mon être, ressent encore le besoin de fuir et de se cacher.

Vic s'affale sur le dos avec un grognement satisfait, et se tapote le ventre de sa grosse main.

— Tu as besoin d'une douche, dit-il. Tu as une sale tête.

Encore une de ses remarques peu subtiles. Je ravale ma réplique cinglante et lui réponds que je vais y aller. Soudain, il se concentre sur l'odeur du café qui coule en bas. Au moment où il quitte le lit de son côté, ma respiration et mon cœur reprennent leur rythme normal. Je commence déjà à compter les secondes qui me séparent du moment où je pourrai commencer ma journée, même si je vais devoir revivre la même chose demain matin.

Vic se traîne jusqu'à la chaise de bureau, récupère son peignoir et le passe. Sans un mot, sans un regard en arrière, sans même s'inquiéter du fait que je n'ai pas joui, il sort de la chambre et disparaît dans le couloir. Après quelques secondes, je l'entends ouvrir les placards, puis poser sa tasse de café sur le plan de travail de la cuisine et enfin verser le liquide.

Je repousse le malaise au fond de mon esprit, comme tout le reste, et je vais prendre une douche. L'eau chaude ne sert pas à grand-chose, si ce n'est à enlever la sueur qui me colle à la peau. Je n'ai jamais compris les gens qui pensent que les douches peuvent les laver. Je me sens aussi sale quand j'en sors que quand j'y entre. Face à certaines choses, l'eau et le savon sont impuissants.

J'enfile mon uniforme, une simple tunique médicale grise, je sèche mes longs cheveux noirs jusqu'à ce qu'ils soient bien lisses, puis je me fais un chignon bas, à la tenue impeccable. Je me contente de mettre de l'anticerne sous mes yeux et du mascara sur mes cils, plus par habitude que par désir de soigner mon apparence. Il vaut mieux en mettre moins que trop. La dernière chose dont j'ai besoin, c'est d'attirer l'attention sur moi. Celle de Vic, ou celle de n'importe qui d'autre. Je suis devenue experte dans l'art de me fondre dans le décor.

Après avoir pris une profonde inspiration, je tourne le dos au miroir, et je rejoins mon mari dans la cuisine. Il s'est assis à la table, le journal ouvert devant lui, une tasse de café fumant posée près de son coude. C'est une matinée comme les autres, presque charmante. Ce satané rêve américain. Il ne manque plus que les deux enfants et demi et le golden retriever.

Je remplis un thermos de café, puis attrape une banane pour remplir mon estomac vide.

— Bonne journée au travail, dis-je à sa tête baissée alors que je passe devant lui pour me diriger vers la porte.

D'une main sur mon bras, il m'arrête et lève les yeux vers moi. Je consens à l'embrasser.

— On se voit pour le dîner, me lance-t-il.

La menace implicite de ce qui m'attend si je suis en retard plane gravement entre nous. Le dîner doit être servi à dix-huit heures pile, conformément au menu qu'il a approuvé. Ce manque de liberté ne me dérange pas. J'ai depuis longtemps perdu toute capacité à apprécier la nourriture que je mange, et ce n'est qu'un des aspects de ma vie qu'il contrôle.

Il me congédie et se replonge dans son journal, tandis que je pousse la porte latérale qui mène à notre garage. Nous sommes dans le nord du Michigan, en février, et les griffes glacées et pénétrantes du froid se glissent sous ma veste. Dans ma hâte de quitter la maison et mon mari, j'ai oublié de prendre mes gants. Il est hors de question de faire demi-tour, alors je déverrouille la voiture avec mes doigts engourdis et me résigne à me débrouiller ainsi.

Le trajet pour aller au travail est éprouvant. Les routes sont glissantes, à cause de la neige qui est tombée la nuit précédente. Il est trop tôt pour que les déneigeuses soient déjà passées, mais je n'ai pas le temps d'attendre qu'elles dégagent la route. La couche de verglas sous la fine épaisseur de neige fraîche craque sous mes pneus quand je m'arrête devant le portail pour montrer ma carte professionnelle.

Ernie, le gardien de service, passe la tête par la vieille fenêtre.

Ses joues sont rouges. Malgré ses sourcils blancs et broussailleux, je remarque son regard appréciateur.

Sans un mot, je lui tends mon badge. Le salut amical que j'avais préparé s'évanouit lorsque je vois le regard d'Ernie s'attarder sur le décolleté en V de mon uniforme, que ma veste ouverte dévoile. Lorsque l'homme se détourne enfin pour scanner mon badge dans l'ordinateur, je patiente. J'ai envie de lui dire d'arrêter de se rincer l'œil, mais je m'abstiens. Il va passer le reste de la journée dehors, dans le froid, me dis-je. Sa souffrance est une consolation. Je n'ai pas toujours été aussi insensible, et à mesure que j'attends, l'irritation que j'ai refoulée après avoir perdu l'agréable torpeur de ce matin revient décuplée. Seulement, cette fois, elle est dirigée contre Ernie. Ma docilité face à son regard insistant me rappelle ce que Vic a fait de moi, et j'ai envie de passer ma rage sur Ernie, de lui saisir le cou et de lui enfoncer la tête dans le cadre de la fenêtre.

Cette flambée de colère me surprend, et je sursaute quand il se penche pour me rendre mon badge.

— Du calme, du calme, dit-il, comme si j'étais un cheval effrayé à apaiser. Le grand jour doit te rendre nerveuse.

Je m'assure de récupérer ma carte professionnelle à l'aide de deux doigts pour ne pas avoir à toucher l'homme à nouveau. Je suis tellement concentrée sur ma tâche qu'il me faut quelques longues secondes, dans le silence, pour comprendre qu'il attend ma réponse.

— Pourquoi donc ? demandé-je.

Je suis consciente qu'en ce moment même, il y a des yeux braqués sur moi. Ceux-ci feront leur rapport à mon mari qui, en sa qualité de directeur de Blackthorne, ne doit pas être contrarié. Malgré mon ressenti, je dois jouer le rôle de l'épouse dévouée et faire la conversation, car tout employé que je croise est susceptible de rapporter mes actions à Vic.

— Les nouveaux arrivants, répond lentement Ernie en faisant une grimace. Tu n'es pas au courant ? On dit que l'un d'eux est un sacré numéro.

Je ferme les yeux un instant afin de me remémorer la conversation que j'ai eue la veille avec mon mari. Je me souviens qu'il m'a recommandé d'être particulièrement prudente aujourd'hui. Apparemment, l'un des nouveaux détenus est très dangereux. Il doit l'être pour justifier une telle mise en garde.

— Ce doit être le président en personne, me rappelé-je de répondre.

— Je suis sûr qu'il se prend pour lui, ricane Ernie. Fais attention. Je ne voudrais pas qu'un de ces criminels abîme ton beau visage.

Un éclat de rire monte dans ma poitrine et manque de m'échapper. Pendant un instant, il menace de me submerger, mais je le retiens et salue un Ernie perplexe d'un signe de la main tandis que je gare ma voiture sur le parking.

Le court trajet séparant ma voiture de l'entrée me semble interminable. Entre-temps, je perds toute sensation en dessous des genoux, puis je sens le bout de mes doigts et de mon nez picoter au contact de la chaleur engourdissante. En entrant dans le bureau froid et humide, je rêve de plages de sable fin, de boissons à la noix de coco et de foules suffisamment vastes pour m'y perdre.

Toutefois, cela n'a pas d'importance que j'y pense souvent. Une petite partie de mon esprit sait que ces murs pénitentiaires constituent ma réalité. Je franchis les portes principales réservées au personnel, enlève mes chaussures confortables pour les donner, ainsi que le sac contenant mon repas, au gardien responsable du détecteur de métaux. Il me salue d'un signe de tête, mais ne m'adresse pas la parole. D'après son regard, il semble à peine remarquer ma présence.

Une fois mes chaussures remises, je récupère les clés de l'infirmerie dans la salle de contrôle. Le geôlier de service marque une pause avant de me les remettre.

J'ai appris qu'il vaut mieux attendre la fin de ces petits jeux de pouvoir, alors je fixe l'homme bedonnant d'âge moyen et attends qu'il parle.

— Tu as un patient ce matin.

— Ah bon ? demandé-je d'une voix plate, même si sa remarque pique ma curiosité.

Cela ne fait même pas dix minutes que je suis au travail et quelqu'un attend déjà des soins.

— Qui est-ce ?

Quand le gardien recule, je sais que j'aurais dû continuer mon chemin. Ce n'est pas comme si j'allais attendre une éternité avant de découvrir l'identité de ce patient. Je jette un coup d'œil vers les portes pour faire comprendre au geôlier que j'aimerais qu'il me laisse passer, et il cède sans répondre à ma question. Pour une fois, le couloir de l'autre côté est aussi silencieux qu'une tombe. C'est tellement inhabituel que je ne cesse de regarder derrière moi, car je m'attends à ce que quelqu'un surgisse de l'une des portes.

Le trajet jusqu'à l'infirmerie est long, et je suis tellement nerveuse que je ne lève même pas la tête au moment de déverrouiller la porte. Je garde les yeux rivés sur mes pieds et range mon déjeuner dans le réfrigérateur du petit bureau réservé aux infirmières en service. Alors que je me retourne pour récupérer les dossiers des patients admis pendant la nuit, je sursaute en comprenant que je ne suis pas seule dans la pièce.

J'ouvre la bouche pour l'interpeller, ou lui demander ce qu'il fait là, mais quelque chose me retient. Sans le moindre mot, l'homme assis sur la table d'examen en face de moi parvient à faire ce que mon mari a mis deux ans à réussir : me faire taire d'un simple regard.

Je sens les poils de ma nuque se hérisser en réaction à la présence d'un prédateur. Mes muscles se contractent pour me préparer à prendre la fuite, alors que je m'approche du prisonnier devant moi. Les autres gardiens et infirmières se trouvent dans le cabinet médical, qui est proche, mais en même temps à des lieues de là. Rien n'empêche cet homme de me faire du mal. Il me suffit d'un seul regard pour comprendre qu'il en est tout à fait capable si cela lui chante. Ses muscles saillants, trop volumineux pour l'uniforme standard de la prison, font pression sur le tissu. Des bandes d'encre serpentent autour de son avant-bras droit et de son biceps gauche.

Par réflexe, je sens ma gorge se serrer lorsque mes yeux croisent les siens. Il ne se moque pas de moi, mais le sourire qu'il fait en dit plus long que des mots.

CHAPITRE DEUX

Cela fait cinq ans que je suis infirmière à l'établissement pénitentiaire de Blackthorne, donc j'ai l'habitude de m'occuper de détenus, des plus dociles aux plus dangereux. Mais aucune des ficelles du métier que j'ai apprises ne parvient à calmer ma panique face à l'attention soutenue qu'il me porte.

— Est-ce qu'on vous a dit d'attendre ici pour votre bilan d'admission ? lui demandé-je, soulagée que ma voix ne trahisse pas ma nervosité soudaine.

Il hausse les épaules, ce qui entraîne un bruissement du tissu de sa combinaison tachée de sang dans le silence de la salle d'examen.

Même si des signaux d'alarme retentissent dans ma tête, j'avance prudemment jusqu'à atteindre l'extrémité de la table d'examen sur laquelle il est juché. La plupart des hommes qui viennent là pour se faire soigner savent qu'il vaut mieux éviter de contrarier le personnel, mais il y a toujours une chance que l'un d'eux en décide autrement ce jour-là. Je tends la main vers le bloc-notes qui contient ses informations et qui est accroché à l'extrémité du lit, en le surveillant du coin de l'œil. Quelque chose me dit que ce serait une mauvaise idée de lui tourner le dos.

Après avoir reculé de quelques pas prudents pour me donner un peu d'espace, bien nécessaire à mon avis, je jette un coup d'œil à son dossier. Il n'y a pas de nom dessus, juste son numéro d'écrou, ce qui me glace le sang et dissipe tous les doutes que j'aurais pu avoir quant à sa dangerosité.

Sans doute à cause du sang.

De nombreux prisonniers se battent avec d'autres détenus ou avec des geôliers pendant leur transfert, mais quelqu'un a dû le soigner entre-temps. Il a un pansement sur le nez et du sparadrap au niveau des pommettes. Le sang présent sur ses lèvres provient peut-être d'une dent cassée. Ou d'une coupure à la lèvre. En tout cas, rien ne nécessite mon intervention, mais la situation me rappelle de rester vigilante.

— Ici, il est indiqué que vous n'avez pas rempli le questionnaire médical avec les gardiens qui vous ont amené ici.

L'homme acquiesce.

— Très bien, nous allons commencer par là, dis-je avant de me diriger vers mon bureau où je m'installe. Consultez-vous un médecin pour une maladie ou un problème de santé chronique?

Quand il secoue la tête, je note sa réponse. Mis à part les égratignures et les ecchymoses, je n'ai pas besoin de cette évaluation pour savoir qu'il est en parfaite santé. Cet homme respire la vitalité et me donne envie de me rapprocher de lui. Après des années de corrections par Vic, je suis contrainte de garder mes distances, mais je ne peux m'empêcher de me demander ce que cela ferait de bénéficier de l'attention de cet homme dans un autre contexte.

D'un coup d'œil vers le questionnaire, je tente de recentrer mes pensées. Alors que mes méninges arrêtent de travailler, je tapote le stylo sur le bord du bloc-notes et essaye, en vain, de retrouver un semblant de professionnalisme.

— Prenez-vous des médicaments délivrés sur ordonnance ou en vente libre?

Le détenu secoue à nouveau la tête, et je me rends compte que nous allons peut-être passer tout l'entretien sans qu'il dise quoi que ce soit.

En effet, c'est ce qui se passe.

À chaque question, il répond par un signe de tête affirmatif ou négatif. J'apprends qu'il n'a jamais subi d'opération chirurgicale majeure, qu'il n'a aucune allergie et qu'il n'a aucun antécédent familial de maladie grave, sans jamais connaître son nom ni entendre le son de sa voix.

À la fin du point sur son historique médical, je ne suis plus inquiète qu'il tente quoi que ce soit. S'il avait voulu me faire du mal, il l'aurait déjà fait. J'ai effectué ces visites d'admission des milliers de fois, alors, après m'être mise en route, il m'est plus facile d'oublier ma première impression et de laisser de côté ma curiosité pour me concentrer sur mon travail.

— Maintenant, montez sur la balance pour que je puisse noter votre poids actuel.

Le détenu grommelle, ce que j'interprète comme un acquiescement, et je lui indique la balance près de la porte du bureau. Malgré son gabarit imposant, il se déplace avec la grâce d'un félin quand il traverse la pièce. La balance émet un tintement lorsque l'homme monte dessus, et je m'attelle à régler les paramètres et à compléter son dossier.

Lorsque je relève les yeux, je réprime un halètement, car le détenu me fixe avec une intensité déconcertante. Sa curiosité manifeste accentue son regard perçant et suscite en moi une vague de nervosité et d'excitation que je n'ai pas ressentie depuis des années. Si je me laisse aller à cette réaction, je risquerai de m'exposer à dix sortes de sanctions fédérales.

— Bon, mesurons votre taille.

Je lui indique le mètre ruban fixé au mur à côté de nous, et il s'y dirige docilement, tout en me regardant d'un air intrigué, comme si je constituais un casse-tête qu'il était déterminé à résoudre. L'homme se laisse manipuler afin que je note sa taille. Cet homme bestial d'un mètre quatre-vingt dépasse largement mon mètre soixante-cinq.

Machinalement, je remonte les manches longues de ma tunique et consigne ses mensurations avant de regarder l'horloge, comptant désespérément les minutes qui me séparent de ma première pause. Je viens d'arriver et j'ai déjà hâte qu'il soit 10 h 30 pour pouvoir profiter de quinze minutes de solitude.

Un frisson se propage dans mon dos, et en bonne proie que je suis, je me fige puis me force à regarder vers la porte. Je m'attends à découvrir Vic planté là, à me surveiller. C'est la seule explication que je trouve à la manière dont mon corps tout entier se fige et à l'envie impérieuse de fuir qui m'envahit. Je balaye la pièce du regard, certaine de la présence de mon mari qui attend que je fasse quelque chose de répréhensible. Comme de respirer sans sa permission. Mais ce ne sont pas les yeux de Vic qui m'observent, ce sont ceux du détenu, qui causent ma panique. Mon regard suit le sien, et je vois ses muscles se raidir lorsque je tente de cacher mes poignets.

Des ecchymoses sombres et violacées entourent mes poignets, le résultat de la poigne cruelle de Vic ce matin, dans le lit. Des gouttes de sueur perlent sur ma lèvre supérieure et mes oreilles bourdonnent. Tétanisée, je ne trouve ni réponse ni excuse appropriée à donner à l'homme qui me fait face, même si je n'ai aucune raison de me justifier auprès de lui ou de qui que ce soit. Après un moment de suspense où mon regard se pose sur ses yeux plissés, je lui tourne le dos et me dirige vers le cabinet médical pour aller dire aux gardiens de revenir chercher leur prisonnier. Comme nous semblons toujours manquer de personnel, il n'est pas rare qu'ils se répartissent entre les deux pièces, et à cet instant, je maudis cela au plus haut point.

Je ne parviens pas à me rendre jusqu'à la salle.

J'aurais dû m'en douter. Depuis mon arrivée dans la pièce, mon instinct me dit de rester sur mes gardes, sous peine de me faire sauter dessus dès que je détournerai les yeux.

Et, c'est exactement ce qui se passe.

Pendant un interminable moment, je sens le détenu si près de moi que sa chaleur m'enveloppe par-derrière. L'homme me coince entre son corps et le mur, son torse derrière mon dos. À la vive frayeur qui m'envahit, je ne peux pas m'empêcher de gémir.

Il ne commet pas l'erreur de me toucher, mais la menace est néanmoins réelle. C'est précisément ce qu'il veut me faire comprendre. Il est peut-être derrière les barreaux, mais c'est lui qui détient le pouvoir à cet instant.

Pour la première fois, il parle, ce qui me glace le sang. Du moins, j'espère que ça me transforme en glaçon. Je refuse même d'envisager une quelconque autre possibilité.

— Quelqu'un t'a fait du mal, petite souris? demande-t-il d'une voix aussi creuse et dure que son regard.

Un abîme de secrets et de mensonges. Il se penche vers moi, toujours sans me toucher, et inspire profondément.

Sent-il mes cheveux?

— C'est pour ça que tu donnes l'impression de vouloir te réfugier dans un trou?

Les mots me manquent.

Cela ne semble pas le déranger, car il continue sur sa lancée.

— Qu'est-ce qu'une fille comme toi fait dans un endroit pareil? Hein?

Il n'attend pas de réponse de ma part, alors je reste silencieuse. Même si j'essayais, je ne pense pas que j'en aurais été capable.

Il me donne un petit coup dans l'épaule et me touche pour la première fois, pour m'indiquer qu'il veut que je me retourne. Je m'exécute et le regarde d'un œil méfiant. Les mains crispées le long de mon corps, je respire par à-coups.

Quand il lève les mains, je tressaille. Ma réaction est si subtile qu'il ne devrait pas la remarquer, mais je vois soudainement dans ses yeux qu'il a compris. Je sens la poche de ma tunique bouger, au niveau de ma poitrine, mais je n'ose pas me détourner de son regard.

Je n'ai d'autre choix que d'attendre.

À la vague de froid qui s'empare de moi, je frissonne et le regarde étudier ma photo et mon nom.

— Tessa Emerson, murmure-t-il avant de plonger ses yeux intenses dans les miens. Infirmière diplômée. Ravi de te rencontrer officiellement. Je pense qu'on va beaucoup se voir.

C'est peut-être la matinée que j'ai passée sous mon mari qui grognait. C'est peut-être le regard trop confiant de ce criminel. Ou c'est peut-être la démence. Quoi qu'il en soit, la sensation prend de l'ampleur. Sous l'effet de la tension, je m'attends presque à sentir ma peau se craqueler et se fendre, mais cela n'arrive pas. Au contraire, je lève les bras et pousse la poitrine de l'homme à l'aide de mes deux mains, qui entrent en contact avec le mur de muscles bien fermes, soulignant à quel point je suis impuissante. À ma tentative, son corps massif ne bouge pas d'un pouce, mais le détenu finit par céder. Il me laisse quelques centimètres d'espace pour respirer, ce dont j'ai désespérément besoin. Malgré la tension dans l'air, je me surprends à inspirer goulûment, mais cela reste insuffisant.

Toutefois, ma flambée de colère semble le réjouir, car je vois les rides au coin de ses yeux se froncer et il se met à sourire férocement en montrant les dents.

Je retrouve ma voix, encore plus exaspérée par son amusement. C'est moi qui suis aux commandes.

— Reculez, lui ordonné-je, en essayant de mettre un peu de fermeté dans ma voix.

Il lève les mains dans une attitude désinvolte, peu caractéristique de son personnage, et les gardiens choisissent ce moment pour faire leur apparition. Leurs yeux font des allers-retours entre le détenu et moi, puis finissent par se poser sur moi.

— Tout va bien ici ? demande l'un d'eux.

Je pourrais signaler le comportement inapproprié du détenu, mais je sais que je ne le ferai pas, même si l'idée me traverse l'esprit. Le pire, c'est que l'homme en question semble lire dans mes pensées, car son sourire narquois redouble d'ardeur. Expliquer la situation à un gardien aboutirait à faire remonter l'information à mon mari, et j'en payerais le prix. Pour la première fois, je ressens de la rancœur en pensant à la vie que Vic m'a imposée. L'officier qui a parlé et s'est montré impatient souffle bruyamment entre ses dents. Tel un insecte indésirable, le bruit me donne la chair de poule et me fait frissonner.

— Très bien, répondis-je quelques secondes plus tard, incapable de supporter le silence gênant. Tout va bien.

Tout ne va certainement pas bien.

Du sang coule de mon nez et mon œil droit ne voit plus rien. Le liquide rouge foncé macule le carrelage propre et se répand dans les joints. Combien de temps me faudra-t-il pour nettoyer tout ça ? À moitié dans les vapes, je me pose cette question tandis que mon mari m'attrape par les cheveux pour me remettre debout.

— Tu m'as ridiculisé, dit-il en me postillonnant dessus.

Il est évident que les geôliers généreusement rémunérés se sont précipités auprès de Vic dès qu'ils ont quitté l'infirmerie. Peu importe qu'il ne se soit rien passé entre le prisonnier et moi. Peu importe que je n'aie aucunement touché cet homme, hormis pour tenter de le faire sortir de mon espace personnel. Ce qui importe, c'est le scénario tordu que Vic s'est imaginé dans son petit cerveau de pervers. Pour absoudre mes péchés présumés, il me soumet à sa version de la torture.

Jusqu'à ce que la mort nous sépare, n'est-ce pas ?

Je suis déjà allée voir la police pour dénoncer ses mauvais traitements. Je suis même allée jusqu'à porter plainte. J'étais terrifiée, mais j'ai fait ce que je pensais être nécessaire pour me sauver. Mais l'honorable juge Edward Milton, dont je n'oublierai jamais le nom, a classé l'affaire sans suite. Au lieu de sanctionner Vic, il m'a condamnée et déclarée émotionnellement instable. Désormais, je fais la seule chose possible... j'endure.

Je me concentre sur la trace dans le joint et dresse dans ma tête la liste des moyens pour la faire disparaître.

Tout d'abord, frotter la tache avec une éponge et de l'eau froide.

Vic – il déteste qu'on l'appelle Victor, ce que j'ai appris la première fois qu'il m'a frappée, au cours de notre lune de miel –, me met une gifle qui envoie valser ma tête sur le côté. La force du coup me fait reculer, arrachant les cheveux encore dans sa main.

Si cela ne suffit pas à éliminer la tache, utiliser une brosse à dents avec du bicarbonate de sodium.

— Je ne veux plus que tu côtoies ce détenu, tu m'entends ? McNair et Summers n'ont pas pu s'empêcher de me faire des sourires moqueurs quand ils m'ont trouvé. Tu m'as humilié.

J'avale le sang qui s'accumule dans ma bouche, sans quitter des yeux les carreaux souillés. Le goût métallique persiste au fond de ma gorge et me brûle l'estomac. Il y demeure, tel un caillou jeté dans un étang de bile. Puis Vic me donne un coup de pied dans le ventre pour faire bonne mesure, et le caillou se désintègre sous la force de ma rage.

— Je comprends, dis-je, bien que le mot sorte en tremblotant.

Je le laisse croire que c'est causé par la peur.

Mon mari resserre sa prise sur mes cheveux et me force à relever la tête, jusqu'à ce que son regard méprisant envahisse mon champ de vision.

— Veilles-y, murmure-t-il. Quand tu le reverras, je ne veux pas entendre dire que tu flirtes avec lui. Tu m'as compris ?

Il sait qu'il arrive parfois qu'il n'y ait qu'une seule infirmière de garde, mais j'acquiesce quand même. Inutile de le lui faire remarquer. Dans des moments comme celui-ci, parler avec logique ne fait qu'alimenter la folie de Vic.

— Je veux t'entendre le dire, insiste-t-il.

Ses paroles sont dures lorsqu'il me les crache au visage.

— Quand je le reverrai, je ne flirterai pas avec lui, je répète machinalement.

Le sang dégouline sur mon menton, parce que je me suis mordu la joue pour m'empêcher de dire ce que j'avais vraiment envie de dire.

Vic recule et s'essuie les mains sur son pantalon de costume, avant de ricaner lorsque je m'effondre sur le sol. La sensation du carrelage froid contre mon visage me ramène à la réalité, et je plante mes ongles dans les poils du tapis plutôt que dans son visage.

— Va te nettoyer avant de préparer le dîner.

Mon mari s'arrête devant le miroir pour se refaire beau.

— Je pense vouloir un steak ce soir.

Il me laisse, recroquevillée sur moi-même, tandis que mon sang goutte lentement dans le joint du carrelage. Il me faut une minute avant de pouvoir me redresser et m'asseoir. Tous les cris de mes muscles endoloris attisent cette même rage qui m'a poussée à bousculer ce fameux détenu. Alors que je récupère une éponge sous l'évier, je me mets à imaginer ce qui se passerait si je faisais la même chose à Vic.

CHAPITRE TROIS

La seule «bonne» chose à retirer du coup de poing que Vic m'a asséné dans le visage, c'est que cela me garantit quelques jours sans avoir à coucher avec lui. Il ne baise pas les laiderons, à en croire ses dires. Dans un sens, je suppose que c'est un compliment détourné. Mais c'est quand même de sa faute si j'ai la lèvre fendue et l'œil tuméfié.

Le temps que le gonflement se résorbe, j'appelle mon travail et je prétends avoir la gastro. Mon visage n'est pas tout à fait guéri, du moins, pas assez pour que je puisse cacher les ecchymoses avec du maquillage. Vic a oublié ce qui l'a énervé au point de me mettre un poing dans l'œil, du moins pour l'instant. Par chance, j'ai réussi à l'apaiser avec quelques pipes et ses plats préférés, si bien qu'il a retrouvé son humeur douce-amère. Douce, car il joue au mari aimant ; amère, car je sais que ce n'est qu'une question de temps avant qu'il ne veuille à nouveau me baiser. Je redoute et désire à la fois le lâcher-prise que cela m'apportera, mais j'ai peur qu'il remarque combien le simple fait de le toucher me révulse.

Il bavarde tout en s'habillant, et je fais de mon mieux pour l'ignorer. Ce n'est plus aussi facile qu'avant, car je n'arrête pas d'imaginer ce que cela ferait de verser du café brûlant sur son crâne dégarni ou «d'accidentellement» mélanger de l'antigel dans son porridge. Je n'avais jamais fantasmé sur ce que je ressentirais en lui faisant du mal, mais chaque fois qu'il me frappe, ces fantasmes se font de plus en plus précis. Depuis une semaine, durée de mon absence au travail, la frontière entre réalité et fiction se réduit à force d'attendre le prochain châtiment ignoble qu'il me réserve.

— Tu m'as entendu ? me demande Vic.

Je grimace en appliquant un peu trop énergiquement mon anticerne sur les ecchymoses qui entourent mon œil, puis je cligne rapidement des yeux. Le scénario imaginaire dans lequel j'enfonçais mes ciseaux à cuticules dans la cuisse de Vic fusionne avec la réalité, et je me focalise à nouveau sur le miroir et sur mon mari, qui se tient derrière moi.

— Je suis désolée, dis-je quand j'ai retrouvé ma langue.

Ces mots ne sortent plus aussi facilement qu'avant.

— Je pensais au travail. Je peux t'apporter une tasse de café ?

Vic me regarde assez longuement dans le miroir pour que mon cœur se mette à battre plus fort. Quand mon mari se contente de poser sa main sur mon épaule et de la serrer, je me remets à respirer normalement.

— Sans sucre, répond-il en se retournant pour mettre ses chaussures.

J'observe ses gestes jusqu'à ce qu'il disparaisse dans le couloir, après quoi je me détends enfin. Je ne suis pas la seule à avoir agi de manière étrange cette semaine. Vic s'est montré excessivement attentionné, moins prompt à se mettre en colère et, oserais-je le dire, prévenant. Cela ne fait que renforcer mes craintes. Je suis tellement nerveuse que j'ai eu du mal à manger et à dormir. À ce train-là, aller travailler me fera des vacances.

Avant que mon mari ne puisse me crier de me dépêcher, je parviens à me ressaisir suffisamment pour finir de m'habiller. J'aimerais laisser mes cheveux détachés pour cacher les bleus sur mes joues, mais c'est contraire au règlement, alors je les tresse. Mes collègues se sont malheureusement habitués aux excuses que je leur donne, alors je doute que quelqu'un se donne la peine de me poser des questions sur mon apparence. Avec un peu de chance, la journée sera calme et je n'aurai pas trop de patients à traiter.

Vic attend dans la cuisine, où je me précipite, comme la bonne petite fille que je suis, pour lui préparer un thermos de café. Il me surveille par-dessus mon épaule, et je tends ma joue pour recevoir un baiser tout en lui mettant le thermos dans les mains. Je m'imagine le lui fracasser sur le crâne et entends presque le violent craquement que le choc produirait, avant de voir son corps s'effondrer sur le sol, et le sang et le café se répandre sur le carrelage.

Tandis que mon mari se dirige vers la porte d'entrée en sifflant, je me félicite de savoir comment éliminer les taches de sang dans les joints du carrelage.

Juste au cas où.

Quand j'arrive au travail, deux infirmières sont en train d'examiner des patients, mais le service médical est vide. Je passe un temps fou en début de matinée à repasser les événements du petit-déjeuner dans ma tête et à essayer de déterminer si j'ai finalement perdu la boule. C'est pour ça que je me fige, persuadée d'halluciner, quand je lève les yeux et vois le dernier prisonnier que j'ai envie de trouver dans l'embrasure de la porte.

Mais que fait-il là ?

— Je suis de corvée, répond l'homme.

Je me rends alors compte que j'ai dû parler à voix haute.

Furieuse de me sentir piégée et même embarrassée, je tourne le dos au détenu. Contrôler mes émotions et mes impulsions reviendrait à essayer d'empêcher les vagues de déferler sur la plage. Peu importe le nombre de barrières que j'érige, certaines émotions réussissent toujours à passer par-dessus bord. La proximité de ce détenu ne va pas m'aider. Je ne l'ai rencontré qu'une seule fois, et j'ai l'impression qu'il peut déjà voir au-delà de ces barrières et me percer à jour. Pire encore, il me donne envie de les démolir et de lui montrer toutes mes fragilités.

— Depuis quand ? lui demandé-je lorsque je parviens à le regarder sans avoir envie de m'enfuir dans la direction opposée.

Travailler dans le service médical est un poste très convoité par les détenus. Sa présence signifie forcément que Vic a changé de tactique. Je savais que l'humeur de mon mari semblait trop bonne pour être vraie. Il se sert de ce prisonnier pour me rappeler qui détient le pouvoir dans notre relation, et que je serai punie au moindre faux pas.

Le détenu hausse les épaules et fourre ses mains dans ses poches.

— Depuis quelques jours.

Par réflexe, je serre les dents pour retenir les mots cinglants qui risquent de sortir de ma bouche. Je suppose que les coups de Vic ont servi à quelque chose. Au moins, ils m'ont appris à contenir mon sarcasme.

— Ils pourraient avoir besoin de votre aide dans l'unité de soins pour les patients de longue durée.

Avant même que j'aie fini ma phrase, il secoue la tête.

— Ils m'ont dit de venir ici, répond-il avec un petit sourire.

Ce salaud prend plaisir à voir mon supplice.

— Très bien. Les matinées seront calmes, mais vous pouvez commencer par ranger les fournitures dans l'armoire.

N'importe quelle excuse pour l'éloigner de mon espace personnel. Je doute qu'il comprenne même le concept.

Quand l'homme sourit de plus belle, je suis reconnaissante que les gardiens alternent entre le cabinet médical et l'infirmerie.

Sans un mot, je me replonge dans mes papiers et griffonne quelques notes supplémentaires. Mais mon cerveau est saturé, et je me souviens à peine de ce que j'ai écrit. Je ne cesse de revoir des flashs des fantasmes détraqués que j'ai eus à propos de Vic. Seulement, à présent, s'y ajoute également la vision horrifiante du regard enflammé que porte le prisonnier sur le résultat de mon autodestruction.

Reprends-toi, Tessa.

La pointe de mon stylo se plante dans le papier, et je jure tout bas quand elle déchire la feuille et raye le plateau du bureau. Je suis un vrai désastre. Je soupire intérieurement. Oh, qui vais-je tromper ? Je l'ai toujours été. Depuis le début, ma vie a été un véritable naufrage. Un père violent. Une mère absente. Je suis née accro à la drogue, puis j'ai été abandonnée par mes parents. Je ne les ai revus que deux mois plus tard, lorsque les médecins ont estimé que mon état était suffisamment stable pour que je puisse être ramenée chez moi. Les services de protection de l'enfance m'ont bien sûr surveillée de près, mais j'ai eu la chance de passer entre les mailles du filet. Je suppose que j'ai toujours su me faire oublier, même quand j'étais bébé.

Ce n'est pas surprenant que Vic ait vu en moi la victime que j'étais destinée à devenir.

— Ça va? demande le détenu, dont la voix retentit après un silence prolongé.

Je ne sais pas depuis combien de temps je suis assise là, à contempler cette feuille déchirée, pas plus que je ne sais pourquoi sa question me remplit d'une profonde tristesse. Mais après tout, ces derniers temps, je ne comprends pas les raisons de la plupart de mes actes.

— Je vais bien, dis-je, satisfaite du ton neutre et apathique de ma réponse.

Je me surprends à sombrer dans le même état de torpeur que lorsque Vic décide de s'imposer entre mes cuisses. Comme si je regardais mon existence depuis l'extérieur de mon corps, depuis un endroit où rien ni personne ne peut vraiment me faire souffrir.

— Quand vous aurez fini avec l'armoire, vous pourriez changer les draps des lits, lui suggéré-je avant d'indiquer l'étagère où sont soigneusement rangés des draps vert pâle.

Je me force à me replonger dans les papiers que je suis en train de remplir, certaine que le détenu suivra mes instructions si je continue à l'ignorer. La monotonie de ma tâche me tire de ma nouvelle torpeur, et quelques minutes s'écoulent avant que je ne pense à lever les yeux pour vérifier qu'il s'est bien plié à mes ordres.

Il n'a pas bougé d'un pouce pour s'occuper des lits. Au contraire, il est plus proche qu'il ne l'était quelques instants auparavant.

Avec un soupir, je me lève et me dirige vers la porte qui mène au cabinet médical, pour demander à une autre infirmière de s'oc-cuper de lui, mais je me ravise. Je ne me déroberai pas à cette confrontation. Si nous devons travailler ensemble, il devra apprendre à composer avec les ordres d'une femme.

Je regagne péniblement la pièce où il patiente, la hanche appuyée contre le bureau sur lequel je travaillais.

— De quoi avez-vous besoin? lui demandé-je en jetant un regard insistant à l'étagère et aux lits, avant de revenir sur lui.

Je veux en finir au plus vite et je me fiche qu'il s'en rende compte.

— On n'a pas fini l'autre jour, dit-il en me donnant une feuille de papier.

Un petit rire amusé m'échappe. Je plaque une main sur ma bouche, surprise par ma réaction. Je lève des yeux écarquillés vers le détenu, mais je découvre qu'il sourit au lieu de froncer les sourcils. Le mouvement de ses lèvres est subtil, mais ce sont ses yeux qui m'interpellent le plus. J'étais trop distraite lors de notre première rencontre pour les remarquer, mais ils sont d'un vert que je n'ai jamais vu auparavant. Une nuance si claire qu'ils donnent presque l'impression d'avoir été modifiés chimiquement.

Quand je parviens enfin à détourner mon regard, je remarque qu'il ne sourit plus. Et que je le dévisage. La bouche pincée, je lui prends le document des mains avant de me retourner et d'aller vers mon bureau. Notre brève histoire commune m'a déjà appris qu'il vaut mieux que je garde mes distances en permanence.

D'un ton professionnel, j'enchaîne les questions, dans l'espoir de conclure rapidement l'entretien. Je ne commets pas l'erreur de lever à nouveau les yeux, et au bout d'un quart d'heure, j'arrive à la fin sans incident.

Je lui rends les documents.

— Ce sera tout? lui demandé-je en lui indiquant les étagères d'un air sévère, pour qu'il se remette au travail.

Mais le détenu se rapproche avec la chaise en bois massif et pose ses coudes sur le bord du bureau. Il se décale et braque son regard sur mes poignets, comme pour me rappeler ma vigilance bien trop fragile et ce qui a provoqué la tension entre nous. Cet homme ressemble à un serpent prêt à attaquer, prêt à poser des questions auxquelles je ne veux pas répondre. Je retire donc mes mains et les pose sur mes cuisses, loin de son regard inquisiteur.

Reste professionnelle, Tessa, me dis-je en visualisant des

carreaux tachés de sang, une douleur atroce, des rapports sexuels machinaux et des grognements laborieux. Si je dois supporter ce détenu, ce serait une erreur de ma part de le laisser franchir d'autres limites.

L'homme croise à nouveau mon regard et penche la tête sur le côté. Je réalise alors la futilité de cette entreprise. Visiblement, il s'est donné pour mission de transgresser toutes les limites.

— J'ai du boulot, si ça ne vous dérange pas.

Le détenu plisse les yeux, et, devant cet air féroce, je plante mes ongles dans mes paumes.

— Ton mec aime te faire ça? demande-t-il en désignant mon visage et les bleus que je n'ai sans doute pas entièrement camouflés.

— Ce ne sont pas vos affaires, rétorqué-je en me levant pour mettre un peu de distance entre nous.

D'un regard désespéré, je vois à travers la petite fenêtre donnant sur la partie centrale du service médical que des infirmières sont en pleine discussion ou s'occupent de patients. Je ne veux pas trop attirer l'attention sur nous. Autrement, Vic en sera certainement informé, mais d'un autre côté, je veux que le détenu parte. Je suis coincée. Piégée. Le regard que je jette dans sa direction me révèle qu'il en est conscient et qu'il s'en réjouit.

D'un œil, je le surveille, et de l'autre, je regarde les infirmières, afin de pouvoir le chasser dès qu'elles nous accorderont la moindre attention. Les secondes défilent, semblables à des heures, et même si je me supplie intérieurement de faire le contraire, je ne bouge pas lorsque le détenu se lève et avance d'une démarche prédatrice jusqu'à se tenir juste à côté de moi. Il est si proche que je peux sentir le savon qu'il a dû utiliser pour se doucher.

Ce n'est pas un parfum compliqué, contrairement à l'eau de Cologne hors de prix dont se pare à l'excès mon mari, comme s'il en faisait une mission personnelle. Sur cet homme imposant et dangereux, la senteur est fugace. Elle cache des secrets. Des secrets que mon nez veut percer à jour. Je veux explorer tous les recoins où je pourrais trouver cette fragrance afin de les cartographier. Découvrir chacune de ses cachettes, les piller et les exploiter jusqu'à ce qu'il n'y ait plus aucun endroit inexploré.

— Et si je te disais que je veux en faire mon affaire ? murmure-t-il.

Le tissu rêche de sa combinaison bruisse lorsqu'il lève les mains pour suivre du doigt les ecchymoses sombres qui marquent ma joue.

Je suis submergée par la stupeur, comme plongée dans une rivière glaciale, puis je suis vivement envahie par une vague de honte. Je m'éloigne de lui et croise les bras sur ma poitrine.

— Vous perdriez votre temps.

L'homme m'étudie de ses yeux verts, comme s'il savait exactement à quoi je pensais quelques secondes auparavant. La nervosité m'assaille, et je prie silencieusement pour qu'une émeute éclate, une flambée de cas de gastros, une fichue épidémie, n'importe quoi qui puisse détourner l'attention dévorante de ce détenu.

— Je ne pense pas.

— Écoutez, monsieur...

Je me rappelle que je ne connais même pas son nom, alors je pousse un soupir, agacée par nos attitudes respectives.

— Écoutez. Ce que je fais dans ma vie privée ne vous regarde pas. Maintenant, si vous voulez bien m'excuser, nous avons tous les deux du travail.

— Une femme comme toi ne mérite pas d'être traitée ainsi, dit-il d'une voix grave et sévère alors que je passe devant lui pour retourner à mes papiers.

Je me retourne brusquement.

— Vous ne me connaissez absolument pas.

Mais cela n'a pas d'importance. Ce n'est pas comme si je pouvais quitter la prison que je me suis construite. L'ironie est flagrante. C'est un prisonnier, un criminel.

L'expression du détenu devient prédatrice.

— Et si je te disais que je veux apprendre à te connaître ?

Je ne daigne pas répondre. De toute évidence, c'est le genre d'homme qui aime jouer au chat et à la souris, piéger ses proies et les regarder souffrir. J'ai déjà un homme tyrannique dans ma vie, je n'en ai pas besoin d'un autre.

— Allez, Tessa, dit-il devant mon silence. Qu'as-tu à perdre ?

Ce n'est pas comme si je pouvais faire quoi que ce soit en étant ici. Il y a des gardiens dans l'autre pièce, et de toute façon, on va travailler ensemble. Ne rendons pas les choses plus gênantes qu'elles ne le sont déjà.

— Ce n'est pas gênant pour l'instant. Nous travaillons, c'est tout. Je ne vois pas pourquoi nous devrions apprendre à nous connaître.

Malgré ma curiosité dévorante, je sais qu'il est dans mon intérêt de maintenir un comportement professionnel au cœur de nos interactions.

— Très bien, tu peux apprendre à me connaître. Demande-moi tout ce que tu veux savoir, déclare-t-il avec un sourire. Je suis un livre ouvert.

— J'en doute fortement, rétorqué-je en me détournant pour lui cacher mon sourire.

— Tu sais que tu en as envie, dit-il par-dessus mon épaule.

Il a raison, je devrais probablement m'arrêter là. Cela dépasse les limites du professionnalisme. En réalité, mon intérêt est tout sauf professionnel.

— Je vais céder, mais seulement pour que nous puissions nous remettre au travail.

— Comme tu veux.

Je perçois la joie dans ses mots.

— Vas-y.

Je réfléchis à mes options tout en triant les dossiers des patients que j'ai déjà classés. Je pourrais lui demander son prénom, mais je ne suis pas sûre de vouloir le connaître. D'une certaine manière, j'ai l'impression que cette information rendrait sa présence trop réelle et trop impérieuse. Il en va de même pour le crime qui l'a conduit en prison. Meurtre, viol, agression, vol. Aucune de ces réponses n'est réjouissante. Ma vie est déjà suffisamment compliquée, alors que la relation que j'entretiens avec cet homme est si fluide. Même si je sais que c'est mal, je ne veux rien changer. Du moins pour l'instant.

— D'où venez-vous ?

La question semble assez anodine.

— C'est trop facile, mais je vais te répondre. Je viens de Géorgie, à l'origine, dit-il avec un sourire mielleux et un accent marqué. Un mec typique du Sud, mais sans les bonnes manières.

— C'est évident.

— Et toi ? demande-t-il en se mettant enfin à défaire l'un des lits.

— J'ai toujours vécu ici.

L'homme jette les draps sales dans une corbeille, puis en prend des propres sur l'étagère.

— Vraiment ?

— Oui, vraiment.

— Tu sais qu'il y a tout un hémisphère où le soleil existe, n'est-ce pas ?

— Le soleil ? dis-je en riant. Qu'est-ce que c'est ?

Quand nos regards se croisent, mon cœur s'emballe dans ma poitrine. Je me concentre à nouveau sur les dossiers. Le silence de la pièce est comblé par le ronronnement régulier de la climatisation et le bruissement du tissu. C'était une mauvaise idée.

— Tu mérites mieux, tu sais, dit le détenu après quelques minutes.

Je referme le tiroir à dossiers dans un fracas.

— Ah bon ? Vous pensez que vous me traiteriez mieux ?

Heureusement, alors qu'il s'apprête à ébranler mon fragile sang-froid, la porte s'ouvre sur un autre patient. Les geôliers qui l'accompagnent restent dans l'embrasure jusqu'à ce que je leur fasse signe de partir d'un hochement de tête. Je me précipite vers le nouveau venu et lui sourit avec un peu trop d'enthousiasme, ravie de son arrivée opportune. Ce détenu, qui s'appelle Salvatore, d'après l'étiquette cousue sur sa combinaison, tient sa main ensanglantée.

— Je me suis coupé dans la cuisine, explique-t-il.

— Allons voir ça, suggéré-je en le conduisant vers un lit vide où il s'allonge en grognant, le visage blême. Attendez ici. Je vais vous recoudre en un rien de temps.

Je me retourne pour aller chercher mon matériel dans le placard où j'ai demandé au premier détenu d'organiser le stock, et je trouve l'homme aux yeux verts qui attend toujours et observe. Sauf que, cette fois-ci, il est concentré sur le patient.

— Vous pouvez vous remettre au travail, lui dis-je avec une désinvolture forcée.

— Oui, madame Emerson, répond-il en me tendant la trousse que j'allais chercher.

Ses yeux brillent d'une joie contenue.

Je hausse les épaules avant de lui prendre la trousse des mains.

— Faites à votre guise.

— D'habitude, c'est ce que je fais. Mais, écoute. Je vais te laisser retourner à ton travail et je ne te dérangerai plus de la journée si tu m'accordes une faveur.

— Laquelle ? demandé-je avec un sourire serein.

Du moins, je l'espère.

— Dis-moi la vérité. Avoue-moi qui t'a fait du mal, et ensuite, je te laisserai tranquille.

Il me pose cette question à voix basse, à peine audible, et je sais que Salvatore n'a pas pu l'entendre.

Je froisse le papier du kit de suture dans ma main de fer. Il est trop proche. Pas physiquement. Non, il n'essaye pas d'envahir mon espace personnel à ce moment-là. Il est trop proche sur le plan émotionnel et psychologique. Ces yeux verts sont bien plus qu'une jolie façade. Quelque chose me dit qu'il voit des choses que je voudrais cacher.

— Pourquoi est-ce si important pour vous ?

Il s'appuie contre le montant de la porte.

— Tu évites de répondre à la question, rétorque-t-il. Tu essayes de me retenir ici plus longtemps ?

Il hausse un sourcil interrogateur.

La gorge serrée, j'avale ma salive, car j'avais raison. Il me comprend trop bien. Il sait que je ne veux pas répondre à sa question. Non seulement parce que j'ai peur de ce que cela signifierait si je le faisais, mais aussi parce que cela ne changerait rien de crier mes problèmes sur tous les toits. Dans ma vie, personne ne se soucie de ce qui m'arrive. Personne. Je suis entourée de centaines de gens qui sont censés faire respecter la loi, mais ils laissent Vic s'en tirer malgré tout ce qu'il me fait subir. Cela ne changera pas. Puis j'imagine la fureur de Vic si je raconte à cet homme ce qu'il me fait subir. Après tout, quelle importance a ce détenu anonyme? Il finira par faire une connerie et sera transféré. Après, je n'aurai plus jamais à le revoir. C'est ma seule chance de le dire à quelqu'un et de tisser un lien. Cela fait si longtemps que je suis isolée que j'ai besoin de l'attention de quelqu'un, de n'importe qui. Ça en est devenu presque vital. Même si c'est la dernière personne au monde dont je devrais attendre cela.

— Mon mari, dis-je doucement.

Puis je me retourne pour m'occuper du patient qui attend.

Le bruit de mon cœur dans les oreilles, je déballe soigneusement le matériel de suture et me prépare à refermer la plaie de Salvatore. Je n'aurais pas dû le lui dire. Je n'aurais pas dû lui donner cet avantage. Je n'aurais pas dû lui faire croire qu'il a un quelconque pouvoir sur moi.

Mais c'est ce que j'ai fait.

Et je vais sans doute en subir les conséquences.

CHAPITRE QUATRE

L e détenu reste silencieux jusqu'à la fin de la garde. C'en est presque inquiétant. Je n'arrête pas de le regarder jeter les déchets médicaux, changer les draps et passer la serpillère en évitant les patients. J'attends qu'il me presse pour obtenir plus d'informations. Il ne le fait pas, ce qui fait forcément partie du jeu auquel il se livre.

Pour la première fois depuis que j'ai commencé à travailler en ces lieux, je suis presque soulagée de quitter l'infirmerie pour ma pause déjeuner. L'échappatoire que m'offre mon travail est l'un des seuls aspects de ma vie à me procurer du bonheur. Y renoncer me laisse un goût amer dans la bouche alors que j'essaye d'avaler les restes de poulet sauté et de légumes que j'ai rapportés de la maison.

Je me laisse submerger par les bruits que fait le personnel de la cafétéria et essaye d'oublier les quatre heures tendues que je viens de passer à éviter l'homme que je pourrais comparer à une grenade dégoupillée. Après quelques semaines à travailler avec lui, je risque d'être aussi tendue qu'un string, sur le point de craquer à la moindre provocation. Vic prendra certainement plaisir à me tourmenter sur ce point.

Cette pensée me coupe définitivement l'appétit. Je jette mes déchets dans la poubelle et retourne vers le service médical. À mesure que je m'en approche, je me sens brassée par les quelques bouchées que j'ai réussi à avaler et je crains de vomir. Je lèche mes lèvres sèches et me reproche intérieurement de ne pas avoir pris une bouteille d'eau au distributeur automatique. En passant dans le couloir qui débouche sur la sortie, je songe l'espace d'un instant à réclamer un congé pour le reste de la journée, afin de ne pas être obligée de le revoir, mais je m'abstiens. J'ai déjà été absente assez longtemps. Une journée de plus éveillerait peut-être les soupçons, même dans mon cas, et cela énerverait Vic, sans le moindre doute.

Le service médical est bondé de patients venant régulièrement prendre leurs médicaments après le déjeuner. Je fais un signe de tête à l'une des nouvelles infirmières, Annie, et à une infirmière chevronnée, Patricia, qui me sourit en retour, même si elle semble un peu distraite. Malgré leurs regards qui me balayent, je reporte mon attention sur l'infirmerie. J'affiche un sourire détendu au cas où quelqu'un m'observerait et je me force à avancer jusqu'à la porte.

La pièce est vide.

Je n'ose pas appeler le détenu, car je crains de rompre ce silence précaire. Cela reviendrait à admettre qu'une partie de moi souhaite le revoir, ce qui est ridicule. Alors que je m'assieds à mon bureau, je décide qu'il vaut mieux que nous passions le moins de temps possible ensemble.

Je prends une pile de papiers que je place devant moi. Prête à écrire, ma main s'arrête, la pointe du stylo suspendue juste au-dessus de la feuille de papier posée sur mon dossier. Je cligne plusieurs fois des yeux et tente de comprendre ce que je vois. Puis je réalise, stupéfaite, que je contemple un visage... qui m'appartient. Je m'écarte de mon bureau et passe mes deux mains dans mes cheveux. Ma respiration est erratique et saccadée, même pour moi. J'ai l'impression que mon visage est en feu et que le bout de mes doigts est engourdi.

Je me frotte les yeux avec le dos de mes doigts, mais je n'ai pas imaginé la finesse du dessin qui se trouve devant mes yeux. Il doit avoir été réalisé au cours de la journée, car je suis coiffée avec la même tresse et je soigne Salvatore, dont la silhouette est représentée seulement par une ombre face à moi. Mon expression traduit une concentration studieuse.

Quand le détenu a-t-il fait cela ? Je l'ai tenu occupé pour ne pas lui laisser le temps de me poser d'autres questions. Il a dû s'y mettre après mon départ pour ma pause déjeuner.

Sur le dessin, je suis presque belle. Sereine. Est-ce ce que le détenu voit quand il me regarde ? Dans le coin inférieur de la feuille, un mot est griffonné dans une écriture masculine : King.

Je ne sais pas comment réagir ni quoi faire de cette information, alors je plie soigneusement le dessin pour former un petit rectangle et le glisse dans ma poche. Je ne suis pas assez hermétique pour ne pas avouer le sentiment de tendresse qui m'a envahie lorsque je me suis rendu compte de l'attention qu'il m'a accordée, mais c'est une chose dangereuse. J'ignore donc le dessin et mets de côté mes émotions, que j'analyserai lorsqu'elles ne me paraîtront plus aussi effroyablement proches de la surface.

Quand on frappe à la porte, je me retourne, le cœur battant. Déçue, je comprends qu'il s'agit simplement d'Annie.

— J'en ai un pour toi ! dit-elle joyeusement, sans se douter de mon agitation intérieure.

— Merci, rétorqué-je en conduisant le détenu gémissant vers un lit.

Peu après arrive un nouveau détenu assigné à l'infirmerie, et je ne sais pas si je suis soulagée ou déçue que ce ne soit pas King.

Il s'avère que Vic n'a pas envoyé King à l'infirmerie pour me torturer. Celui qui a affecté ce détenu ici est soit puissant, soit très influent. Vic s'en est plaint pendant des jours et s'est appliqué à exprimer son mécontentement avec ses poings. En tant que directeur de Blackthorne, il aime contrôler jusqu'au moindre détail son petit royaume. Quand il n'obtient pas ce qu'il veut, c'est moi qui en fais les frais. Cette fois-ci, il a pris soin de ne pas faire de marques visibles. Mais mon mari est incapable de me blesser au bon endroit. Grâce à la perpétuelle promesse de revoir King, je brûle d'espoir, ce que même la douleur infligée par Vic ne peut calmer.

Pourtant, chaque jour que je passe à travailler aux côtés de King à l'infirmerie, il règne un silence pesant. La semaine suivante, la grippe sévit dans l'un des bâtiments et me laisse à peine le temps de remarquer la tension entre nous. Après avoir vu le croquis et avoir compris l'image qu'il a de moi, mon envie de le laisser se rapprocher un peu plus dépasse presque mon souci de préservation. Je m'efforce en permanence de garder ma bouche fermée et de limiter au sujet du travail nos brèves conversations.

Les plaintes incessantes, le harcèlement et les coups de Vic n'aident pas non plus. De jour en jour, je sens que je me délite, et cela se voit. Les cernes sous mes yeux, causés par le manque de sommeil, donnent un teint pâle et un aspect fatigué à ma peau hâlée sous la lumière des néons. Je n'ai pas réussi à avaler grand-chose ces deux dernières semaines, raison pour laquelle mes joues sont creusées et mes yeux sont enfoncés. Même mes vêtements tombent au lieu d'épouser les courbes de mon corps. Je dépéris à vue d'œil, et si je n'agis pas rapidement pour me sauver, il ne restera plus rien de moi.

— Pourquoi tu restes ? me demande un jour King.

Je me retourne lentement en faisant attention à mes côtes.

— Rester où ? demandé-je, même si nous savons tous les deux de quoi il parle.

Je savais qu'il attendait le moment propice pour attaquer là où ça fait mal. J'aurais dû me douter qu'il choisirait le moment où je me sentirais le plus vulnérable.

Je regarde vers la porte, mais, pour la première fois depuis le début de l'épidémie de grippe, il n'y a aucun patient. Je n'aurais jamais cru regretter le chaos causé par des hommes adultes en train de vomir et de se plaindre comme des enfants à cause de sueurs chaudes et froides. À présent, une atmosphère morose, presque sereine, règne dans la pièce. Si je n'étais pas aux prises avec la tentation incarnée, je considérerais cela comme une bonne journée.

King me lance un regard qui signifie : « arrête tes conneries ». J'ai presque envie de sourire. Je sens une vague de chaleur monter en moi et réchauffer des endroits gelés depuis des années.

— J'ai peur de ce qu'il pourrait me faire si je pars.

Cet aveu ne devrait pas me surprendre, mais c'est pourtant le cas.

Les jambes écartées, King fait craquer ses doigts. Ses yeux verts deviennent durs et impitoyables. Je ne sais pas pourquoi il est en prison, mais je ne serais pas étonnée de découvrir une longue liste de crimes violents sur son casier judiciaire.

— Tu devrais plutôt t'inquiéter de ce qu'il te fait subir actuellement, rétorque King, une veine palpitant au niveau de sa tempe.

La mâchoire crispée, il serre les dents pour éviter d'en dire davantage.

Je me redresse brusquement face à ses reproches et oublie la sensation agréable de chaleur que j'ai ressentie.

— Je gère très bien la situation.

J'avais oublié à quel point il est rapide, et une seconde plus tard, il ne se trouve plus qu'à quelques centimètres de moi. Il est si près que je vois les veines de sa gorge palpiter. Instinctivement, je lève les mains pour me protéger, et je jurerais le voir se pencher pour me forcer à poser mes paumes sur sa poitrine. King est tellement différent de Vic que je suis troublée de sentir son corps contre le mien. Je n'ai jamais touché un autre homme, malgré les incessantes accusations d'infidélité de Vic, alors le contact me fait glapir et détourner la tête. Je le repousse, mais j'ai l'impression d'essayer de déplacer un rocher. King ne bouge pas d'un pouce.

J'ouvre la bouche pour protester, puis il se met à sonder mes côtes avec ses mains. À la vive douleur, conséquence des coups que Vic m'a infligés, je me mords la lèvre. Accablée de honte, je baisse les yeux et fixe mes pieds.

Ce n'est qu'au moment où il arrête de me toucher et me laisse un peu d'espace que je parviens à lever les yeux vers lui.

— C'est bien ce que je pensais, me dit-il après m'avoir longuement regardée de ses yeux intenses.

— Qui êtes-vous pour me juger ? lui demandé-je après avoir enfin repris mon souffle.

Même alors, ma voix est réduite à un râle sifflant, et n'a plus son mordant habituel.

Sa voix devient plus grave, et, bien que cela semble impossible, il devient encore plus imposant.

— Je suis de ceux qui savent qu'il ne faut pas frapper une femme.

Mes soupçons quant à la raison de sa présence en prison se renforcent. Cet homme est capable de faire de gros dégâts. Cela devrait m'effrayer, mais ce n'est pas le cas. Quelque part, je trouve presque réconfortante la manière flagrante dont il affirme sa puissance. Il n'essaye pas de cacher qui il est.

Quand je me suis mise à sortir avec Vic, il a essayé de correspondre parfaitement à mes attentes. Un homme attentionné, serviable, gentil. Je ne me fais pas d'illusions avec King. J'obtiens précisément ce que je vois. Je ne sais pas si c'est une bonne ou une mauvaise chose.

Cette pensée me fait lever les yeux au ciel.

— Est-ce que vous savez seulement où vous êtes? demandé-je en désignant la pièce de ma main libre, celle qui ne tient pas ma cage thoracique. En prison. Pour moi, ça ne représente pas vraiment l'image du citoyen modèle.

— Je n'ai jamais prétendu être un modèle, petite souris.

Eh bien, si cela ne confirme pas mon opinion, je ne sais pas ce qui le fera.

D'un coup d'œil vers la fenêtre, je constate que le service médical est aussi désert que l'infirmerie. Les sourcils froncés, je me retourne vers King.

— Pourquoi ça vous intéresse?

Il s'approche à nouveau et je me raidis, incertaine de la réaction que pourrait avoir mon corps face à la proximité du sien.

— Peut-être que je sais ce que tu endures.

Cette déclaration me semble inconcevable et me donne presque envie de rire. Presque. Mais sa façon de formuler sa phrase me fait réfléchir. La femme en moi qui a subi d'innombrables violences reconnaît en lui un semblable.

— Que voulez-vous dire? demandé-je en faisant un pas en avant.

King croise mon regard et hausse les épaules. Si j'avais un tigre devant moi en ce moment, la bête serait énervée de montrer qu'elle est blessée. Si j'essaye de m'approcher de King, je suis persuadée qu'il me repoussera aussi facilement qu'une mouche gênante.

— Mon père nous frappait, ma mère et moi, explique-t-il en se rapprochant un peu plus, son regard plongé dans le mien. Je suis surpris qu'il n'y ait pas plus de gens qui l'aient remarqué. Mais peut-être qu'il faut le vivre pour le savoir. Je reconnais les signes. C'était peut-être il y a longtemps, mais c'est quelque chose que je n'oublierai jamais. Ta façon d'essayer de te faire toute petite et ta démarche qui donne l'impression que tous les os de ton corps sont cassés.

Je grimace et fixe mes mains alors que je tente d'ignorer les larmes qui me piquent les yeux et qui me chatouillent le fond de la gorge.

— Nous ne devrions pas parler de ça, dis-je, avant de me détourner et de regarder au hasard autour de moi. Bon, euh... nous devrions nous remettre au travail.

— Ne commets pas la même erreur que ma mère, ajoute-t-il quand je passe à côté de lui.

Je m'installe derrière le bureau, et il m'observe encore un instant avant de partir vaquer à ses occupations matinales. Je retrouve une respiration plus calme et m'occupe les mains avec des formulaires administratifs, mais je n'arrive pas à oublier ce qu'il m'a dit. J'étais déjà très sensible à sa présence, mais à présent, je perçois chacun de ses mouvements avec toutes les fibres de mon être.

Lorsque les patients commencent à arriver, je perds King de vue tandis que je m'occupe de leurs blessures et de leurs problèmes de santé, mais je sais qu'il n'est jamais loin de moi. Après le déjeuner, je retourne dans le service médical avec un regain d'enthousiasme. Je passe presque en sautillant devant Annie et Patricia, dans l'espoir de le croiser avant qu'il ne parte pour le reste de la journée. King n'est pas là, mais je trouve un autre dessin sur mon bureau.

Pour éviter de le maculer d'encre, je frotte mes mains sur ma tunique, et en tremblant, je ramasse la feuille de papier. Cette fois-ci, il a dessiné le moment où j'ai regardé mes mains lors de notre conversation. Des mèches de cheveux me tombent en éventail devant le visage et dissimulent mon expression. Comme sur le précédent dessin, j'ai l'air vulnérable et triste, mais la fermeté de mes lèvres et la droiture de mes épaules trahissent une certaine force.

Je ne me suis jamais considérée comme une personne forte. Si je l'étais, je n'aurais pas succombé aux manigances de Vic. J'aurais vu qu'il s'agissait de promesses vaines. À mesure que j'étudie le dessin m'illustrant, je commence à penser que je peux peut-être devenir la femme que King voit en moi, à l'image d'un os cassé qui se consolide une fois ressoudé.

Je plie soigneusement le dessin et le glisse dans ma poche. Ce faisant, une force s'enracine en moi, et, tandis que je poursuis mon travail, je la sens palpiter juste en dessous de la surface. Cette noirceur frémissante me rappelle beaucoup l'homme qui l'a inspirée.

CHAPITRE CINQ

La connexion et la tentation que je ressens chaque fois que King est là ne font que grandir au fil des jours où nous travaillons ensemble. Ma collection de croquis passe de deux à trois, puis se rapproche peu à peu de dix. King dessine des scènes pouvant paraître banales, des moments dont je ne me souviens même pas, et les rend magiques. Il me rend magique.

Ces moments sont secrètement devenus ceux que j'attends le plus dans ma journée. Peu à peu, je deviens accro à ces instants, et à King.

Si j'ai cru me trouver dans une mauvaise posture auparavant, ce n'était rien en comparaison du tourbillon d'émotions que je dois gérer actuellement.

Je me verse une tasse de café, attentive à ne pas trop tendre le bras ni bouger trop vite pour ne pas avoir mal aux côtes. Vic n'a pas eu envie de sexe depuis quelques semaines, ce qui m'arrangeait au début, mais à présent, il devient de plus en plus irritable, avec une violence croissante dans ses coups de poing. Je me suis à peine remise de la dernière fois. Lorsque mon mari entre dans la cuisine derrière moi, je pose prudemment ma tasse de café sur le plan de travail. Je me suis levée avant lui, car je n'arrête pas d'imaginer ce que je lui ferais si j'en avais le courage. Mes fantasmes sont devenus si vivaces qu'ils ont commencé à envahir mes rêves. Après l'un d'eux, je me suis réveillée avec la chair de poule, et j'ai bondi du lit, comme s'il était infesté de bestioles.

Quand Vic passe ses bras autour de ma taille, je déglutis et essaye de ne pas tressaillir et m'éloigner.

— Bonjour, dit-il en posant un baiser à l'arrière de ma nuque.

— Bonjour, lui rétorqué-je sans aucune inflexion ou émotion dans ma voix.

— Tu m'as manqué au réveil.

Au lieu de répondre, je prends une gorgée stratégique de café, et mon mari pose ses mains de chaque côté de moi et agrippe le plan de travail.

— Viens te recoucher avec moi, dit-il.

Cette fois, je ne peux m'empêcher de grimacer. Je ferme les yeux et m'efforce de calmer mon cœur avant que Vic ne me frappe dans les côtes ou ne m'attrape par les cheveux pour me ramener avec lui.

Quand il s'éloigne parce qu'il s'attend à ce que je le suive, je n'arrive pas à m'y résoudre. Je pense à la femme dessinée sur les feuilles que j'ai rangées dans une boîte de tampons, sous le lavabo de la salle de bain. Cette femme ne peut pas continuer ainsi. Si cette relation ne me coûte pas la vie, elle aura au moins raison des vestiges de mon âme.

Au lieu de suivre mon mari, je me retourne vers lui avec un sourire forcé et crispé.

— Je voudrais bien, mais si on retourne au lit, on sait tous les deux qu'on va y passer un moment. Je ne voudrais pas que tu sois en retard au travail.

Il s'approche de moi. Contrairement à King, tout ce que je souhaite lorsque Vic s'approche, c'est m'éloigner le plus possible de lui. Il m'attire dans ses bras et dépose un baiser sur la peau douce de ma nuque.

— Allez, on peut être rapides, dit-il d'un ton cajoleur qui ne me trompe pas.

Si je continue de refuser, je sais que cela pourrait mal tourner pour moi, mais je ne peux pas me résoudre à céder.

Je ravale le goût amer du dégoût pour lui donner une réponse d'une voix aguicheuse.

— Tu ne veux pas précipiter les choses après tout ce temps. Quand on rentrera du travail, on pourra prendre notre temps. Tout ce que tu voudras, ajouté-je en crispant les orteils à l'idée.

Vic marque une longue pause pendant qu'il réfléchit à ma proposition, puis il se recule. Seule la hanche que j'ai collée au plan de travail me retient de m'effondrer de soulagement. Tandis qu'il m'observe, je prends ma tasse de café et bois une gorgée pour masquer ma nervosité.

— Je pensais qu'on pourrait...

Vic me donne un coup de poing dans le ventre, et ma tasse de café tombe de ma main et se brise sur le sol, juste avant que je ne m'écroule et ne me coupe les genoux avec les morceaux. Le manque d'oxygène me brûle la poitrine. Quand je mets une main devant mon visage, mon mari la repousse violemment. J'entends le bruit métallique de sa ceinture lorsqu'il la défait. La honte, la colère et la haine rivalisent à l'intérieur de moi.

— Vic, s'il te plaît, supplié-je d'une voix tremblante, à cause de ma respiration laborieuse.

Je sens un goût salé sur mes lèvres. Je ne me suis même pas rendu compte que je pleurais.

Puis, Vic sort son sexe, dont l'odeur musquée envahit mes narines et me donne envie de vomir.

— Ferme ta gueule et suce-moi.

Ce n'est pas une demande, et il ne me laisse pas une seconde pour protester. Au moment où je reprends mon souffle, il enfonce son gland entre mes lèvres et arrose ma langue de son liquide pré-éjaculatoire salé. Je n'ai aucune chance de me défendre, pas quand je dois me concentrer pour respirer et éviter de paniquer. Je pousse des cris terrifiés autour de la masse qui pénètre ma bouche, mais cela ne semble qu'exciter Vic davantage. D'autres larmes s'échappent du coin de mes yeux quand il plonge encore plus loin.

— Prends-la, dit-il en renversant la tête en arrière.

J'agrippe les cuisses de Vic alors que la force de ses coups de reins menace de me projeter contre les placards. J'essaye de le repousser au moment où ma vision s'assombrit, mais il plonge ses doigts dans mes cheveux pour me maintenir en place et pénétrer ma bouche encore plus fort. Le bout de sa verge cogne contre le fond de ma gorge et provoque un réflexe nauséeux. Je m'étouffe.

— Ouiiii, siffle-t-il, excité par ma résistance.

J'envisage brièvement de le mordre, mais j'ai peur que cela n'ait pour résultat que de le rendre encore plus furieux.

Il ne se soucie même pas de mes haut-le-cœur ni de la bile et de la salive qui coulent aux coins de ma bouche. Mon nez me brûle, ma gorge et mes poumons cherchent désespérément à avoir un peu de répit, mais je n'en ai aucun. Finalement, tout ce que je peux faire, c'est tenir bon et espérer qu'il finira le plus vite possible. Il ne tient pas longtemps. Lorsque ses coups de reins perdent en vigueur et que ses gémissements s'intensifient, je profite du relâchement de sa poigne pour m'écarter avant qu'il ne jouisse dans ma bouche.

Le sperme gicle sur le sol avec un bruit humide écœurant. Cela lui déplaît. Je ne doute pas que cette fin peu glorieuse a anéanti tout le plaisir qu'il a pris à me forcer à me soumettre à sa volonté. Pendant que Vic oscille entre déception et frustration, je me relève et me détourne de lui, pour essayer tant bien que mal de reprendre mon souffle. Je me retiens à grand-peine de ne pas vomir dans l'évier. Je tremble de tout mon corps, à tel point que je manque de succomber malgré tous mes efforts.

Dans mon dos, j'entends Vic se rhabiller, et au moindre bruissement de ses habits, je sens monter en moi une vague de peur, d'anxiété et de colère. Je ne sais pas si j'ai envie de m'effondrer par terre et de sangloter, de m'enfuir et de me cacher, ou de lui arracher les yeux à mains nues. Je me résigne à ne rien faire, même si toutes sortes de variantes de ces trois options m'envahissent la tête. Une fois habillé, il pose sa main sur ma hanche, ignore ostensiblement mon tressaillement et embrasse ma joue encore humide. Il contemple un instant l'expression de dévastation sur mon visage avant de sourire et de partir en fredonnant.

Quand je relève la tête, je constate que je suis en retard au travail. Très en retard. Je pousse un cri et, dans ma précipitation, je glisse sur les débris de la tasse de café. Avec un juron, je me mets à quatre pattes et ramasse les morceaux à l'aide d'un torchon. Des larmes coulent sur mes joues et se mélangent au café renversé. Je jette à la poubelle les éclats de la tasse, accompagnés du torchon, puis je me prépare pour aller au travail.

Pour la première fois depuis la conversation franche que King et moi avons eue au sujet des abus de son père, je ne veux pas travailler avec lui. Je ne supporte pas l'idée qu'il puisse voir sur mon visage les traces des émotions dévastatrices qu'a provoquées « l'attention » matinale de Vic. Je ne veux pas l'entendre me dire « je te l'avais bien dit ».

Je surprends souvent King à me regarder et à essayer de me percer à jour. Il ne s'en cache même pas. Chaque fois qu'il termine une tâche et passe à une autre, je sens le poids de son regard sur moi, sauf que cela produit l'effet inverse de celui recherché, à savoir me remonter le moral face à la terrible misère qui m'attend à la maison. Aucun regard enflammé ni geste charmeur ne pourra me tirer du gouffre de désespoir qui menace de m'engloutir.

Malgré ma volonté de garder mes distances, travailler avec lui est devenu le temps fort de mes journées. Cela me donne de l'énergie, comme un coup de fouet. Comme une lueur dans l'obscurité. C'est électrisant, d'une manière dangereuse, car je sais que, si je m'approche trop près, je me brûlerai probablement les ailes. Le fait est qu'il est la seule personne dans ma misérable vie à m'avoir questionnée à propos des ecchymoses sur mes bras ou mon visage.

Je n'ai pas de famille. Du moins, pas de famille proche. Vic ne me permet pas d'avoir des amis, et mes collègues sont trop préoccupés par leurs propres problèmes pour s'intéresser à moi. Je suis complètement isolée.

C'est probablement ce que Vic souhaite.

Après deux ans passés sous son régime totalitaire, l'attention d'une nouvelle personne, même quelqu'un comme King, me fait l'effet d'un rayon de soleil bienvenu en plein hiver. J'agis comme une fleur se tournant vers lui pour capter le moindre rayon de lumière et s'épanouissant chaque fois qu'il lui accorde un peu d'attention. C'est pathétique. Je me déteste chaque fois que mon estomac se noue et que mon cœur s'emballe en remarquant sa présence du coin de l'œil.

Mais après ce que Vic m'a fait subir ce matin, je ne désire plus l'attention de King. Je préfère me cacher, comme je le faisais auparavant. Le fait d'être invisible contribuait à me rendre insensible, mais King me fait ressentir trop de choses. Il me donne de l'espoir, et parfois, l'espoir ne fait que renforcer notre désenchantement.

Ernie me jette un regard sournois lorsque je lui remets mon badge.

— On dirait que quelqu'un est très en retard.

Comme je ne réponds pas, il perd son sourire et bégaye avant de manquer de faire tomber mon badge lorsqu'il me le rend. Sans dire un mot, je fais démarrer la voiture et franchis la barrière, incapable de revivre une fois de plus nos interactions quotidiennes sans m'effondrer.

— Ça va ? me demande Annie.

Je regarde autour de moi et m'attends à voir quelqu'un d'autre, mais il n'y a personne.

Je m'éclaircis la gorge et souris timidement.

— Ça va. Je vais bien. Je suis juste un peu en retard.

— Sacrée journée pour commencer en retard, dit Annie avec un sourire.

Je me sens envahie par l'inquiétude, qui monte toutefois lentement.

— Pourquoi ? Que s'est-il passé ?

— Tu sais comment ce genre de choses arrive. Quelqu'un a décidé de déclencher une émeute à la cafétéria pendant le petit-déjeuner. Il y en a déjà un qui attend des soins à l'infirmerie. Bon courage ! me lance Annie alors que je me précipite vers la porte.

— Je suis désolée d'être en retard...

La suite reste coincée dans ma gorge.

Tout comme la première fois, King est couvert de sang et assis sur le lit. Mais cette fois-ci, il est torse nu, et son thorax est maculé de taches brunâtres. Des marques violacées ornent sa mâchoire et ses côtes. Même si je ne l'ai pas examiné, je devine à sa respiration qu'il souffre. Mon inquiétude me fait oublier mes récents traumatismes.

Je ne veux rien ressentir – dans le cadre de mon existence, il est toujours plus facile de conserver une attitude parfaitement indifférente sur tous les fronts –, mais lorsque je vois les yeux de King, dont le visage est aussi meurtri et abîmé que le tréfonds de mon être, le sentiment de similitude se renforce. Nous sommes les deux faces d'une même pièce, que cela me plaise ou non.

— Bonjour, Tessa, dit-il en m'apercevant dans l'embrasure de la porte.

Je suis presque distraite de ses blessures en l'entendant prononcer mon prénom. Presque.

— Qu'est-ce que vous vous êtes fait ? lui demandé-je en m'approchant du lit sur lequel il est assis.

Il rit, puis finit par pousser une plainte. J'avais raison. Il souffre.

— Tu me croirais si je te disais que ce n'était pas de ma faute ?

— Aucune chance, rétorqué-je en le rejoignant.

King crache du sang, mais je suis trop préoccupée par l'état de ses côtes pour avoir un mouvement de recul devant les éclaboussures sur le carrelage. Les yeux plissés, je fixe la flaque rouge et repense à la fameuse nuit d'il y a quelques semaines. Cela m'avait pris un temps fou pour nettoyer le sang incrusté dans les joints de ma cuisine. Quelqu'un va avoir du pain sur la planche une fois que j'aurai soigné le détenu.

— Eh bien, ce serait un mensonge de toute façon.

Cette fois, quand il rit, il n'y a pas la moindre trace d'humour.

— La vraie question, c'est : qu'est-ce qui t'est arrivé ?

Je laisse échapper un petit soupir, comme pour évacuer la pression montant sous la montagne de secrets et de mensonges.

— Occupons-nous d'abord de vous.

King se soumet à mes manipulations, mais je sens qu'il effectue lui-même un examen. Inutile d'essayer de maîtriser mon expression. Je sais déjà qu'il peut en quelque sorte comprendre tout ce que je pense.

— On dirait que vous avez encaissé une sacrée dérouillée.

— Tu devrais voir l'autre gars.

Avec mes mains protégées de gants, je lui incline la tête pour examiner une entaille au niveau de sa tempe.

— Je suis sûr qu'il finira par arriver.

Quand King pose ses mains sur les miennes, je me fige.

— Tu vas continuer longtemps à esquiver la question? Je croyais qu'on avait dépassé ce stade.

J'essaye de retirer mes mains des siennes, mais King les maintient contre son visage. Il ferme les yeux un instant et frotte légèrement mes mains contre sa peau. Dans cette position, je me tiens presque entre les jambes écartées du détenu. Si quelqu'un nous voit, cette personne penserait simplement que j'examine un patient, mais King et moi savons tous deux que cela va plus loin.

— Je ne veux pas en parler, dis-je doucement.

— Je pense que tu en as besoin.

À ces mots, une larme coule sur ma joue, et King retire une de ses mains pour l'essuyer.

— Dis-moi. Pourquoi ne pas me laisser deviner, alors? insiste-t-il lorsque je ne réponds pas.

Je pince les lèvres et acquiesce en reniflant.

— Il t'a frappée? demande-t-il.

Je hausse les épaules. King pose une main sur mon épaule, puis la descend le long de mon bras pour venir la poser sur ma taille qu'il serre.

— Il t'a encore fait du mal?

Incapable de le regarder plus longtemps, je libère son visage. Pendant qu'il parle, je prends des lingettes antibactériennes dans ma trousse de secours pour désinfecter l'entaille au niveau de sa tempe.

Il relève mon menton et réitère sa question.

— À votre avis?

Il est hors de question que je m'humilie en racontant à qui que ce soit, et encore moins à lui, ce qui s'est passé ce matin. Perturbée, j'appuie trop fort avec la lingette antibactérienne, ce qui fait gémir King.

— Désolée, dis-je distraitement.

— Tu ne m'avais pas dit qu'il était le directeur de la prison, petite souris.

— Vous semblez penser que tout ce qui me concerne vous regarde, rétorqué-je, évitant ainsi la question. On pourrait donc croire que vous ayez déjà cette information.

Je prends d'autres lingettes antibactériennes et commence à nettoyer le sang maculant la peau de King. Sa poitrine et son abdomen sont marqués de vilaines coupures assez fines. Rien de grave. Toutefois, elles causent de sacrés dégâts et doivent être extrêmement douloureuses. Au niveau de ses côtes, les contusions risquent de le gêner pour respirer sur les prochains jours, mais je ne vois rien qui puisse mettre sa vie en danger. Je lui fais part de mon diagnostic après avoir fini d'inspecter ses blessures.

Il ne fait aucune allusion à ses plaies et préfère continuer à me harceler.

— Tu sembles penser que tes affaires ne me regardent pas.

— Probablement parce que c'est le cas. Je ne sais pas ce qui vous fait croire que vous avez le droit de vous mêler de ma vie, mais je n'ai pas besoin d'un sauveur. Je n'ai besoin de rien venant de vous.

— C'est là que tu te trompes. Je pense être précisément ce dont tu as besoin.

Je reste silencieuse pendant plusieurs longues minutes, incapable de comprendre où il veut en venir. J'ai été stupide de lui lancer ces longs coups d'œil. J'ai été stupide de lui avoir révélé des informations sur ma vie privée. Je savais que je finirais par le payer, et cette nouvelle complicité qu'il y a entre nous doit en être le prix.

— Comment pouvez-vous être la personne dont j'ai besoin alors que je ne connais même pas votre prénom ?

Occupée à appliquer une crème anesthésiante sur les ecchymoses, je suis surprise par ma réponse.

Sous mes bons soins, King s'allonge, comme s'il appréciait le contact de mes mains, et il sourit. En voyant les coins de ses yeux se plisser, je me demande quel âge il a. Il est assez âgé pour avoir fait un mauvais choix, qui l'a conduit en prison avec le statut d'invité VIP du gouvernement américain.

Mais bon, je n'ai que vingt-sept ans et j'ai déjà réussi à foutre ma vie en l'air. Alors, qu'est-ce que j'en sais?

— Est-ce que tu es en train de me demander mon prénom, ma chérie? me demande-t-il.

À cette question, mon cœur fait un bond dans ma poitrine.

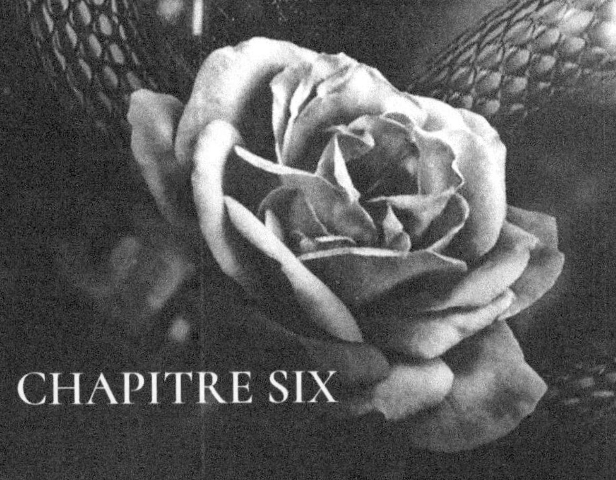

CHAPITRE SIX

Je sens mes mains se crisper sur sa peau, mais il est si concentré sur ma réaction qu'il ne fait pas attention ou s'en moque. Sous mes paumes, je le sens se transformer en granit, et une partie de moi voudrait retirer ma question, mais ce n'est pas possible.

— Qu'est-ce qu'il y a? demandé-je, avec l'espoir de dévier la conversation. Je vous ai fait mal?

King détourne les yeux et les baisse vers les mains que j'ai posées sur sa peau. Aussitôt que son regard tombe sur l'endroit où nos corps sont connectés, j'ai envie de retirer ma main. C'est hallucinant de voir qu'il fait toujours mouche dès que je laisse ma curiosité – ou ma stupidité –, avoir raison de moi.

— Il en faut plus pour me faire mal, petite souris.

Ses paroles me font le même effet que s'il m'avait confié de sombres secrets. Elles déferlent en moi, un mélange explosif de plaisir et de honte, une combinaison enivrante qui me pousse à en redemander. King incarne un fantasme auquel je ne peux me soustraire. Une maladie qui se propage lentement en moi. Ma raison me dit que je devrais prendre mes distances, mais mon cœur affamé réclame l'attention de ce criminel.

— Petite souris? répété-je, sans quitter mes mains des yeux.

Sinon, ceux-ci trahiront ma nervosité. J'étale de la crème anti-bactérienne sur la peau de King, et je réalise que lui résister est pratiquement impossible. Pas quand je sens ses muscles se contracter sous mes paumes, pas quand je sens les ondes de chaleur qui émanent de lui et pas quand mon corps frémissant lui répond.

Cela fait si longtemps que je n'ai rien connu d'autre que la violence et la peur. Les deux sont devenues si étroitement liées que j'étais certaine, avant ce jour, de ne jamais éprouver ce genre de sensations. De ne plus jamais sentir une vague de chaleur se propager dans mon ventre et se diffuser dans tout mon corps, ni la moiteur qui en résulte apparaître entre mes jambes.

Quand un sentiment d'horreur se joint à la vague de plaisir, j'ai envie de m'éloigner, mais je sais que je ne peux pas permettre à cet homme dangereux de voir ma réaction. Je ne peux pas lui montrer l'effet qu'il a sur moi. Je ne peux pas lui accorder ce genre de pouvoir sur ma personne.

— Oui, finit-il par dire. Parce que tu as toujours l'air de vouloir te réfugier dans un coin et te cacher.

C'est exactement ce que j'ai envie de faire en entendant les paroles de King. Je regarde tour à tour la porte et ma main, tout en nettoyant une nouvelle trace de sang sur sa peau. Il serait si facile de me soustraire à cet homme et à son regard omniscient. À mon incontestable réaction. À ce désir impérieux. En dix pas, je retour-nerais à ma vie morose, où je pourrais me perdre dans la misère quotidienne et la souffrance qui obscurcissent ma triste réalité.

Je ne fais pas ces dix pas là. Je refuse de laisser King à nouveau prendre le dessus sur moi, et je me remets à soigner ses blessures, en remplaçant les lingettes par des bandages blancs et propres. Contrairement à Vic, lorsque King insiste et teste mes limites, j'ai envie de riposter et de l'attaquer en montrant mes dents et en bran-dissant mes poings.

King pose sa grande main écorchée sur la mienne, la plaquant ainsi contre la chair brûlante de son torse musclé. Je lève des yeux timides et aperçois le semblant de sourire au coin de ses lèvres, un sourire qui paraîtrait plaisant chez n'importe quel autre homme.

Mais chez King, c'est un avertissement.

Ou une menace.

Mon cœur bat la chamade dans ma poitrine, aussi vite qu'un lapin tentant d'échapper à un prédateur. Je prends de profondes inspirations pour essayer d'en calmer le rythme effréné, mais, tant que King sera devant moi, ce sera inutile. Je réussis à terminer de nettoyer son torse sans rentrer dans son jeu. Bien que je me sente vivante en sa présence, ou peut-être justement à cause de cela, je ne l'encouragerai pas. Je ne vais pas m'engager dans cette voie. Je l'ai déjà fait une fois, et cela m'a tout fait perdre.

J'attends qu'il me lance un nouveau défi alors que je termine de m'occuper de sa poitrine et de ses bras. Je jette ensuite les déchets dans un sac, que je pose près de la porte.

— Pouvez-vous vous lever? demandé-je en lui montrant un rouleau de gaze que je viens de prendre dans ma trousse. Je dois vous bander les côtes jusqu'à ce qu'ils puissent vous faire passer une radiographie.

En obtempérant, il me rappelle ainsi un animal à moitié apprivoisé, qui accepte les soins de l'homme pour mieux l'égorger quelques secondes plus tard. Lorsque je sens l'abdomen de King se contracter, le murmure de désir, que j'essayais tant bien que mal d'ignorer, reprend vie et se fait plus incisif au contact du danger.

Comme lorsqu'on baise en public.

C'est répréhensible et obscène. On se déteste un peu de prendre autant de plaisir, mais on jouit plus intensément que d'habitude. À cette pensée, je me mets à haleter et je crains que King puisse m'entendre, mais je n'ai pas assez de volonté pour m'éloigner.

Je dois me pencher vers lui pour serrer le bandage autour de sa poitrine, ce qui n'arrange rien. Son odeur envahit mes narines, me faisant l'effet d'une drogue. J'effleure son ventre de mes doigts, et je donnerais n'importe quoi pour explorer durant cinq minutes la rangée de muscles qui disparaît ensuite sous sa ceinture.

Le fait de parvenir à lui bander les côtes relève du miracle. Pendant tout ce temps, King ne cherche pas à me toucher, mais j'aimerais qu'il le fasse. Une fois ma tâche accomplie, je sens son regard patient et prédateur posé sur moi tandis que je remballe le reste de mon matériel.

— Arrêtez ça! m'exclamé-je, révélant ainsi à quel point il me met à bout.

— Arrêter quoi? demande-t-il avec ce fameux demi-sourire.

— De me regarder comme ça. Vous essayez de m'énerver? Vous voulez que je demande que vous soyez affecté dans un autre service?

Comme pour me provoquer, il fait un pas en avant.

— Tu ne feras pas ça, me défie-t-il.

— Ah non? rétorqué-je, même si j'entends ma voix hésitante.

Son sourire redouble de vigueur.

— Non.

Je secoue la tête et sens mon corps s'incliner vers le sien.

— Je ne sais pas ce que vous attendez de moi, je ne sais pas ce que vous croyez que nous faisons, mais nous devrions nous abstenir. Mettons les choses au clair dès maintenant. J'apprécie que vous vous préoccupiez de ma sécurité, mais vous ne pouvez rien faire pour m'aider. Ce genre de sollicitude ne fait que compliquer les choses pour moi.

Lorsque King se déplace, tout mon corps se raidit. Il approche ses lèvres de ma joue, là où le souvenir de l'ecchymose me fait encore souffrir.

— Arrêtez, protesté-je d'une voix plus essoufflée que ferme.

— Je te propose un marché, dit-il en se rapprochant encore un peu plus de moi.

Je gémis presque de frustration, de terreur et de désir.

— Un baiser. Un seul baiser, et ensuite, je ne t'embêterai plus. Personne n'aura à le savoir.

— Vous n'êtes pas sérieux... murmuré-je.

Mais je sais, d'après son regard déterminé, qu'il l'est.

— Pourquoi?

King rapproche ses lèvres de ma joue et me surprend par sa douceur. J'ai presque honte que mon premier réflexe soit de m'éloigner de lui. Il semble s'en rendre compte et soupire avant de marquer une pause suffisamment longue pour que nos regards se croisent. Nous attendons... en nous observant. Mais, comme il ne me gifle pas et ne me lance aucune remarque acerbe, mon traître de corps se détend.

De toute évidence, mon corps est stupide.

— Allez, insiste King en approchant ses lèvres avec audace. Laisse-moi te donner ça. Un baiser. Je te promets que tu vas adorer. Laisse-moi te montrer de la douceur pour gommer l'amertume. Un baiser, et si tu veux que je m'en aille après, je le ferai.

King est le diable incarné, le serpent qui a piégé Eve. Mais je suis certaine de ne pas être au paradis. Je me déteste rien que pour l'avoir envisagé. Je déteste la façon dont mon corps me pousse à accepter.

— Vous ne me dérangerez plus ?

À la lueur triomphante dans ses yeux, je comprends que j'ai basculé dans un précipice, sans retour en arrière possible.

— Parole de scout.

Je ricane, ce qui le fait sourire.

— Alors, c'est oui ?

— Tout à l'heure, vous m'avez demandé si je voulais connaître votre prénom.

King hoche la tête, mais son geste est vif et brusque. Pour la première fois, je l'ai pris au dépourvu.

— Je pense que j'aimerais bien le connaître.

Ce sera l'équivalent d'un adieu. Ou du moins, c'est ce que je me dis. Un adieu à la fièvre de la passion et à cette bouffée de vie. C'était sympa le temps que ça a duré, mais ce genre de folie ne mène jamais à rien de bon.

L'espace d'un instant, je suis convaincue que mes oreilles me jouent des tours, mais non. King gémit d'une voix grave et satisfaite qui s'échappe du fond de sa gorge. Je suis tellement absorbée par le son que je ne remarque pas l'homme s'approcher lentement, jusqu'à ce que je sente son corps collé au mien. Je pose mes mains sur ses épaules, reconnaissante des bandages qui nous séparent. Trop de contact avec sa peau risquerait de court-circuiter mon cerveau.

— Gracin, dit-il.

Ses lèvres sont si proches qu'elles effleurent le lobe de mon oreille.

— Je m'appelle Gracin.

Puis il plaque sa bouche sur la mienne.

CHAPITRE SEPT

J e suis bouleversée.

Ce baiser ne ressemble à aucun autre que j'ai reçu dans ma vie. Je n'aurais jamais imaginé qu'un homme aussi grand et brutal puisse être aussi délicat.

Cela me donne presque l'impression de m'y être mal prise pendant des années. Comme si toutes les caresses, les ébats maladroits sur la banquette arrière d'un véhicule, les rapports violents avec Vic avaient été... une erreur, et que c'était à ça que ressemblait un vrai baiser.

Rempli de tendresse.

Mon Dieu! Que les lèvres de Gracin sont douces! Étonnamment, compte tenu de l'image de cruauté et de férocité qu'il renvoie.

Je découvre qu'il est loin d'être l'homme qu'il semble être.

Cela me donne envie d'aller plus loin, d'obtenir plus, et Gracin doit sentir la montée de ce désir dévorant, car il entrouvre ses lèvres et sort sa langue pour me contrôler de la manière la plus agréable qui soit. Dès la première tentative, je m'ouvre à lui, et je gémis à la seconde.

Les compresses et les instruments que j'ai dans les mains tombent par terre, dans un fracas dont je fais abstraction. Les infirmières dans la pièce voisine sont trop loin pour entendre le bruit. À cet instant, je me moque complètement qu'elles puissent nous observer. Je focalise toute mon activité cérébrale sur le jeu affectueux de sa bouche sur la mienne. Je n'ai rien connu ni rien vu d'aussi tendancieux que la chaleur intense et humide de Gracin. Celle-ci m'embrase et me décompose.

Après un instant, ou bien une éternité, Gracin recule. Étourdie, j'ouvre les yeux et tremble contre lui, sous l'effet de la vague de désir qui déferle en moi, où se mêlent culpabilité et honte. Pourtant, j'ai le souffle coupé lorsque je contemple son visage. C'est la première fois que je suis assez proche de lui pour voir le cercle doré qui entoure ses iris d'un vert éclatant.

J'aimerais qu'il se penche et pose à nouveau ses lèvres sur les miennes.

Quel genre de personne en demande plus de la part d'un homme comme lui? Quel genre de femme souhaite ardemment avoir un autre baiser d'un criminel?

Moi.

J'en veux plus.

Je veux tout.

Je le veux ici.

Encore. Et encore. Et encore.

Je repense à toutes les nuits que j'ai passées sous le corps écrasant de Vic, pendant qu'il me pénétrait, et à toutes les fois où mon plaisir a été détourné dans le but de me blesser, et à toutes les fois où le plaisir s'est transformé en douleur, puis en torpeur. Je me souviens de ce que mon mari m'a forcée à faire quelques heures plus tôt, et de la façon dont il m'a privée de ma capacité à choisir et à agir. Je repense à tout ça, et maintenant, je veux continuer d'expérimenter ce parfum d'interdit qui émane de Gracin. Je le veux, parce qu'il me donne l'impression d'être vivante, pour la première fois depuis des années. Parce que je suis à nouveau maîtresse de mon plaisir. Parce que mon corps m'appartient à nouveau.

Par conséquent, je joins mes mains derrière sa nuque, et je l'embrasse.

Cela doit le surprendre, car il émet un son contre ma

bouche. Il lui faut quelques secondes pour que son corps se mette au diapason. J'aime l'idée de l'avoir pris au dépourvu. J'aime avoir le pouvoir de le choquer et de lui inspirer du désir. Moi.

Les mains affamées de Gracin ne sont plus douces ni hésitantes. Elles se resserrent autour de ma taille, jusqu'à ce qu'il n'y ait plus aucun espace entre nos deux corps. Jusqu'à ce qu'il me soit impossible de nier la chaleur et la dureté de son sexe contre mon ventre, ou la moiteur tiède qui coule entre mes jambes et embaume l'air autour de nous.

Je passe mes doigts sur ses cheveux rasés, dont la douceur soyeuse me donne la chair de poule. Un son rauque et sonore surgit du fond de sa gorge. Je n'ai jamais rien entendu d'aussi sexy de toute ma vie. Je refais le même mouvement avec mes mains et racle mes ongles sur son cuir chevelu, puis Gracin craque. Je jurerais presque entendre sa retenue voler en éclats.

Puis il me plaque contre le mur, et sous l'effet de sa force gravitationnelle, tel un trou noir chargé d'excitation et de désir, l'espace inexistant entre nous disparaît. Gracin est si proche de moi qu'il me donne l'impression de vouloir fusionner avec moi, ce qui provoque une nouvelle vague de frissons aussi légers que des plumes le long de ma colonne vertébrale.

Sa combinaison de détenu et ma tunique d'infirmière produisent un concert de bruissements, de sorte que je sens tout. Comme je ne proteste pas, Gracin glisse un genou entre mes jambes pour les écarter. Les bras libres, puisque son corps me maintient contre le mur, il saisit mes genoux et me soulève afin d'aligner sa verge dure sur mon sexe, ce qui me fait gémir contre ses lèvres.

Gracin remplace ses lèvres par ses mains pour couvrir les bruits que je ne peux pas contenir. Ses yeux toujours vigilants rivés sur les miens, il utilise la main posée sur ma bouche pour tourner mon visage sur le côté, puis ses lèvres font des choses à mon cou et à mon oreille, au point que sa main devient absolument nécessaire. Malgré cela, mes gémissements et mes cris résonnent dans la petite pièce.

Comme s'il lisait dans mes pensées, Gracin rapproche ses lèvres du lobe de mon oreille.

— Ils pourraient entrer à tout moment et voir la vilaine fille que tu es, murmure-t-il avant d'accentuer ses paroles par un coup de reins tout en lenteur.

Je peux tout bonnement sentir chaque nervure, chaque veine de son sexe au moment où il le glisse le long de mon entrejambe.

Je ne réponds pas. Cela serait absurde puisqu'une main couvre ma bouche, mais je le fais d'une autre manière. L'odeur de mon excitation devient plus forte, et je sais que mon uniforme est sûrement mouillé. J'ai les joues rouge écarlate, brûlantes de honte, à l'idée que Gracin puisse le remarquer. Ou la sentir, si ce n'est pas déjà le cas. Des cris étouffés et haletants s'échappent de ma gorge, malgré tous mes efforts pour les retenir. Mon cerveau alterne entre la perspective de voir les geôliers entrer, et la sensation de sa verge dure entre mes jambes, une combinaison explosive, stimulante, érotique.

Je devrais repousser Gracin.

Quelqu'un de bien le ferait.

Déjà, quelqu'un de bien ne lui aurait pas permis de l'embrasser.

Sa langue retrouve mon oreille avec une précision déconcertante.

Cette partie de mon corps a toujours été très sensible, et le souffle chaud et haletant de Gracin vient contrecarrer le raisonnement hasardeux que je tenais dans ma tête. Je sens des décharges électriques parcourir tout mon être tandis que je me laisse envahir et submerger par le son de sa respiration haletante. Je m'agrippe à ses épaules de toutes mes forces, ce qui ne semble pas le déranger. Je songe brièvement à ses blessures, à lui demander si ça lui fait mal – même si sa main sur ma bouche m'en empêche –, puis Gracin se décale et incline son bassin vers le haut, de telle sorte que son gland bombé heurte mon clitoris à un angle parfait, et mon monde se désagrège.

Je fais fi des conventions, des règles et des attentes. J'en arrive même à enfreindre la loi. Celle qui me défend de toucher cet homme. D'encourager l'attention qu'il me porte. J'oublie qu'il est mon patient. Qu'il est un criminel condamné.

Je sens émerger une facette sombre et perverse de moi, et au lieu de repousser Gracin, je me sers de mes jambes pour l'attirer plus près. Il grogne dans mon oreille d'une voix rauque et sexy, et je cambre le dos et écarte les jambes autant que possible pour qu'il puisse se loger entre elles. Dans cette position contraignante, mes cuisses me brûlent et mes hanches me font souffrir, mais tout cela m'importe peu, parce que je sens une vague de chaleur monter en moi. Je me transforme en une créature déchaînée et irréfléchie, qui n'a rien d'autre en tête que le désir d'en avoir plus.

Plus de pression.

Plus de contact.

Plus de plaisir, d'obscénité, de brutalité.

Gracin laisse des marques dans mon épaule en y enfonçant ses dents alors qu'il essaye de contenir ses gémissements de plaisir. Ses doigts meurtrissent ma bouche au point de me laisser des bleus. Je sens le goût du sang à l'endroit où mes dents entaillent ma lèvre inférieure.

— Tu en as envie, murmure Gracin à mon oreille d'une voix qui pourrait appartenir au diable en personne. Tu en as tellement envie que j'en ai presque le goût sur la langue.

La seule réponse que je donne ressemble à des cris bestiaux et impatients.

— Je veux te faire du bien, Tessa.

Quand ses hanches ralentissent leur rythme, je manque de hurler.

— Laisse-moi te faire du bien.

J'aurais poussé un cri s'il n'avait pas retiré sa main de ma bouche pour la remplacer par ses lèvres. Puis, à l'image de sa verge, sa langue plonge en suivant la mesure des mouvements de son bassin.

J'oublie comment respirer. J'oublie comment parler. J'oublie comment réfléchir. J'oublie de me soucier de tout ce qui m'entoure, sauf des coups de reins réguliers de Gracin et de sa bouche contre la mienne.

Je ne savais pas qu'il existait des sensations aussi agréables.

Soudain, il glisse une main dans mon dos et me force à me cambrer, au moment même où j'entends l'une des infirmières rire devant la porte, qui est restée déverrouillée...

D'un coup, tout le vice et toute l'immoralité de la chose me reviennent en pleine figure, puis la main de Gracin se pose sur ma gorge, déclenchant un ballet d'étoiles devant mes yeux. Je suis transpercée par un intense et violent plaisir, qui me fait basculer la tête en arrière. Quand je me heurte au mur, Gracin étouffe mon long cri silencieux.

Alors que je redescends progressivement sur Terre, ma conscience vacille, hyperconcentrée sur le sexe dur de Gracin qui palpite encore contre moi. C'est une sensation que je ne pense pas être capable d'oublier. Long et épais, son membre est appelé à combler le vide qui est en moi. L'idée me fait saliver, même si la retombée de mon orgasme calme mon désir. Après, Gracin entoure ma taille de ses bras pour me serrer contre lui. Presque... tendrement. Ou du moins ce qu'on pourrait considérer comme de la tendresse de sa part.

Puis, j'entends à nouveau les infirmières.

Bien que faibles, leurs voix sont audibles. Elles discutent d'une certaine émission de télévision, une conversation anodine, comme si le monde ne venait pas de basculer.

Gracin m'observe attentivement, et je suis certaine qu'il a vu les émotions se succéder sur mon visage. Il en voit trop. Il comprend trop de choses.

Je sens mon corps, brûlant quelques instants auparavant, se refroidir, et l'horreur s'emparer de moi.

Oh, mon Dieu! Qu'est-ce que je viens de faire?

CHAPITRE HUIT

Je n'ai eu exactement que deux aventures d'un soir dans ma vie. Après chacune d'elles, j'ai presque ressenti la même chose. Mais cette fois-ci, c'est encore plus terrible. L'ivresse procurée par l'interdit est délicieuse pendant la montée, mais mortifiante après la chute. Tout comme cet homme, la sensation est à la fois atroce et addictive. Il est l'incarnation même d'une drogue. Une drogue mortelle.

Les conséquences de notre acte répréhensible m'apparaissent aussi nettement qu'un vicieux coup de poing dans le plexus solaire. Ce que je préférerais presque. La violence est facile à encaisser comparée à cela.

Je sens mes sous-vêtements coller à cause de la moiteur entre mes jambes. Avec embarras, je prends alors désagréablement conscience de l'ampleur de mon erreur. Gracin recule suffisamment pour me permettre de reposer les pieds sur le sol. Le sang reflue de mes joues en feu, et je me retrouve frigorifiée et tremblante, avec les idées bien trop claires.

Je me balance d'un pied sur l'autre, et tout en essayant de déterminer la suite des événements, je grimace. Une douleur persiste au niveau de mes cuisses, causée par la façon dont Gracin me les a écartées pour pouvoir s'installer entre elles. Je suis sans voix, paralysée par l'indécision.

Bon sang! Que faire après avoir commis une erreur aussi monumentale?

Un désir lancinant m'habite toujours, et malgré la honte qui menace de me terrasser, j'ai envie de l'assouvir. Je ne me suis pas sentie aussi mal la première fois que Vic m'a battue. Le tremblement de mes doigts s'intensifie à mesure que la stupeur s'estompe, pour laisser place à l'horreur.

Gracin me relève la tête à l'aide d'un doigt. En réponse, je sens mon cou palpiter. Mon sang afflue à l'endroit où sa main se trouvait quelques secondes plus tôt seulement. Tant de fois auparavant, Vic a agi de la sorte, mais je n'ai jamais dit à quiconque ce que je le laissais me faire. Exposer ainsi ma honte me fait terriblement mal et me donne envie de fuir. Quand mes yeux se remplissent de larmes, j'essaye désespérément de les retenir jusqu'au moment où je pourrai sortir de cette pièce. Je me répète ce refrain en boucle. Tout ira bien, tant que je réussis à quitter cette pièce.

J'ouvre la bouche pour parler, mais que dire? J'ai littéralement demandé à ce que ça se produise. Quelles que soient les répercussions, je ne peux m'en prendre qu'à moi-même. Faute de trouver les mots, je contourne Gracin et remets discrètement mes vêtements en place, envahie par un sentiment inconfortable d'humiliation qui m'enveloppe de son manteau, même si je suis gelée de l'intérieur.

— Tessa, dit-il.

Je grimace.

— Arrête.

Ma voix ne tremble pas, et je me laisse envahir par la torpeur familière. Après avoir fait les bandages de Gracin, il ne restait pas beaucoup de désordre, alors je remballe le peu de matériel qui reste en gardant mon dos tourné. Je sais que Gracin n'insistera pas maintenant. Je sais qu'il ne cherche pas simplement ma douleur, ce qui est presque pire.

Je sais comment gérer la douleur. Mais ça... ce qu'il me fait ressentir est bien plus dangereux.

Quand je me retourne, je vois Gracin m'attendre près du couloir menant à l'infirmerie, dans une posture faussement décontractée. Ces bras, qui viennent d'enlacer mon corps, sont croisés sur sa poitrine. Cette poitrine que j'ai déjà hâte d'explorer à loisir, en dépit du regret qui envahit mes veines, tel du venin. Je sais pertinemment que le mystère qui entoure cet homme est trompeur, mais mon corps a tout de même soif de lui.

— Ça ne peut pas se reproduire, dis-je, sans regarder Gracin dans les yeux.

Je m'accroche à la promesse qu'il m'a faite comme à une bouée. C'est ma seule chance de survie. Ma seule possibilité de donner un sens à l'erreur que j'ai commise.

— Tu n'essayeras plus de m'embrasser ni de venir me voir, continué-je fermement. J'ai fait ce que tu voulais. Maintenant, c'est fini.

Il acquiesce, mais je remarque qu'il se garde de confirmer ou d'infirmer ce que je viens d'exiger.

— Pense ce que tu veux, mais on est loin d'en avoir fini, répond-il à la place.

Je ne veux pas me disputer avec lui de peur que tout se répète, alors je range mes affaires dans ma trousse et me précipite vers le placard du stock, digne de la petite souris qu'il croit que je suis. En chemin, je sens le poids du regard de Gracin dans mon dos, puis je passe beaucoup plus de temps que nécessaire à ranger et réorganiser les fournitures. Ces dernières sont déjà parfaitement ordonnées, tous les médicaments et bandages alignés en petites rangées bien nettes. Je suis jalouse de cette organisation, alors que je suis un véritable désastre à l'intérieur.

J'ignore totalement ce que je fais ou la place qui m'est réservée dans ce monde.

Je sais que je devrais réfléchir à la suite et me préparer à affronter le futur. Mais mon cerveau est trop occupé à essayer de comprendre ce qui vient de se passer. De toute façon, c'est inutile. Le chaos défie toute logique. Et c'est exactement ce que représente Gracin.

Le chaos.

Quelques heures plus tard, je réussis enfin à avoir quelques minutes pour moi. Sans même y penser, je recherche le nom de Gracin dans le registre des patients. Pour des raisons de sécurité, le dossier que j'ai reçu concernant son historique médical ne mentionne que son numéro d'écrou, ce qui n'est certainement pas le cas dans son dossier officiel.

La photo prise lors de son incarcération aurait dû être particulièrement repoussante. Après tout, qui est beau dans ces combinaisons bleu pâle portées par les prisonniers? Lui, bien sûr. Sur la photo, ses cheveux sont plus longs, donc le personnel a dû les lui raser après son arrivée à la prison. Face à l'appareil photo, Gracin a le menton relevé avec insolence, et arbore ce regard dur et déterminé que je connais bien. L'éclairage morne accentue les ombres sous ses pommettes saillantes et fait de son visage un ensemble d'arêtes et d'angles marqués. À l'image de l'homme en question, me dis-je.

Je prends une profonde inspiration pour me libérer de mes tensions, et essayer de me dissuader de faire ce que je m'apprête à faire, mais c'est inutile. À la place, je lâche des yeux la photo de Gracin et commence à lire les notes figurant dans son dossier. Ce faisant, je sens mon cœur s'emballer dans ma poitrine, et je me mets à ronger un ongle tandis que je tapote le dossier de l'autre.

Gracin Kingsley.

Gracin Kingsley.

Le simple fait de répéter son nom fait battre mon cœur à toute vitesse.

Cette part primitive et bestiale de mon être, celle qui a savouré nos ébats sulfureux, réagit avec une violence inhabituelle et me supplie de continuer ma lecture.

Après avoir jeté un rapide coup d'œil vers la porte du bureau, je me penche sur le clavier, et je poursuis. D'après la date de naissance indiquée sur le formulaire, Gracin a trente-cinq ans. Il est né et a grandi à Macon, en Géorgie, comme il me l'a dit lors de notre première rencontre. Il a vécu une enfance peu heureuse, marquée par les abus et la pauvreté, avant que ses parents ne meurent et que Gracin ne soit placé sous la protection de l'État. Quand je passe à ses antécédents médicaux, mon estomac se noue. Il ne mentait pas lorsqu'il disait avoir été maltraité par son père. Son dossier contient une longue liste de rapports, rédigés par divers agents de l'État et professionnels de santé, faisant état de dizaines de blessures, notamment des commotions cérébrales, des brûlures et des fractures. Le cœur brisé, je l'imagine enfant, entre les mains d'un homme comme Vic. La longue liste des crimes énumérés dans le casier judiciaire de Gracin est à la fois terrifiante et... impressionnante. Toutefois, son dossier n'explique pas pourquoi il est en prison. La raison doit être effroyable pour qu'il ait atterri à Blackthorne.

Je ne sais même pas si je veux la connaître.

Dans le périmètre de la prison, notre relation – faute d'un meilleur terme –, est protégée par une petite bulle. Dans une certaine mesure, je sais que je suis en sécurité, car Gracin ne peut pas sortir. Mis à part nos brèves interactions au cours de la journée de travail, je n'ai pas à le voir si je ne le souhaite pas, et je sais qu'en cas de besoin, il suffirait d'un simple coup de fil pour demander de l'aide. En savoir davantage sur le passé de Gracin rend tout cela plus réel, définitif, irréversible.

Je ferme le fichier et me déconnecte de l'ordinateur pour aller terminer ma garde. J'efface mes traces du mieux que je peux. C'est risqué de consulter un fichier confidentiel, mais je devais en apprendre davantage. Maintenant, j'ai peur d'en savoir à la fois trop et pas assez.

Quand je rentre avec une heure de retard, la maison est silencieuse, mais je perçois déjà la tension dans l'air. Je ne vois aucun signe de Vic, mais je peux sentir sa présence. Comme une proie qui détecte la proximité d'un prédateur. Qui observe. Qui attend pour frapper.

Pour la première fois depuis que mon mari m'a battue, je ne suis pas terrifiée. Je suis en colère. Et je sais que c'est en partie à cause de Gracin. Il me donne envie de choses que je ne peux pas avoir. Une vie différente. Lui. L'envie de me défendre.

Cette lueur d'espoir est dangereuse.

Probablement un peu insensée.

Comment un homme dans son genre peut-il me donner envie d'être plus forte ?

L'ironie est risible.

En fait, figée devant la porte d'entrée, je me mets à rire. Vic doit sans doute se demander ce qui ne va pas chez son idiote de femme pour qu'elle se mette à rire comme une folle, mais pour une fois, je m'en fiche. Je me fiche de savoir qu'il va me rouer de coups dans un avenir très proche.

Je me fiche d'avoir embrassé un homme autre que mon mari.

Selon moi, le fait d'avoir franchi la limite du professionnalisme et de réaliser que je suis capable de choses terribles a eu un impact sur mon cerveau.

Peut-être que les années passées à souffrir sous les coups de Vic ont fini par avoir raison de moi. La fille que j'étais autrefois n'aurait jamais laissé un homme comme Gracin percer ses défenses. Elle n'aurait même jamais envisagé d'enfreindre les règles, et encore moins la loi. Mais en même temps, elle n'aurait probablement jamais pensé qu'elle laisserait son mari l'utiliser comme punching-ball.

Une voix rappelant fortement celle de Gracin murmure dans ma tête.

Que peux-tu faire d'autre ?

Jusqu'où irais-tu ?

Comment est-il possible qu'un homme, censé faire respecter la loi, puisse me démolir, alors qu'un autre, une supposée ordure, peut m'aider à me reconstruire ?

D'un pas hésitant, j'entre dans la maison où je me suis cachée ces dernières années. Une maison que j'associe uniquement à la terreur et aux cauchemars, et, pour la première fois, je n'ai pas peur. En fait, c'est cette absence de peur qui me terrifie.

Cet état d'esprit me donne l'impression de pouvoir tout faire.

C'est sans doute ce que recherchait Gracin.

Sur le chemin pour me rendre à la cuisine, je jette un coup d'œil dans le salon, remarque la mallette près du fauteuil inclinable, et le verre de brandy sur la table d'appoint. Vic est rentré. Je suis envahie par une impatience sinistre et violente. Une impatience semblable au désir qui m'a poussée à attirer la tête de Gracin vers moi et à prolonger le fameux baiser à l'origine de ma perte.

Mon mari doit être dans la chambre, et j'ai envie de vomir à l'idée de le voir entre les draps. Je sais avec certitude que je ne partagerai plus jamais son lit. Je ne le laisserai plus jamais me toucher. Je ne le laisserai plus jamais me faire de mal.

Je préférerais mourir.

J'ouvre le réfrigérateur, plus par habitude qu'autre chose, et j'y prends les côtelettes de porc que j'ai sorties ce matin en prévision du dîner. La banalité de la préparation du repas apaisera la tempête qui gronde en moi. Cela m'empêchera de prendre des décisions hâtives. À condition, bien sûr, que Vic ne commette pas d'imprudence.

Je sors des carottes et des pommes de terre, que je pose sur l'îlot de la cuisine. Après avoir rassemblé les ingrédients nécessaires pour paner les côtelettes de porc, je mets de l'huile à chauffer dans une friteuse que je place sur la cuisinière. J'entends le lit grincer dans la chambre et un sentiment accablant de crainte m'envahit. Les pas de mon mari font gémir le parquet du couloir et me coupent le souffle.

— Où est-ce que tu étais ? demande-t-il avec une fausse indifférence.

C'est ainsi que commencent toutes ses « discussions ». Il trouve une excuse, n'importe laquelle, pour pinailler. Puis il se met à hurler et à se déchaîner. Ensuite, il se montre violent.

C'est un cycle. Un cycle décrit dans les livres et illustré dans les films bien trop de fois pour les compter. Je ne me rendais tout simplement pas compte que je me trouvais dans l'un d'eux jusqu'à ce qu'il soit trop tard. Et que cela se répète à l'infini.

J'en ai assez.

Effrayée par la rage inhabituelle qui m'envahit, je rince les légumes avec le plus grand soin. Un voile blanc envahit mon champ de vision, et, après avoir posé les carottes et les pommes de terre sur le plan de travail, je me frotte les yeux en me disant que je suis peut-être trop fatiguée.

Vic pousse un soupir de frustration.

— Je te parle, dit-il, d'une voix qui me faisait autrefois frissonner et me recroqueviller de peur.

Maintenant, ce ton me lasse simplement.

Pourquoi l'ai-je laissé me faire du mal pendant si longtemps ?

Pourquoi ai-je mis autant de temps à m'en rendre compte ?

J'ignore Vic, choisis un couteau dans le bloc à couteaux, et commence à couper de fines lamelles de carottes. En le faisant, je me représente en train de couper les entraves créées par mon mari. Celles qui m'étouffent depuis si longtemps, dont le poids me fait l'effet d'une seconde peau. Il ne faut pas longtemps pour que celles-ci prennent la forme de l'homme lui-même, et je ferme les yeux pour chasser cette image.

Je me mets à couper les carottes avec plus de vigueur. Vic doit sentir mon humeur et, intelligemment, il garde le silence jusqu'à ce que je repose le couteau sur le plan de travail et le troque contre un économe. Sans lever les yeux de ma tâche, je m'occupe des pommes de terre.

Je crois que j'ai peur de regarder mon mari.

J'ai peur que tout change lorsque je le ferai. J'ai peur que les fondements mêmes de mon être aient irrévocablement changé.

— Tu vas me répondre ? demande-t-il avec une inflexion sur la fin.

Comme s'il n'en revenait pas que je puisse lui tenir tête. La petite femme docile de ce matin a disparu, et Vic ne sait pas comment réagir.

Cela doit être très déconcertant pour lui. Pourtant, le sentiment de puissance qui m'envahit est incomparable.

— Non, dis-je, en mettant de l'eau à bouillir dans une casserole pour les pommes de terre.

— Non ? répète-t-il d'une voix anormalement aiguë.

Je prépare une autre casserole, avec un peu d'eau pour les

carottes, et lui jette un rapide coup d'œil avant de faire préchauffer le four.

— Non, je ne vais pas répondre à ta question. Tu sais très bien où j'étais.

— Qu'est-ce que tu m'as dit? lance-t-il en contournant l'îlot et en arrivant de manière menaçante derrière moi.

Les mains toujours près de la plaque à pâtisserie où j'étale des biscuits avant de les enfourner, je lève les yeux et manque d'éclater de rire en voyant l'expression sur le visage de Vic. Le teint de mon mari est marbré de rouge. Des gouttes de sueur perlent au niveau de ses tempes, et sa lèvre inférieure tremble. À en juger par son attitude, je dirais qu'il se réjouit presque à l'idée d'une confrontation. Cette pensée me donne la nausée. La peur a toujours été ma compagne, mais je pourrais volontiers m'en passer.

Jusqu'à présent.

La main de Vic se crispe là sur le plan de travail au point d'en blanchir les jointures, comme les pétales d'une fleur, là où les entailles se sont cicatrisées à plusieurs reprises. Ces mains ont souvent été les protagonistes de mes cauchemars. Autrefois, il suffisait à mon mari de les lever, ne serait-ce que légèrement, pour que je me soumette immédiatement. Je reculais, paniquée, telle la petite souris timide que Gracin me reproche d'être.

Mais aujourd'hui, même devant ses mains crispées de manière menaçante, je n'ai pas peur. J'ai comme l'impression que mes émotions sont enveloppées d'un voile de coton et protégées par une vitrine.

Pour être honnête, je dois admettre que ce revirement n'a que trop tardé. Les abus, tant émotionnels que physiques, ont été trop nombreux. Le sentiment d'isolement et de désespoir a été trop fort.

Il y a des limites à ce qu'une personne peut supporter, et ce matin, la situation a basculé.

Ce n'est même pas à cause de Gracin. Il n'est que le symptôme d'un problème bien plus grave. Peut-être me suis-je jetée dans ses bras pour provoquer cette confrontation. Pour mettre fin à tout cela.

Il me conduira à ma perte.

Il m'a fallu toucher le fond pour entrevoir une issue.

Le halo jaune du luminaire de la cuisine, celui placé au-dessus de ma tête, fait briller le couteau. Quand je lève les yeux, je vois Vic m'observer d'un regard perçant, à l'image d'un serpent. Nous savons tous les deux ce qui va se passer.

CHAPITRE NEUF

Le lendemain démarre comme tous les autres jours. Je me réveille, je prends ma douche, et je soigne mon apparence avec une attention particulière. J'utilise même le gommage au sucre qu'une autre infirmière m'a offert à Noël dernier. Après m'être enveloppée de l'une des grandes serviettes luxueuses de Vic, j'applique généreusement une lotion parfumée à la lavande, et je me maquille d'une main plus lourde pour couvrir les cernes sous mes yeux et la maigreur de mes joues.

Après avoir enfilé la tenue réglementaire, j'évite le désordre du dîner dans la cuisine, et me prépare rapidement un smoothie pour mon petit-déjeuner. Par habitude, je récupère le journal sur le perron et le pose sur la table. Je ne réfléchis pas au pourquoi de cette action tandis que je prends mes clés et mon sac à main avant de monter dans ma voiture.

Agir sans réfléchir est apparemment devenu mon mode de fonctionnement pour régler tous mes problèmes. Mais ma vie est si détraquée que les affronter impliquerait de revenir sur toutes les décisions atroces que j'ai prises ces derniers temps, ce que je ne suis tout simplement pas prête à faire.

Nan.

Je me rends donc au travail en voiture et je fais comme si c'était un jour comme les autres.

Je fais comme si mon mariage n'était pas une mascarade. Comme si je n'avais pas gâché ma vie le jour où j'ai épousé le premier homme qui m'a fait me sentir spéciale. Comme si je n'étais pas restée mariée simplement parce que je n'avais nulle part où aller. J'arrête le fil de mes pensées, car le nom de la personne qui m'a probablement fait encore plus de mal que mon minable mari a failli me venir à l'esprit.

Le regard d'Ernie dans mon décolleté ne me touche même pas lorsque je lui tends mon badge. Il ne représente qu'un infime grain de sable dans l'océan de mes préoccupations. Je lui adresse même un sourire légèrement dément qui le laisse bouche bée, puis je reprends mon badge et m'éloigne en vitesse.

Ma voiture dérape sur la neige fondue grise du parking quand je freine brusquement, et l'avant de mon véhicule frôle un amoncellement de neige. Mais je ne m'attarde pas là-dessus non plus.

L'arrière de ma voiture empiète sur la place de parking voisine de quinze centimètres, mais je ne prends pas la peine de faire marche arrière pour arranger cela.

J'arrive sans encombre à l'infirmerie, où j'ai l'intention de passer les huit prochaines heures à me plonger entièrement dans la paperasse, et à me consacrer aux patients. Sauf l'un d'entre eux, qui bénéficie d'un jour de repos après son altercation afin de récupérer et de se reposer.

L'un de ces hommes anonymes et inconnus est assis sur le lit d'hôpital. Il tente de ne pas grimacer pendant que je cherche, sans succès, une veine où prélever un échantillon de sang. J'ai déjà effectué cette intervention des milliers de fois, mais mes mains récalcitrantes refusent de coopérer.

— Je suis désolée, dis-je à nouveau. Essayons votre autre bras.

Il grommelle dans sa barbe pendant que je contourne le lit pour me placer de l'autre côté. Je doute qu'il ait envie que je le pique cinq autres fois sans y parvenir, mais je suis déterminée à garder un sourire joyeux et à faire semblant d'être concentrée. Après deux autres tentatives, je trouve enfin la veine. Je vois le soulagement envahir le visage du détenu, et je prélève son sang avant de noter les informations et de le laisser partir. Avec des regards noirs, il marmonne qu'il va poursuivre la prison en justice et s'éloigne en traînant les pieds. Je m'assieds à mon bureau.

Du coin de l'œil, j'aperçois rapidement la silhouette d'un détenu vêtu d'une combinaison bleue, et, même si je me suis répété toute la journée de ne pas penser à Gracin, de ne pas me souvenir de l'horrible chose que j'ai faite, je ne peux m'en empêcher.

Plus j'essaye de ne pas penser à lui, plus mon cerveau se concentre sur lui. Comme une démangeaison que je ne peux pas atteindre, mais que je meurs d'envie de gratter.

Je me tortille sur ma chaise alors que j'essaye de me concentrer sur la paperasse à faire, mais c'est inutile. Pendant deux heures, je vois des mots danser et tourbillonner devant mes yeux. Je lis la même ligne au moins dix fois, sans la comprendre. Quand l'autre infirmière de service me jette un regard noir parce que je ne cesse de pousser de grands soupirs, j'abandonne.

J'ai bien envie de m'excuser. En temps normal, je suis une collègue très prévenante. Une fois sur place, je fais mon travail sans faire de vagues et je rentre chez moi. Je suis la petite fille parfaite. Vic m'a bien formée.

Soudain, je bouillonne de rage et de frustration. Je cherche à détendre mes épaules sur le chemin vers mon casier où je vais récupérer mon déjeuner. Rien que d'avoir le prénom de mon mari en tête me donne envie de détruire quelque chose à mains nues. Je dois appuyer mon front contre mon casier pour calmer mes ardeurs.

— Infirmière Emerson, dit une voix derrière moi.

En l'entendant, je me cogne la tête contre le casier métallique.

Une main sur la partie incriminée du casier, je me retourne et lance un regard noir au gardien, qui me sourit d'un air navré.

— Désolé, dit-il. Je pensais que vous m'aviez entendu vous appeler.

Je secoue légèrement la tête.

— Ce n'est pas grave, j'ai la tête dure. Qu'est-ce que je peux faire pour vous ?

Le regard un peu trop insistant à mon goût, l'homme s'approche d'un pas nonchalant et me tend un porte-bloc.

— J'ai ici quelques documents à vous remettre concernant le détenu que vous avez pris en charge hier. C'est confidentiel, vous comprenez ?

— Des documents, répété-je, le cœur battant.

L'homme désigne d'un signe de tête le porte-bloc que j'ai pris sans m'en rendre compte, et il se dirige vers la porte.

— Tout est là. Portez-vous bien.

Avant même de regarder la feuille, je sais déjà de quoi il s'agit et de qui ça vient. Il se peut que le geôlier tente d'en informer Vic, mais Gracin a sûrement acheté son silence. J'envisage de jeter le papier directement à la poubelle, mais je n'arrive pas à m'y résoudre. Les oreilles bourdonnantes, je me concentre sur la représentation qu'il a faite de moi cette fois-ci. C'est sans doute à ça que je ressemblais juste après qu'il m'a fait atteindre un puissant orgasme. Dessus, mes yeux sont encore fermés, et ma bouche pulpeuse présente des lèvres douces et légèrement abîmées. Pour la première fois, Gracin s'est représenté sur le croquis. Juste sa main sur le côté de ma gorge et son pouce sur l'os de ma mâchoire. Cela ne semblerait pas important pour quelqu'un d'autre, mais pour moi, ça compte énormément. Il l'a signé de son nom complet, et sous la signature, je peux lire trois mots : « Viens me voir ».

Je suis en pause, mais je m'en fiche. Manger est bien ma dernière préoccupation désormais. L'impatience, l'irritation et la rage qui bouillonnent en moi depuis le début de la journée, tel un geyser prêt à entrer en éruption, se déchaînent à chaque pas que je fais. Le bloc-notes que je serre contre moi fait office de bouclier, et je ne sais pas encore si je vais le lui lancer à la figure dès que je verrai Gracin.

Une part de moi, celle que son audace à me convoquer n'a pas offusqué, se délecte de l'attention qu'il me porte. C'est un pan sombre et vicieux de ma personnalité dont j'ignorais l'existence. Je me réjouis de savoir qu'un homme comme Gracin, un homme puissant et dangereux, me désire. Je suis peut-être sa seule option, mais cela ne semble pas avoir d'importance, tant qu'il me porte toute son attention. Même en sachant que je m'engage sur un chemin périlleux, dont les conséquences peuvent être désastreuses, je n'arrive pas à m'arrêter.

Les gardiens à l'entrée de son quartier ont dû être soudoyés eux aussi, car ils prétendent ne pas me voir lorsque j'apparais. À l'ouverture de la porte dans un vacarme de bruits métalliques, quelqu'un crie, mais c'est tout ce qui indique qu'ils ont remarqué ma présence. Je m'attarde juste devant l'entrée béante du quartier pénitentiaire, et suis submergée par l'indécision. Soudain, parcourue de frissons, je prends conscience que mon prochain pas sera déterminant.

J'avance d'un pas hésitant, poussée par cette connexion incompréhensible qui m'a déjà amenée à prendre tant de décisions irréfléchies. Cette partie sombre de moi trouve du réconfort dans la noirceur qui habite Gracin. Comme des âmes sœurs qui s'embraseraient après leur rencontre.

Je m'approche de la cellule où je sais qu'il se trouve, sans me soucier des détenus occupant les cellules voisines. Je les entends huer et frapper contre leurs portes, mais cela ne me perturbe pas. Les barreaux de la cellule de Gracin ont désespérément besoin d'être repeints. Lorsque je saisis les barres de fer de mes deux mains, je peux voir des écailles de peinture sur mes paumes.

— Pourquoi tu m'as fait venir ici? demandé-je. On avait un accord.

Mes paroles expriment mon désaccord, mais ma voix trahit mes sentiments. Elle est haletante. Comme celle d'une petite vierge qui n'est pas tout à fait sûre de vouloir aller jusqu'au bout, même si elle sait à quel point cela peut être plaisant.

Quand Gracin se redresse, ses abdominaux se contractent. J'ai beau essayer, je n'arrive pas à détourner le regard. Je mérite sûrement une place en enfer pour les longues secondes que je passe à fixer son ventre nu.

Il ne remarque rien ou ne fait aucun commentaire, puis il se lève de sa couchette et traverse la pièce jusqu'aux barreaux. Il adopte une posture faussement détendue en appuyant une épaule contre le métal. J'ai le sentiment que tout ce qu'il se retient de dire est réservé pour une autre occasion, simplement parce qu'il n'y trouve aucun intérêt pour le moment.

L'air pensif, il tend la main à travers la grille et enroule une mèche de mes cheveux autour de ses doigts. Tel un chat qui jouerait avec sa proie.

— Je pense que la question la plus importante, *madame Emerson*, est de savoir pourquoi tu es venue ?

La gorge nouée, mon visage blêmit sous l'effet de l'horreur.

— Parce qu'on a franchi une ligne et que je dois te dire qu'on ne peut pas recommencer.

Gracin abandonne mes cheveux et pose un doigt sur ma mâchoire, puis le fait remonter de la pointe de mon menton jusqu'à la courbe de mon oreille. Je commence à m'écarter, puis je réalise que son autre main enserre mon poignet. Je ne peux pas bouger, même si j'essaye. Quand a-t-il attrapé ma main ?

— Tu veux dire que tu es venue me voir parce que tu ne veux plus me revoir ? demande-t-il d'une voix si douce, innocente et envoûtante que je me surprends à me pencher vers lui, désireuse de recueillir ses paroles à leur source.

Lorsque Gracin lâche mon menton et remonte ses doigts vers mes lèvres, me donnant ainsi l'occasion de goûter... cette saveur charnelle qui explose sur ma langue, me faisant l'effet d'un aphrodisiaque, je secoue la tête pour m'éclaircir l'esprit.

— Arrête de déformer mes propos, dis-je en essayant de retirer mon bras, en vain.

Sa poigne est plus efficace que des menottes.

— Lâche-moi.

Gracin penche la tête comme s'il savait pertinemment que je veux qu'il continue à me toucher.

— Je ne pense pas. On n'a pas fini.

— C'est-à-dire ?

Je suis horrifiée, et un brin honteuse, de constater que ces échanges m'ont excitée. Tout cela est très amusant, jusqu'à ce que je réalise que j'aime ça. Pas seulement pour l'aspect interdit ou le danger, mais pour l'immoralité de la chose.

Je dois avoir un côté pervers en moi. Les morceaux que Vic a brisés se sont recollés, mais ils ne s'emboîtent plus tout à fait à cause de leurs bords irréguliers. Une vague de panique brûlante et vitale – instinctive –, m'envahit. Gracin ne serre pas assez fort ma main pour y laisser des ecchymoses, et d'une certaine manière, cela ne fait qu'intensifier mon attrait pour lui, mais il ne me lâche pas non plus.

— Notre conversation, dit-il à voix basse. Maintenant, réponds à la question.

— Gracin, s'il te plaît.

Il prend une grande inspiration entre ses dents serrées, ce qui me hérisse les poils au niveau des bras et de la nuque. Il se rapproche et presse son corps contre les barreaux qui nous séparent. Il est si près que je sens sa chaleur à travers le métal. Si je bouge, même légèrement, nos poitrines se toucheront. Je frissonne sous l'effet de la tentation.

Son gémissement fait vibrer les barreaux, et, en réaction, mon sang se met à frémir.

— Redis-le.

Je tire sur mon bras, mais Gracin raffermit sa poigne et m'attire vers lui, si bien que nous nous touchons presque. Je suis tellement dépassée que je ne sais même pas si c'était intentionnel ou non.

— Arrête, dis-je, sans la moindre conviction.

— Dis-le, petite souris, répète-t-il en posant son front contre les barreaux et en fermant les yeux.

— Je le dirai si tu me lâches.

— Dis mon prénom.

J'aimerais ne pas trembler. En lui montrant des signes de vulnérabilité, je l'invite en quelque sorte à en profiter.

— S'il te plaît.

Il grogne.

— Je…

— Dis-le.

— G… Gracin.

— Excellent, petite souris. Maintenant, dis-moi pourquoi tu es venue. Dis-moi pourquoi tu sembles sur le point de prendre tes jambes à ton cou.

Parfaitement consciente que le silence est ma seule option valable, je secoue la tête.

Il relâche légèrement mon poignet et je sens son souffle sur la peau de ma mâchoire.

— Dis-moi.

— Tu avais raison.

— Brave fille, dit-il d'une voix à la limite du gémissement.

La sonorité ouvertement sensuelle de sa voix est presque insupportable.

— En quoi j'avais raison ?

Je devrais m'inquiéter de la présence des gardes, de mon emploi, de ma santé mentale, mais ma tête est entièrement occupée par Gracin.

— Je lui ai tenu tête.

— À ton mari ? demande-t-il.

Même si, à en juger par son expression suffisante, il sait très bien de qui je parle.

J'essaye, en vain, de réprimer les frissons qui secouent mon corps en raison de sa proximité. Il m'est impossible de me concentrer quand il est tout près.

— Il a essayé... Il a essayé de me faire du mal. Encore une fois.

Le ricanement de Gracin est aussi incisif et meurtrier qu'une lame plaquée contre une gorge.

— Je n'en doute pas, dit-il avant de marquer une pause, puis de continuer. Qu'est-ce que tu as fait ? Tu l'as blessé ? Hein, petite souris ?

Le dernier mot prononcé d'une voix douce est presque chuchoté dans mon oreille.

— J'ai essayé, avoué-je d'une voix à peine plus haute qu'un murmure.

Mais mes mots égayent l'humeur de Gracin.

— Je préparais le dîner, et il s'en est pris à moi. Je ne voulais pas le blesser, mais je tenais un couteau et il ne voulait pas s'arrêter.

— Ne sois pas embarrassée, dit-il lorsque je détourne le regard. C'est lui qui devrait avoir honte. Aucun homme ne devrait lever la main sur une femme.

Je lance un regard appuyé à Gracin et hausse un sourcil, même si son dossier n'indique à aucun moment un tel acte.

— Je ne te ferai jamais de mal, petite souris. C'est pour ça que tu es venue me voir.

— Je suis venue parce que je suis idiote.

J'essaye de parler avec dynamisme, mais je n'ai plus aucune énergie.

— Qu'est-ce que tu veux que je fasse ? À quel jeu est-ce que tu joues ?

— Je joue à un jeu très dangereux, dont tu es le trophée. Notre accord est annulé, Tessa. Je te veux et je t'aurai par tous les moyens.

À ces mots, je m'étrangle.

— Je ne vais pas... Je ne peux pas recommencer.

— Menteuse, murmure-t-il.

Ses mains, qui n'agrippent plus mon poignet, effleurent la contusion qui s'estompe au niveau de ma lèvre.

— Tu n'es pas énervée parce que tu n'as pas aimé. Tu es énervée parce que tu as adoré.

Mes protestations restent coincées dans ma gorge, et je m'apprête à répondre, mais des alarmes se déclenchent. Quelqu'un a finalement dû nous dénoncer. Ma réponse est donc noyée dans la cacophonie des sirènes. Mon temps est écoulé. Je jette un regard à Gracin, dont le lent sourire se fait carnassier. Un prédateur qui a senti la présence de sang et se prépare à tuer.

— Dis-moi, crie-t-il depuis sa cellule. Reviens me dire, petite souris, s'il ne te regarde pas différemment. S'il n'a pas une lueur de respect dans les yeux la prochaine fois qu'il essayera de te faire du mal.

— Je ne le ferai pas.

Le sourire de Gracin devient glaçant, ses yeux brillent aussi intensément que les lumières rouges de l'alarme. Les gardiens finissent par faire irruption et se précipitent dans le couloir. Toutefois, je n'entends pas leurs cris, car je me noie sous mes pensées paniquées et les battements tumultueux de mon cœur. Les geôliers se ruent vers moi et déverrouillent la porte de la cellule de Gracin, qui me relâche et recule avec les mains sur la tête. Nous savons tous que ce geste de soumission n'est qu'une mise en scène. Même s'il est derrière les barreaux, c'est lui qui détient toujours le pouvoir.

Gracin soutient mon regard et je recule instinctivement d'un pas. Peu importe la distance que je mets entre nous, je sens encore la présence de ses mains sur moi.

— Je te parlerai demain, petite souris. Ils m'ont autorisé à reprendre mes corvées.

CHAPITRE DIX

— Ça va? me demande Annie au moment où elle prend ma relève quelques heures plus tard.

— Ça va, dis-je en grimaçant.

Ma voix me semble aussi éraillée que le bruit d'une tronçonneuse. Je m'éclaircis la gorge.

— C'est juste une de ces journées.

Elle hoche la tête pour montrer qu'elle comprend, même si, en réalité, elle ne se doute de rien, ce dont je suis reconnaissante. Si elle savait ce que j'ai fait, elle s'enfuirait aussi vite que possible dans la direction opposée. On nous apprend à ne pas nous approcher des détenus précisément pour cette raison. Si nous perdons notre objectivité, cela peut être dangereux, voire fatal. Une seule erreur... un seul faux pas, et nous pourrions merder, ce qui pourrait nous coûter la vie ou celle d'un collègue.

Je me reproche ma stupidité et mon égoïsme. Ça doit être le début de la démence, me dis-je. Je ne vois aucune autre raison qui pourrait expliquer pourquoi j'ai laissé Gracin me toucher. Pourquoi je l'ai laissé faire bien plus que ça.

Non.

Je ne peux pas me lancer sur cette voie.

— Prends soin de toi, me dit Annie en passant son stéthoscope autour de son cou.

Je réponds par un mot adéquat, du moins je l'espère. Annie semble se satisfaire de ma réponse et commence à consulter les dossiers médicaux. Bon sang, je dois me ressaisir. J'enfonce mes doigts dans mes yeux jusqu'à voir des taches.

Comparativement, Annie a la vie facile. Elle a vingt-cinq ans, environ. Je n'ai que deux ans de plus qu'elle, mais j'ai l'impression qu'un monde nous sépare. Selon elle, ce poste n'est que provisoire, car elle compte mettre cette expérience à profit pour trouver un boulot d'infirmière itinérante. Elle veut quitter cette ville et voir du pays. Je ne suis jamais sortie du Michigan et je ne me vois pas quitter Blackthorne, du moins tant que Vic aura son mot à dire. Il aime me garder sous son emprise. Annie est heureuse d'être célibataire, et moi, j'étouffe un peu plus chaque jour que je reste mariée à Vic.

Mon soupir se transforme en bâillement alors que je retourne vers les vestiaires pour récupérer mes affaires. Je suis épuisée par mon apitoiement. Je me suis mise dans cette situation. Mon mariage avec Vic, ma... quoi que j'aie avec Gracin. Les deux sont entièrement de mon fait.

Je dis au revoir de la main aux personnes à la réception, mais elles ne font pas plus attention à moi que ce matin. Parfois, je me dis que je pourrais arriver à la prison avec un flingue, telle une folle furieuse, et personne ne broncherait. Elles me donnent presque l'impression de s'être entraînées à ne pas me regarder. J'ai appris que cela arrivait. Les gens refusent de voir ce qui les effraie. Ils préfèrent ne pas s'impliquer dans vos problèmes. Ils préfèrent vous garder hors de leur vie, car votre souffrance les dérange.

Le vent glacial me fouette les cheveux au moment où je franchis les portes. Je resserre ma veste et me penche en avant, ce qui permet au froid de s'infiltrer dans mon cou. J'éclate de rire. Rien ne va dans mon sens. C'est l'histoire de ma vie.

L'intérieur de ma vieille voiture n'est pas plus agréable. Il me faut trois essais pour faire démarrer le moteur en peine. Le temps que l'habitacle se réchauffe, je m'enroule dans ma veste et pose ma tête sur le volant. Je glisse mes mains, déjà gelées, entre mes jambes pour essayer de les réchauffer. En plein cœur de l'hiver, dans le Michigan, c'est plutôt inutile, mais cela me réconforte.

J'en ai besoin.

Grandement.

Les larmes me montent aux yeux, mais je les refoule en clignant des paupières, ce qui me fait mal. Toute ma vie, j'ai eu l'impression d'avoir été en quête d'affection, une chose que les autres semblent obtenir si facilement. Mes parents, si on peut les appeler ainsi, ne connaissaient pas la signification de ce mot. Quand ils ne se criaient pas dessus et ne se frappaient pas, c'était moi leur souffre-douleur. Quand ils ne se défoulaient pas sur moi, ils faisaient comme si je n'existais pas.

Je devais être la cible parfaite pour Vic. Je n'étais pas innocente. Pas depuis que Tommy Blankenship m'avait incitée à monter à l'arrière de sa Ford Taurus en usant de son charme et en faisant des promesses dignes de sa réputation de quarterback senior au lycée. Bien sûr, là non plus, il n'y avait eu aucune tendresse. Le manège sur la banquette arrière n'avait duré que dix minutes, ce dont Tommy se fichait royalement. Je ne pouvais pas lui en vouloir. Ce manquement découlait de son ignorance et non d'une quelconque malveillance.

Cependant, j'aurais dû tirer des leçons de cette expérience. Mais, bien entendu, je ne l'ai pas fait. Après Tommy, ce garçon maladroit, mais charmant, j'ai connu toute une série de garçons, puis d'hommes, qui n'ont fait qu'alimenter le vide qui m'habitait. Après avoir obtenu mon diplôme d'infirmière, j'ai rencontré Vic. Et, stupide comme j'étais, j'ai cru qu'il était différent.

Mon Dieu! Je me suis tellement trompée!

Au début, il ne m'a pas montré le visage qu'il cachait derrière son masque. Au contraire, c'était l'homme le plus charmant que j'ai jamais connu. Il me couvrait d'attention comme si j'étais la femme la plus fascinante qu'il ait rencontrée. Nous improvisions des rencards, qu'il ne pouvait pas se permettre financièrement, comme je l'ai découvert plus tard, mais j'étais déjà complètement sous son charme lorsqu'il m'a demandée en mariage. J'ai été d'autant plus choquée le jour où il m'a frappée pour la première fois. Il ne m'a pas fallu longtemps pour comprendre ce qu'impliquait ma nouvelle vie.

Je laisse échapper un rire d'une voix aussi normale que possible. Mes mains se sont assez réchauffées pour que je puisse agripper le volant tout en gardant un semblant de contrôle. De contrôle. Quelle blague! Je n'ai jamais eu l'impression de contrôler ma vie... À aucun moment.

Alors que je quitte le parking, je secoue la tête, dans le déni, mais cette idée se faufile à travers les murs que j'ai érigés, avec autant de détermination que le vent glacial cherchant à atteindre un bout de peau. *Tu détenais le pouvoir dans les bras de Gracin*, me dis-je. Et, tout à coup, je ne sens plus le froid. Ressentir du désir m'a coûté tant d'efforts pendant trois ans de mariage, mais il semble remonter facilement à la surface dans son cas.

Le vent martèle la voiture tandis que je roule prudemment sur les routes verglacées pour rentrer chez moi, la maison où nous vivons ensemble avec Vic. La conversation que j'ai eue aujourd'hui avec Gracin ne fait que confirmer une réalité que je refusais d'admettre.

Je ne peux pas rester avec Vic.

Je ne sais pas comment je vais réussir à lui échapper. Rien que d'y penser, j'en tremble de peur, mais je sais que je n'ai pas le choix. Toutefois, quelle alternative se présente à moi? Le laisser me tuer? Je ne vais pas me voiler la face en disant que je ne l'ai pas envisagé. Le laisser en finir une bonne fois pour toutes. Ma mort serait presque un soulagement.

Une partie de moi refuse tout simplement de baisser les bras. Je me déteste presque à cause de cela, mais mon mari n'est pas tout à fait parvenu à me détruire, malgré toutes les fois où il a essayé.

Pendant le long trajet qui me ramène chez moi, je commence à élaborer un plan. Vic va sans doute se venger de ma résistance, mais je vais faire ce que je sais faire de mieux... Je vais endurer. Seulement pour un jour de plus. Un autre jour, puis demain, alors qu'il restera tard au travail pour rattraper le temps perdu aujourd'hui, je passerai à l'action dès la fin de mon service. Je m'enfuirai et me cacherai aussi loin et aussi longtemps qu'il le faudra pour me libérer de ses chaînes.

Ce qui s'est passé avec Gracin était une erreur. Au moment de m'engager dans l'allée, je suis parcourue de frissons et avance au ralenti quelques secondes pour profiter de ce moment précieux de paix. L'embrasser, le laisser me toucher et me donner du plaisir était une forme de contrôle et de liberté que je n'avais pas connue depuis longtemps. Cela m'a donné le coup de pouce dont j'ai besoin pour échapper à l'emprise de Vic. Je vais en rester là avant qu'il ne se passe quelque chose d'autre avec Gracin. Mon intuition me dit qu'il est aussi dangereux qu'il en a l'air, et j'ai croisé assez de manipulateurs pour une vie entière.

Je vois une lumière clignoter à la fenêtre du salon. Vic m'attend sans doute à l'intérieur. Il observe, bouillonne et patiente. La punition qu'il va m'infliger ce soir sera probablement pire que toutes celles que j'ai déjà dû endurer. Mais j'y survivrai, car demain...

Demain, je me libérerai de la prison que je me suis moi-même construite.

Je marche lentement sur le trottoir glissant. Envahie par une profonde fatigue, je subis chaque pas. Ma rébellion de la veille a pris Vic au dépourvu, mais, ce soir, il sera prêt. Il a eu toute la journée pour réfléchir aux horreurs qu'il veut me faire endurer.

J'ouvre la porte d'une main ferme et le trouve assis sur le canapé, en train de regarder un match de football. Cette vue me donne à nouveau envie de rire. Depuis que nous sommes ensemble, Vic a toujours détesté l'idée de regarder du sport à la télévision. Il préfère regarder les informations ou un documentaire. C'est grâce à cela que je sais qu'il joue la comédie et qu'il essaye de me bercer d'un faux sentiment de sécurité.

— Je suis rentrée, dis-je d'un ton léger.

On peut être deux à jouer à ce jeu.

Il bougonne, mais ne me regarde pas. Quand je passe devant lui pour ranger mon sac à main et ma veste dans le placard, je vois ses mains se crisper instinctivement sur les accoudoirs du fauteuil. Je parie qu'il s'imagine les mettre autour de ma gorge. Je vais directement dans la cuisine pour préparer le dîner. Une heure plus tard environ, une fois que j'ai rangé les objets tranchants, Vic fait son apparition dans l'embrasure de la porte.

— Le dîner est prêt, dis-je calmement en servant le steak, la purée de pommes de terre et les haricots verts bio.

Seule la force de mes habitudes m'a évité de brûler la viande et de trop cuire les haricots.

Je n'aurais pas dû me gêner, car Vic ne jette même pas un regard à la nourriture.

— Tu es encore en retard, dit-il d'une voix faussement calme.

— Il y a eu un confinement dans l'un des quartiers de la prison.

J'essaye de garder une voix aussi calme et neutre que possible, afin qu'il ne perçoive pas le mensonge.

— Vraiment?

Mais ce n'est pas une question.

Je sens la tension monter, et je songe aux tâches nécessaires pour nettoyer la cuisine après le dîner. Je vais d'abord devoir rassembler la vaisselle sale et ranger les restes.

— Oui, je crois qu'il y a eu une autre bagarre aujourd'hui. On était plutôt débordés.

Je vais devoir mettre la vaisselle dans l'évier et laisser tremper les ustensiles les plus sales, le temps que je rince et charge le reste dans le lave-vaisselle. Une fois cela terminé, je devrai récurer le four et nettoyer les plans de travail et l'évier jusqu'à ce qu'ils brillent.

— Hmm hmm, répond simplement Vic.

Je pousse son assiette vers lui et me retourne pour préparer deux grandes tasses de thé. Je sais qu'il va passer à l'action au moment même où je lui tourne le dos, et j'ai vu juste. Je regrette seulement qu'il n'ait pas démarré dans le salon, où j'ai caché un pistolet sous une table d'appoint pour le jour où j'aurai rassemblé assez de courage pour le quitter.

D'une main vive, il attrape mes longs cheveux et tire dessus, m'arrachant ainsi des mèches. Je pousse un cri de surprise et de douleur lorsqu'il heurte mon corps avec le sien.

— Je ne sais pas ce qui te prend, mais il faut que ça cesse immédiatement.

Je relève le menton pour l'inviter silencieusement à sévir.

— Tu as raison sur ce point, Vic. Je veux divorcer.

CHAPITRE ONZE

Tout me fait souffrir.

Mes bras, mes jambes, ma tête... je sens même des palpitations à la racine de mes cheveux, en rythme avec les battements sourds de mon cœur. Il n'y a pas un seul endroit de mon corps qui ne me fait pas mal, mais je me force quand même à sortir du lit. Seule l'idée de partir me permet de bouger. Comme un aimant, elle m'attire.

Maintenant, va prendre une douche, me dit-elle. Lave tes cheveux, nettoie ton visage et habille-toi.

Tout cela m'aidera à convaincre Vic que je n'ai pas changé d'avis. Il croit sans doute que la correction qu'il m'a infligée hier soir suffira à réprimer l'attitude rebelle qu'il juge vaine. Au contraire, la douleur ne fait que renforcer ma détermination. Il pense m'avoir persuadée de rester. Il se trompe complètement.

Vic est déjà parti quand j'entre dans la cuisine. Je pense sans conviction que je ne le reverrai plus jamais. Cette idée m'inquiète moins que je ne l'aurais imaginé. Je me sens surtout fatiguée. Comment quelqu'un de mon âge peut-il se sentir aussi épuisé ?

Pendant que l'habitacle de la voiture se réchauffe, je regarde mon reflet dans le rétroviseur. Au moins, cette fois, Vic n'a pas touché à mon visage. Je ne peux pas en dire autant du reste de mon corps. Mes bras sont tellement couverts de bleus que j'ai dû mettre un Odlo à manches longues sous ma tenue pour les cacher. J'ai retenu la leçon. La dernière chose dont j'ai besoin, c'est de montrer à Gracin ce que mon mari m'a fait. Je ne sais pas comment il réagirait et je n'ai aucune envie de le découvrir.

Mon objectif, aujourd'hui, est de faire profil bas, d'exécuter les quelques tâches qui m'incombent, de rentrer chez moi pour faire mes valises et de me tirer de là.

Il me faut une éternité pour me rendre au service médical, car le froid exacerbe la douleur de mes courbatures. Quand j'y arrive enfin, j'ai l'impression d'être une énorme ecchymose douloureuse. Heureusement, Gracin, d'une ponctualité maladive, n'est pas encore arrivé. Dès que j'allume les appareils, un geôlier me demande par radio de rejoindre l'équipe dans le hall principal. Au même moment, depuis l'infirmerie, j'entends des cris retentir à l'extérieur.

— Mets-toi au sol, putain ! crie le gardien. Infirmière !

Je sens l'adrénaline monter. Elle me pousse à bouger avec une relative facilité. Cependant, quand je vois ce qui m'attend dans le couloir, j'ai immédiatement envie de retourner me cacher dans l'infirmerie.

Trois gardiens tiennent un détenu entre eux, mais celui-ci se débat comme un damné pour se libérer. Je le reconnais, parce que je l'ai soigné quelques semaines plus tôt, lors de ma rencontre avec Gracin. Il me faut quelques minutes pour me rappeler son nom : Salvatore. Intérieurement, je soupire. Je suis déjà épuisée, alors que la journée n'a même pas encore vraiment commencé. Bon sang ! Évidemment, il fallait que j'aie une urgence le seul jour où j'ai besoin d'un répit.

D'un air horrifié et un peu détaché, je regarde les geôliers réussir enfin à maîtriser Salvatore, qui rit comme si tout ceci n'était qu'un jeu pour lui. Comme s'il ne réalisait pas qu'il était en prison, à faire apparemment partie des rebuts de la société. Comment peut-on avoir une telle assurance ? Je n'en ai aucune idée. À ce jour, il n'y a pas une seule chose dans ma vie dont je suis certaine, hormis le fait de me sentir complètement dépassée. Tel un pissenlit, je me suis laissée emporter au gré du vent, avec pour unique cap celui que choisissaient les différents courants d'air.

J'inspire profondément pour essayer de retrouver un certain détachement et un peu de calme, mais j'échoue en réalisant que je vais bientôt revoir Gracin.

Celui-ci apparaît à mes côtés, comme si mes pensées l'avaient tiré des entrailles de la prison, et, malgré cette impression que ma vie s'écroule autour de moi, je sens ma tension s'envoler par sa simple présence. Le prisonnier et lui échangent un regard, suivi d'une conversation silencieuse. Salvatore rugit, et je perçois l'énergie électrique qui irradie de Gracin. Se connaissaient-ils avant le jour où j'ai recousu Salvatore ?

— Suis-nous à l'infirmerie, lance l'un des gardes, avant que Salvatore ne se débatte à nouveau pour tenter de se libérer.

Le prisonnier porte des bandages, certains d'un rouge vif, car ils sont imprégnés de sang frais. Est-ce avec lui que Gracin s'est battu ?

— Bon sang ! Espèce de salopard, calme-toi !

Heureuse de cette distraction, j'emboîte le pas à l'équipe de geôliers qui tente avec difficulté de conduire Salvatore à l'infirmerie, et de le placer sur un brancard. Je passe une main tremblante dans mes cheveux. Quand ma vie a-t-elle commencé à dérailler de manière aussi spectaculaire ?

Lorsque nous arrivons à l'infirmerie, Salvatore se calme. Il laisse les gardiens le guider péniblement jusqu'à un lit d'hôpital, où il s'assied à la manière d'un roi. Gracin me suit silencieusement, et je lui fais signe d'aller chercher ma trousse dans le stock pendant que j'enfile des gants.

— Est-ce que tout va bien pour vous ? me demande l'un des geôliers tandis que les autres menottent le détenu au lit.

Quand ce dernier voit Gracin revenir du stock, il se met à crier.

Le médecin, qui supervise à la fois le cabinet médical et l'infirmerie, fait irruption, accompagné des infirmières, comme il le fait souvent lorsqu'il décide de s'acquitter de ses fonctions. Avec une précision implacable, il passe une lingette sur l'épaule de Salvatore, puis enfonce l'aiguille dans la chair. Salvatore tente de lutter contre les effets du sédatif, mais il ne peut rien contre son efficacité, et capitule après quelques minutes. Le médecin me donne pour instruction de vérifier ses précédentes blessures, de panser les nouvelles et de surveiller son état jusqu'à ce qu'il puisse sortir.

Le gardien attend dans l'embrasure de la porte, et je finis par lever les yeux des bandages que j'examine.

— Oui, je gère la situation. Vous pouvez y aller, lui dis-je.

— Vous êtes sûre ? demande le geôlier, qui regarde fixement la silhouette imposante de Gracin, posté près du lit.

Je lève les yeux au ciel, tout en retirant un vieux bandage pour le remplacer par un nouveau.

— J'en suis sûre. Laissez-moi faire mon travail.

Une fois que nous sommes à nouveau seuls, je me tourne vers Gracin et croise son regard au-dessus du détenu inconscient.

— Que veux-tu de moi ? lui demandé-je.

Les mots jaillissent tous seuls.

— Depuis notre rencontre, tu as bouleversé ma vie. Je veux savoir pourquoi. Quel est ton but ?

Je vois le corps de Gracin se figer de manière étonnante. Comment fait-il cela ? Comment peut-il garder un contrôle aussi impressionnant, alors que j'ai l'impression de m'effondrer ?

— Tessa, dit-il d'une voix grave. Je pense que nous savons tous les deux pourquoi.

Afin d'éviter de répondre à sa question, je me concentre sur le sang à nettoyer sur le front de Salvatore.

— Aide-moi à le tourner pour que je puisse changer ses bandages, dis-je.

Je ne veux pas demander à Gracin pourquoi il ne me laisse pas tranquille. Je ne veux pas réagir. Les questions me brûlent les lèvres, mais je me mords la langue pour me retenir de lui demander des réponses. Pendant que je nettoie et panse la blessure de Salvatore, je me répète sans cesse que cela ne me regarde pas. *Faire mon travail, partir. Faire mon travail, partir.* Une fois que j'aurai soigné Salvatore, j'attendrai la fin de mon service en gardant la tête baissée. Ensuite, je serai libre.

— Tu peux jeter ça pour moi? demandé-je distraitement, en tendant une poignée de bandages souillés en direction de Gracin.

Je suis tellement concentrée sur ma tâche que je ne me rends pas compte qu'il ne s'est pas immédiatement exécuté. Quand je lève les yeux, prête à lui reprocher de ne pas faire son travail, je me fige.

Au début, je ne comprends pas ce que je vois. La connexion entre mes yeux et mon cerveau semble s'être interrompue. Gracin, qui a dû contourner le lit pour venir m'aider à retourner Salvatore, tient une paire de ciseaux médicaux dans sa main droite. La pointe émoussée est fichée superficiellement dans le cou de Salvatore, où une goutte de sang apparaît et coule le long de sa gorge, pour disparaître dans l'ombre de son dos.

J'ai l'impression que des heures s'écoulent avant que je ne sente le poids dans mes épaules et mes cervicales s'envoler. Ainsi, je peux croiser le regard de Gracin. J'ai déjà vu de près ces yeux, notamment le jour de notre première rencontre dans cette même pièce. Mais cette fois-ci, son regard est encore plus terrifiant. Mon premier réflexe est de m'enfuir. De m'éloigner le plus vite possible du danger. Cependant, je ne peux pas abandonner mon patient. Et une partie de moi, celle qui s'est soumise à ses caresses, ne peut pas quitter Gracin. Pas sans comprendre.

— Qu'est-ce que tu fais? demandé-je d'une voix haletante.

Je fulmine intérieurement.

— Lâche-le.

Les mains de Gracin qui m'ont procuré tant de plaisir sont aussi précises que celles d'un chirurgien, mais elles ont l'intention de tuer. Je ne peux pas le laisser faire.

J'attends qu'il dise quelque chose, qu'il formule une exigence, qu'il me supplie, mais il se contente de me fixer d'un regard impénétrable. Son corps trahit ses intentions avant même qu'il ne bouge le petit doigt. Cependant, je ne suis pas assez rapide pour l'empêcher de plonger les ciseaux dans le cou de Salvatore d'un geste efficace et fatal.

CHAPITRE DOUZE

J e pousse un cri strident et me précipite pour arrêter l'hémorragie, mais le sang coule trop abondamment. Endormi, Salvatore ne bouge pas d'un pouce quand Gracin arrache les ciseaux, la vie du détenu me glissant lentement entre les doigts. Quelques secondes s'écoulent avant qu'un soubresaut ne secoue le corps de Salvatore, qui s'immobilise à nouveau. Une immobilité remarquable.

Des taches de sang rouge foncé plein les mains et ma tenue, je recule en titubant. Tout ce que je sais, c'est que je dois me sauver. M'éloigner de ce qui vient de se passer, m'éloigner de Vic, de cet endroit, de Gracin. Partir, tout simplement.

Je me retourne, avec cette même intention, mais Gracin s'approche derrière moi et me serre contre sa poitrine.

— Pas si vite, me dit-il à l'oreille.

Je frissonne contre lui, à la fois frigorifiée et fiévreuse.

— On n'en a pas encore fini.

— Ne me tue pas, je t'en prie, dis-je.

Finalement, Vic n'a pas réussi à éliminer chez moi toute envie de supplier.

— Je t'en prie, laisse-moi partir. Je ne dirai rien.

— Oh, je sais que tu ne diras rien, répond-il en resserrant son étreinte. Tu vas rester bien tranquille pendant que je m'occupe de notre homme, ici présent. Si quelqu'un vient, tu lui diras que tu gères, comme tu l'as dit tout à l'heure. Est-ce que tu en es capable, petite souris ?

Je sens mon sang se glacer plus rapidement que lors d'un matin hivernal dans le Michigan.

— Espèce de salaud ! craché-je, pleine de rage.

— Allons, ne t'énerve pas. Fais ce que je te demande et personne d'autre ne sera blessé.

Si j'avais eu quelque chose dans les mains, je le lui aurais jeté au visage, qu'il garde si impassible. Ma soif de vengeance se tait lorsque j'entends le crissement de baskets sur le carrelage, et je blêmis. Quelqu'un arrive. J'écarte mes émotions et j'essaye de trouver un moyen de me sortir de ce pétrin.

— Hé, Tessa ! Ça va ? demande Annie depuis l'autre bout du couloir.

Les épaules tendues, je cligne rapidement des yeux tandis que mon cerveau cherche à élaborer une stratégie de fuite. Comme s'il perçoit mes pensées, Gracin resserre son étreinte.

— Ne prends pas de risques, dit-il. Trouve un moyen de me sortir d'ici, et je ne ferai de mal à personne d'autre.

— Te sortir d'ici ? haleté-je.

— De Blackthorne. Fais-moi sortir de Blackthorne, et je ne la toucherai pas. Fais-moi sortir sans donner l'alerte aux gardiens et sans qu'ils nous attrapent, et je me garderai de révéler à ton mari ce que tu as fait avec moi. Combien tu avais envie de crier pour moi.

— Va te faire voir ! rétorqué-je en essayant de me dégager.

Mais il me serre encore plus fort contre lui.

— Décide-toi, petite souris, dit-il, les bruits de pas juste derrière la porte. Sinon, tout cela s'arrête ici.

— Si j'accepte, tu la laisseras tranquille.

Je ne fais pas confiance à Gracin, mais je ne peux pas prendre le risque qu'il tue quelqu'un d'autre. Surtout quelqu'un comme Annie, qui ne le mérite pas.

— Je ne lui ferai pas de mal. Mais tu devras te débarrasser d'elle avant qu'elle ne se doute de quoi que ce soit, sinon je devrai prendre le relais.

Je ne veux pas savoir ce que « prendre le relais » signifie, alors je me dégage de ses bras, et cette fois, il me relâche. Avant qu'Annie ne puisse tourner dans le couloir et entrer dans la pièce, je jette une couverture supplémentaire sur le corps immobile de Salvatore en espérant qu'elle couvrira la majorité du sang présent sur son corps. Je ne peux rien faire concernant le sol, alors je ne peux que souhaiter que ma collègue ne baisse pas les yeux. Je ne peux rien faire non plus pour le sang sur ma tenue, mais j'essuie ce que j'ai sur mes mains avec une serviette, que je jette derrière le lit juste au moment où le visage inquiet d'Annie apparaît.

— Hé ! dit-elle précipitamment. Je t'ai entendue crier et je voulais m'assurer que tu allais bien...

Elle se tait lorsqu'elle aperçoit ma tenue ensanglantée, et la masse imposante de Gracin à quelques mètres de moi.

— Tessa ?

— Je sais, je suis dans un sale état, hein ? dis-je en essayant de rire.

Mais j'ai plutôt l'impression de m'étouffer.

— Ils viennent d'amener ce type qui a reçu un sacré coup de couteau, ajouté-je en pointant du doigt Salvatore qui est allongé sur le ventre. Il pissait le sang.

— On dirait bien, répond lentement Annie, comme si elle ne parvient pas tout à fait à saisir l'atmosphère étrange qui règne dans la pièce ni pourquoi je me comporte de manière si étrange. Tu es sûre que tout va bien ?

— Absolument. J'ai juste un sacré désordre à nettoyer.

Comme elle ne part pas, je continue après un autre silence prolongé.

— Mais merci de t'être inquiétée. Je suis désolée de t'avoir fait peur. Je ne savais pas que tu travaillais aussi ce matin.

Elle marque une pause et nous regarde tour à tour, Gracin et moi.

— J'ai dû doubler mon service, dit-elle.

Je remarque alors les cernes sous ses yeux.

— Tu es sûre que tout va bien ici ?

— Tout va bien, assuré-je en jetant un coup d'œil par-dessus mon épaule vers le visage de Gracin, dont l'expression est indéchiffrable. Il allait justement m'aider à nettoyer.

Je dis cela sur un ton qui ne laisse pas penser qu'il vient de tuer un homme avec une paire de ciseaux, puis de menacer de tuer Annie, avant de peut-être s'occuper de moi aussi.

Ma collègue doit voir quelque chose dans mes yeux, une émotion que je ne peux contenir, car elle fait un pas pour prendre la fuite et appeler à l'aide. Avant que je ne puisse la sommer de s'arrêter, avant même que je puisse me retourner vers Gracin, ce dernier traverse la pièce et enserre la gorge d'une Annie stupéfaite. Les bras fléchis, il serre de toutes ses forces tandis que je vois des larmes couler sur les joues de la jeune femme, qui lutte pour respirer. Savoir que j'ai laissé cet homme me toucher me donne la nausée.

Je parviens à regarder Gracin dans les yeux et suis surprise de constater que ces mêmes yeux que je trouvais si séduisants me semblent désormais aussi froids et durs que la glace recouvrant les graviers à l'extérieur.

D'un simple hochement de tête, il me fait signe.

— Fais-moi sortir d'ici et je laisserai la gentille petite Annie rentrer chez elle.

— D'accord, dis-je en criant presque.

Je ferais n'importe quoi pour qu'il enlève ses maudites mains d'elle.

Gracin relâche Annie et lui murmure des propos que je ne peux pas entendre, mais que je peux deviner. Le visage de ma collègue pâlit, et je lui lance un regard suppliant en espérant qu'elle comprenne qu'il nous tuera toutes les deux si elle n'obéit pas. Si je réussis à survivre à cette journée, je tuerai Gracin. La seule chose qui préserve ma raison, c'est d'imaginer les différents moyens d'y parvenir.

— Ne fais rien de stupide, me lance le diable en personne alors que j'entends d'autres pas se diriger vers nous.

Étonnamment, Annie parvient à se ressaisir juste au moment

où la personne en question s'arrête. Ce que Gracin lui a dit semble avoir été efficace, car les seules traces visibles de son inquiétude sont les rougeurs autour de ses yeux et sur ses joues. J'espère que je parviendrai à garder mon sang-froid aussi bien qu'elle. De son côté, Gracin s'assied sur l'un des lits d'hôpital.

— Comment ça se passe ici ? demande le garde, qui finit par passer la tête par la porte.

S'il remarque quelque chose d'anormal à notre sujet, il ne dit rien. Il se contente de balayer la pièce des yeux, sans vraiment voir quoi que ce soit, puis il fait un signe de tête vers le lit où se trouve Salvatore.

— Le médecin a donné son feu vert pour qu'il sorte d'ici ?

En fin de compte, je n'ai même pas besoin de me poser deux fois la question pour savoir ce que je vais faire. Cela me semble aussi naturel que respirer. Je suppose que je suis devenue une meilleure menteuse que je ne le pensais.

— Je vais devoir le garder en observation. Ces types l'ont salement abîmé. Il pourrait avoir une commotion cérébrale.

Je suis contente de constater que je ne bégaye pas, malgré la peur. Je parais aussi lasse et impatiente que ce garde.

Celui-ci se décale, visiblement mal à l'aise, soit par la mention du passage à tabac qu'ils ont fait subir à Salvatore, soit par les reproches qui l'attendent s'il ne ramène pas le prisonnier.

— Le sergent n'a rien dit sur le fait de le garder en observation. Il est censé retourner en cellule quand vous aurez fini avec lui.

Je dois mobiliser toute ma détermination, dont je ne soupçonnais pas l'existence, pour répondre.

— Est-ce que vous voulez être responsable des éventuelles complications qu'il pourrait subir parce que vous étiez trop impatient ? Laissez-moi faire mon travail. Faites le vôtre.

Ensuite, je patiente, car je me suis rendu compte que les gens se sentent plus mal à l'aise lorsqu'il y a un silence tendu, et qu'ils sont prêts à tout pour l'éviter.

— C'est vous la cheffe, dit-il en passant une main dans ses cheveux et en reculant vers la porte. Je m'en fiche. Il est à vous.

Le gardien marque une pause, peut-être parce qu'il sent enfin la tension qui se dégage d'Annie et moi.

— Vous êtes sûres que tout va bien ici? Si vous voulez, je peux faire venir un autre garde...

— Non, ce n'est pas nécessaire, rétorqué-je. Tout va bien.

J'emploie un ton plus sec que je ne le voudrais parce que l'homme ne sait pas à quel point il a tapé dans le mille.

Le garde, vraisemblablement agacé par mon interruption et mon ton, lève les mains.

— Comme vous voulez, dit-il en reculant.

La gorge nouée, je me tourne vers Annie pour lui donner une explication ou plaider ma cause, mais elle recule si rapidement et de manière si automatique qu'elle trébuche presque sans raison.

— Non, dit-elle d'une voix aiguë. Juste... arrête.

Le visage impassible, Gracin observe depuis l'autre bout de la pièce. L'attirance qui a toujours été présente depuis notre rencontre s'est transformée en rage pure, mais je parviens à la canaliser et à la transformer en détermination. Je dois faire en sorte que ça marche. Pour Annie.

— Tu devras éviter d'intervenir jusqu'à ce que le moment soit venu, lui dis-je. On va devoir attendre le changement d'équipe, et tu as déjà causé assez de problèmes aujourd'hui.

— Oui, m'dame, répond-il, l'amusement perceptible dans sa voix.

Je serre les dents et m'imagine en train de le dépecer avec un scalpel.

Annie s'assied derrière l'ordinateur et me laisse gérer l'afflux de patients de l'après-midi, un mélange d'habitués venus prendre leurs médicaments et d'une poignée de détenus venus passer leur visite médicale annuelle. Le travail me permet de rester occupée, mais mes pensées sont tournées vers Gracin, qui est assis tranquillement dans un coin. Lorsque l'infirmière responsable du service médical passe pour s'enquérir de la présence d'Annie, je la prie de partir en prétextant que je suis débordée et que j'ai grandement besoin d'elle.

Sous le regard réprobateur de ma collègue, je nettoie la scène du crime avec des mains tremblantes, le visage baigné de larmes. Il y a de nouveau du sang dans les joints du carrelage, et je ne peux m'empêcher de comparer cette scène à celle de la nuit où j'ai dû nettoyer le mien après l'une des raclées de Vic. Écœurée, j'ai la nausée et jette les serviettes ensanglantées dans le conteneur approprié. Je laisse Gracin se lever le temps de m'aider à changer les draps du lit de Salvatore. Une fois terminé, le détenu semble dormir paisiblement, ce qui a pour seul effet de me faire pleurer plus fort.

À la fin de la journée, je suis à bout de nerfs et je ne peux m'empêcher de trembler. Le pauvre homme à qui j'essaye d'administrer ses médicaments doit patienter de longues minutes, le temps que je fouille parmi les flacons, jusqu'à trouver le bon. Je marmonne des excuses distraites tandis que le patient me lance un regard irrité.

Même si j'ai essayé de toutes mes forces d'ignorer Gracin, je me surprends à lever les yeux en plein milieu des soins. À chaque fois, il m'observe avec un air patient. En réponse, je serre les dents, ce qui a pour effet de le faire sourire. Il m'a manifestement bien piégée. Il n'a pas besoin de continuer cette petite comédie qui me donne envie de lui arracher les yeux.

Lorsque Gracin se redresse et me fixe de son regard calme, je sais que le moment est venu. Après avoir hoché la tête, je jette un coup d'œil vers la porte et constate que le gardien a quitté son poste pour laisser la relève le remplacer. Savoir que Gracin a orchestré toute cette situation avec autant de précision me glace le sang. S'il est capable de faire cela, de quoi d'autre est-il capable ? Tuer quelqu'un peut sembler être le pire acte qui soit, mais, après des années de torture sous les coups de l'homme auquel j'étais censée pouvoir faire confiance, je sais qu'il y a pire qu'une mort rapide.

Annie ne m'a toujours pas adressé la parole et n'a pas bougé de sa place derrière le bureau. Lorsque Gracin se lève et se dirige vers elle, elle se tasse sur sa chaise, qui émet un grincement terrible.

— Gracin, ne...

Mais avant que je n'aie fini ma phrase, il frappe avec une rapidité et une facilité qui me surprennent encore, vu son apparence imposante. Avec son poing, il heurte la joue d'Annie, dont les yeux se révulsent, et elle s'affale mollement sur sa chaise. Gracin ignore mes protestations et la place avec précaution devant l'ordinateur. Une fois qu'il a terminé, elle se retrouve dos à la porte. Quiconque regarderait à l'intérieur de la pièce penserait qu'elle est en train de travailler. Pendant le changement d'équipe, personne ne vient à l'infirmerie, et la plupart des détenus sont en train de dîner dans le réfectoire chaotique. Salvatore est censé passer la nuit en observation, et personne d'autre que moi ne saura qu'il ne dort pas.

L'estomac noué, je réalise que tout cela est bien réel. Je suis sur le point de ruiner ma vie pour cet homme. Tous les prisonniers qui nous ont vus ensemble. Les gardiens qu'il a soudoyés. Tout le monde va me voir le faire sortir de prison, et je n'ose imaginer les communiqués de presse qui s'ensuivront. Le procès. Oh, mon Dieu ! Vic va être furieux.

— C'est l'heure de jouer, petite souris.

CHAPITRE TREIZE

— **Q**ue veux-tu que je fasse, exactement ? demandé-je avant d'humecter rapidement mes lèvres sèches.

Ma gorge est tellement irritée que cela fait pleurer mes yeux. C'est sans doute le résultat de la panique.

— Je veux que tu passes un appel pour une urgence médicale.

Mon esprit s'emballe et reconstitue le puzzle que je n'ai pas vu au départ. Trop distraite ou trop aveuglée. C'est pour ça que Gracin m'a choisie le jour où nous nous sommes rencontrés. C'est pour ça qu'il ne m'a pas lâchée depuis. C'est pour ça qu'il s'est insinué dans ma vie au moment où j'étais le plus vulnérable.

— Tu...

Je serre les dents pour contenir le flot de paroles que je veux laisser sortir.

— C'est ton objectif. Tu ne m'as pas séduite parce que tu t'inquiétais des mauvais traitements de mon mari. Tu t'en fous complètement.

Il s'approche, mais je ne recule pas.

— Tu pourras me le reprocher plus tard, dit-il en dévisageant mon expression sévère. Passe l'appel.

Gracin retourne vers les ordinateurs où Annie est affalée, l'air quelque peu ivre, sur le clavier. Il pose une main sur la tête de ma collègue et lui caresse distraitement les cheveux.

La menace est signée, cachetée et bien reçue.

Sans trembler des mains, je saisis le combiné et compose le numéro de la salle de contrôle. La ligne sonne pendant quelques longues secondes, puis une voix familière répond.

— Salle de contrôle. Sergent Bennet, à l'appareil. Comment puis-je vous aider ?

— Sergent Bennet, c'est l'infirmière Emerson, du service médical. J'ai ici un patient qui a besoin d'une ambulance pour être transporté à l'hôpital.

— Numéro d'écrou et informations médicales ?

— Numéro 8942589. Le détenu présente des symptômes d'appendicite. Il doit être transporté immédiatement pour un examen plus approfondi.

J'essaye de faire transparaître suffisamment d'impatience dans ma voix pour donner l'impression que je ne fais que mon travail.

— Préparez le détenu pour le transport.

— Merci, dis-je.

Je me retourne et découvre Gracin debout derrière moi.

— Monte sur le brancard, lui dis-je sèchement. Tu es censé être malade.

— J'aime quand tu es téméraire, répond-il avec un sourire avant de grimper sur le brancard et de s'y allonger.

— J'aime quand tu fermes ta bouche.

Il gémit comme s'il éprouvait du plaisir.

— Tu ne fais qu'améliorer cette expérience pour moi, petite souris.

Je l'attache et tapote mes poches pour m'assurer d'avoir toujours mes clés de voiture. Je n'aurai pas beaucoup de temps entre le moment où ils le chargeront dans l'ambulance et celui où je prendrai la fuite. La prochaine personne qui franchira ces portes trouvera Annie, qui ne se gênera probablement pas pour leur raconter exactement ce qui s'est passé. Ensuite, la police se lancera à mes trousses. Je dois juste m'en aller avant que cela n'arrive.

Je ne sais pas où partir, mais ce devra être suffisamment loin pour que Vic, les flics et Gracin ne puissent pas me retrouver.

Une île déserte au milieu de l'océan, par exemple.

— À quoi penses-tu si fort? me demande Gracin alors que je commence à le pousser dans le couloir.

— À des vacances, rétorqué-je. Maintenant, tais-toi. Tu es censé souffrir le martyre et être incapable de bouger.

— Continue à me parler comme ça et une partie de moi souffrira vraiment, murmure-t-il.

— Ta tête, parce que je risque de te faire tomber accidentellement sur le béton. Ferme-la jusqu'à ce qu'on atteigne l'ambulance.

Avant qu'il ne puisse répondre, le geôlier appelé par le sergent Bennet, toujours appliqué dans son travail, arrive pour nous escorter jusqu'à l'ambulance qui attend devant le portail. La possibilité de faire demi-tour s'envole, et je ne peux que suivre le gardien qui avance d'un pas rapide. Je dois faire deux pas pour chacune de ses foulées tandis que nous traversons la prison à toute vitesse en direction du portail ouest, où l'ambulance nous attend.

À partir de ce moment-là, tout s'accélère. À tel point que j'ai presque l'impression de voir la scène se dérouler derrière le voile d'un rêve. Sans ce filtre, la gravité de ma situation aurait été insupportable, si pesante qu'elle m'aurait écrasée. Manquant de m'étouffer sous l'effet de la panique, je sens une main effleurer la mienne et vois Gracin qui m'observe. J'écarte immédiatement ma main et inspire bruyamment.

Tu peux le faire, Tessa.

Nous sortons brusquement dans le froid vivifiant, et les dents serrées, je maudis l'air glacial qui gifle ma peau nue. Sans mon manteau, cela revient à plonger dans l'Atlantique, version Titanic. Sauf qu'il n'y a pas de héros pour me dissuader de sauter. Dans mon cas, c'est le méchant qui me force à plonger.

L'ambulance attend déjà près du portail, avec un autre gardien assis dans une camionnette, dont le moteur tourne au ralenti près du mirador. Au fond, j'espérais à moitié que les choses tourneraient mal. Que quelqu'un découvrirait Annie ou Salvatore, dénoncerait le subterfuge de Gracin ou me questionnerait sur sa condition. Mais rien de tout cela ne se produit.

Le geôlier qui nous escorte guide le brancard, auquel je m'accroche, ne serait-ce que pour avoir une ancre au milieu du tourbillon de mes incertitudes, vers l'arrière de l'ambulance. Un des secouristes sort de la zone de chargement du véhicule et, avec le gardien, transfère Gracin sur une autre civière sans la moindre difficulté. Je me sens alors envahie par une sensation de malaise et de nausée, et seule ma mâchoire crispée m'empêche de vomir aux pieds des hommes.

En quelques secondes, le gardien saute dans l'ambulance derrière Gracin, qui est allongé, tandis que l'ambulancier claque la porte. Je recule d'un bond et trébuche sur le trottoir glissant, tendant la main à l'aveuglette vers la poignée de la porte pour me maintenir debout. L'ambulance fonce vers le portail et s'arrête en attendant qu'il s'ouvre. Après un bond, mon cœur se met à battre à tout rompre. J'attends que quelqu'un donne l'alerte, mais personne ne le fait. Au contraire, l'ambulance franchit le portail ouvert et le fourgon la suit sans faire de bruit.

Il s'avère que, lorsque votre vie s'effondre sous vos yeux, ce n'est pas dans un grand fracas... mais dans un murmure.

Sur le chemin qui me ramène jusqu'à la salle de contrôle, je suis persuadée que quelqu'un va m'arrêter et me demander où se trouve Gracin. Chaque bruit, chaque pas ou chaque voix me fait sursauter et retenir mon souffle. Mais les gens passent sans même me regarder. Cela devrait me rassurer, mais cela a l'effet inverse. Mon anxiété augmente jusqu'au point de me donner l'impression que la tension va me faire craquer.

Je retourne aux vestiaires et récupère mes affaires. Lorsque je ferme la porte, je réalise que c'est probablement la dernière fois que je reviendrai ici, alors je la rouvre, prends toutes mes affaires et jette les quelques déchets qui se trouvent dans mon casier. Mon sac est un peu plus lourd que d'habitude et mes pas sont hésitants alors que je me dirige en traînant des pieds vers la salle de contrôle, où règne le chaos.

Deux geôliers sont de service, et ils sont tous deux tellement occupés qu'il leur faut plusieurs minutes avant de remarquer que j'attends de l'autre côté de la vitre au verre épais. L'un d'eux hausse un sourcil en me voyant et je glisse mes clés dans la fente avant de signer le registre. Ce n'est pas la fin de mon service et Annie est la seule infirmière sur place, mais ils ne font aucun commentaire. De mon côté, je n'ose pas les interpeller sur ce point.

— À demain !

Ce sont les premiers mots que j'arrive à arracher au garde.

Je réponds par une phrase de circonstance, mais je perds ma voix. Je n'arrive pas à parler avec enthousiasme.

Je ne reviendrai pas. Soit je vais parvenir à m'échapper d'ici, soit je vais me retrouver moi-même derrière les barreaux de cette prison.

Sur le trajet du retour, je suis frappée de stupeur, puis envahie par une sensation d'engourdissement, dont je suis reconnaissante. Elle fait disparaître tous mes doutes, mes peurs et mes illusions. Je perçois toutes mes émotions comme à travers un voile agréable, chaud et moelleux. Je parviens à arriver chez moi sans encombre uniquement parce que j'ai emprunté cette route tellement de fois que c'est devenu un réflexe.

En mode pilote automatique, je me gare et me rends directement dans ma chambre pour faire mes valises. Je n'ai aucune raison de repousser mon départ. De plus, je ne veux pas risquer d'être là quand Vic ou les flics débarqueront. Je jette indifféremment dans mon sac des soutiens-gorge, des culottes, des t-shirts et des jeans. Les vêtements sophistiqués me seront inutiles. Encore moins la lingerie vulgaire que Vic m'obligeait à porter. Elle restera dans le tiroir. J'envisage brièvement de la brûler, mais ça n'en vaut pas la peine.

Je prends mes affaires dans la salle de bain et contemple ensuite la chambre où j'ai passé ces trois dernières années. Il n'y a aucun souvenir de mon enfance, aucun album photos ni couverture de bébé. Après la lune de miel, j'ai jeté tout ce qui concernait le jour de mon mariage, et n'ai jamais pris la peine de faire un album souvenir. À part les vêtements, je ne veux rien emporter d'autre.

C'est peut-être une bonne chose. Pour un nouveau départ.

Je mets mon sac sur mon épaule et me dirige vers la porte d'entrée, en planifiant mon itinéraire sur le chemin. Je vais peut-être partir au Mexique. Un endroit où le soleil pourra chasser toute cette morosité.

Je n'aurais même pas vu le dessin s'il n'avait pas été collé sur la porte, juste devant mon visage. Il n'y a qu'une seule personne qui aurait pu le mettre là.

— Non, non, non, non, dis-je, sans m'en rendre compte.

Ma voix se brise dans un sanglot. C'est un dessin de moi le jour où j'ai rendu visite à Gracin dans sa cellule. Les mains agrippées aux barreaux, j'ai un peu l'air d'une folle. Les yeux brillants, et les mains crispées autour du métal, je donne l'impression de tenir un amant.

Je suis sûre de rêver, comme dans un cauchemar éveillé, sauf que c'est le milieu de la journée. Je ne comprends pas que Gracin se tient dans l'embrasure de la porte jusqu'à ce qu'il prononce mon prénom.

CHAPITRE QUATORZE

—Qu'est-ce que tu fais ici ? lui demandé-je en jetant des regards affolés autour de moi, comme si cela allait m'aider à trouver la réponse.

C'est inutile. Je sais pourquoi il est là. Je mentirais en disant que je ne m'attendais pas à le revoir.

Alors qu'il entre et referme la porte derrière lui, je remarque qu'il a changé de vêtements. Il ne porte plus l'uniforme habituel de la prison. Je plisse les yeux quand il arrive sous la lumière, et j'essaye de déterminer ce qu'il porte. Puis je comprends. Ce pantalon m'est familier, car je le vois tous les jours au travail. C'est celui de l'uniforme des gardiens. Pas besoin d'être un génie pour comprendre que Gracin a dû neutraliser celui qui se trouvait à l'arrière de l'ambulance, avant de réussir à s'échapper.

Après avoir avalé la boule que j'ai dans la gorge, je pose la question qui me préoccupe le plus.

— Est-ce que tu… est-ce que tu les as tués ?

Gracin hausse un sourcil.

— Non, je ne les ai pas tués, répond-il après quelques secondes de silence.

Si je ne le connaissais pas, je dirais que sa voix semble presque fatiguée, mais cela ne peut pas être possible. Les vagues d'énergie qui émanent de lui font battre mon cœur en conséquence. L'adrénaline monte et m'embrase de l'intérieur. À mesure qu'il avance, je recule en traînant les pieds. Tout en le gardant à l'œil, je cherche une arme. Je suis presque folle de rage. J'en ai marre d'être persécutée dans cette maison. J'en ai marre d'être terrorisée et intimidée par des hommes comme Gracin.

Au lieu de reculer, je me précipite vers lui. Il ne s'attend pas à ce changement soudain, et cette fois, mon élan le prend au dépourvu, et le projette contre le mur. Une multitude de photos se détachent et s'écrasent sur le sol dans une pluie spectaculaire de verre brisé. Gracin lève les mains pour se protéger tandis que je l'attaque à coups de poing, déchaînant un torrent de frustration refoulée sur tous les endroits de son corps que je peux atteindre.

Ma fureur est infinie. Je le gifle, je le frappe et je le griffe sur tout le corps, dès que sa peau m'est accessible. Des bruits méconnaissables sortent de ma bouche, et je suis rapidement à bout de souffle, à cause de l'effort fourni. Avec mes ongles, je lui écorche la joue et lui lacère le cou, transperçant sa peau. Il me maudit et me saisit sans difficulté les deux poignets d'une seule main, puis il me plaque contre le canapé avec ses hanches.

— Pourquoi tu es là ? lui crié-je. J'ai fait ce que tu voulais. Je t'ai fait sortir. Tu as gagné !

Il s'immobilise soudain et se rapproche autant que possible de moi. Saisie d'effroi, je sens mon pouls s'emballer.

— Et si je te désirais ? demande-t-il doucement.

J'ouvre la bouche, mais pour une fois, je reste muette. Je ne m'attendais vraiment pas à cette réponse.

Quand je parviens enfin à parler, ma voix ressemble davantage à un croassement.

— Tu es fou, dis-je en essayant de me dégager de son étreinte. Après tout ce que tu as fait, tu reviens pour quoi ? Une partie de jambes en l'air ? Va te faire foutre.

Il m'ignore et poursuit.

— Viens avec moi.

Cette proposition court-circuite tout simplement mon cerveau.

— Quoi?

— Viens avec moi, répète-t-il en relâchant mes poignets. Tout de suite. Partons ensemble.

— Tu n'es pas sérieux! Tu viens de tuer un homme! Je ne vais nulle part avec toi.

— Tout à fait sérieux. Tu ne peux pas rester ici, alors pars avec moi. Je peux te protéger.

— Me protéger? Tu es recherché par la police! Je viens de t'aider à t'évader de prison.

Un rire m'échappe alors, au point de me plier en deux. Prise dans un tourbillon d'émotions, je pose ma tête sur sa poitrine.

— Je suppose que ça veut dire que je vais devoir fuir la police moi aussi.

Il me relève le menton.

— Alors, enfuis-toi avec moi.

Je n'ai pas la possibilité de répondre à sa question, car Vic choisit ce moment pour franchir la porte d'entrée. Le cœur serré, je me fige. Gracin n'hésite pas à me cacher derrière lui pour me protéger de mon mari.

Ce n'est pas possible.

Quand Vic nous repère dans le salon, il a le souffle coupé et écarquille les yeux. Son expression serait presque comique si la situation n'était pas aussi grave. La rage colore ses joues et fait gonfler une veine au niveau de sa tempe. Mon mari fait un pas en avant... et se heurte au poing de Gracin.

Si je pensais cet homme capable de violence auparavant, ce n'est rien en comparaison de la raclée qu'il inflige à Vic. Au bruit des poings frappant la chair, je me rappelle toutes les fois où mon mari m'a fait subir le même sort. Une voix dans ma tête me pousse à intervenir. À dire à Gracin d'arrêter, puis de simplement partir avec lui. Je suis prête à raconter n'importe quoi pour le faire arrêter, mais les mots restent coincés. Chaque cri de douleur, chaque coup porté, me procure une étrange satisfaction malsaine. C'est la revanche que j'ignorais désirer. Le visage de Vic est couvert de sang et son œil est déjà enflé, mais Gracin continue.

— Espèce de sale ordure, dit-il en grognant sous l'effort nécessaire pour remettre Vic debout. Ça fait quoi, enfoiré ?

— Va te faire foutre ! répond Vic avant de cracher du sang.

Cela lui vaut un autre coup de poing.

Le craquement qui en résulte le fait hurler. Il bascule la tête en arrière, et du sang se met à jaillir de son nez.

Gracin s'apprête à lui asséner un autre coup, mais Vic se jette sur le côté et attrape une lampe posée sur la table basse. Ce n'est pas la moins chère, d'ailleurs.

Alors, quand il la fracasse sur le côté de la tête de Gracin, je hurle.

— Non !

King s'effondre par terre, près de la table basse.

Je me précipite à ses côtés, cherche son pouls et me sens grandement soulagée lorsque je le sens battre contre mes doigts.

Je n'ai pas le temps de l'examiner correctement, car Vic me rejoint en chancelant et me remet debout en me tirant les cheveux. Instinctivement, je me retourne, un pistolet à la main. Je suis tout à fait consciente de ne pas avoir sorti l'arme cachée pour me protéger de Gracin.

Vic éclate de rire.

— Tu penses que tu vas utiliser ça contre moi, fillette ?

Il s'essuie le visage, badigeonnant sa main de salive et de sang.

— Tu n'as pas les couilles pour ça, sale garce !

À mes côtés, Gracin gémit. Debout et bien droite, je pointe mon pistolet sur la silhouette massive de Vic.

— Tais-toi et reste où tu es ! lancé-je à celui-ci. Au moindre mouvement, je n'hésiterai pas à mettre une balle dans ton cul de gros fumier !

Je sens un mouvement à côté de moi, et baisse rapidement les yeux vers Gracin, qui entoure ma cheville de sa main meurtrie. Le simple fait de le sentir m'apaise plus que jamais. Je puise de la force dans ce contact et me retourne vers Vic.

— Qu'est-ce que tu vas faire ? Me tirer dessus ? demande-t-il en riant, alors que du sang coule sur son menton. Ce serait la meilleure.

— Gracin, dis-je à l'homme allongé. Tu peux te relever ?

Se tenant la tête, il se redresse en gémissant.

— Tu peux marcher ?

Je veux l'aider, mais je ne peux pas me permettre de quitter Vic des yeux.

Gracin se met à quatre pattes, puis s'accroupit.

— Ouais, dit-il d'une voix rocailleuse. Ouais, ça va.

Au pas que Vic fait dans notre direction, je lève mon arme.

— Stop ! dis-je d'une voix sèche.

— Si tu veux me tirer dessus, alors tue-moi, crie Vic. Arrête de tourner autour du pot.

Je l'ignore, et de ma main libre, j'aide Gracin à se relever, ce qui n'est pas facile, vu sa taille.

— Je vais bien, lui dis-je.

— Il va bien, tu vas bien, on va tous très bien, dit Vic. Tu vas me dire ce qu'il fout chez moi ?

— Je m'en vais, Vic.

Le soulagement que je ressens en prononçant ces mots, des mots que je n'aurais jamais cru pouvoir formuler, est intense et instantané. Gracin serre ma main plus fort.

— On va partir maintenant, et tu ne nous suivras pas.

— Tu ne vas nulle part, répond mon mari, les narines dilatées, avant de faire un pas menaçant vers moi.

Derrière moi, Gracin se redresse, sans rien dire, mais ce n'est pas nécessaire. Sa présence me donne pour la première fois un sentiment de sécurité depuis que Vic a commencé à me frapper. Au lieu de défaillir, je me consolide sur mes appuis et stabilise mes bras tremblants.

— Garde les mains en l'air et éloigne-toi de la porte, lui ordonné-je en agitant le pistolet.

Vic ne fait ni l'un ni l'autre. Mais honnêtement, je ne m'attendais pas à ce qu'il m'obéisse.

— Tu sais, dit-il, je savais dès le début que tu n'étais qu'une garce. Les cassos restent des cassos.

J'appuie sur la détente, mais la balle dévie, et vient se loger dans le mur. Des éclats de plâtre aspergent son bras et le côté du visage de Vic, qui fait un bond sur le côté. Avec le recul de l'arme, je me heurte à la poitrine musclée de Gracin.

— Bon sang, tu es complètement tarée ! s'exclame Vic dès qu'il parvient à retrouver sa voix, qui reste chevrotante.

— Tu as tout à fait raison. Je suis la psychopathe avec le flingue. Celle qui peut te faire mal, pour une fois. Alors, arrête de parler et dégage de mon chemin.

Vic me regarde, bouche bée, comme si c'était la première fois qu'il me voyait. Et c'est le cas. Cette version de moi-même, en tout cas. Celle qui en a marre d'être son punching-ball. Au moins, cela l'a poussé à faire ce que je lui ai demandé. Le coup de feu l'a suffisamment effrayé pour qu'il s'éloigne de la porte. Je profite de son état de choc et commence à m'avancer lentement dans cette direction. Je n'ose pas regarder Gracin lorsque celui-ci commence à bouger, car je sais ce que je vais faire de lui lorsque nous nous serons tirés d'ici.

Si nous y parvenons.

Je garde l'arme pointée vers le ventre de Vic, qui lève les mains. Gracin atteint la porte en premier, et alors que je commence à croire que je vais finalement survivre à cette soirée, Vic se jette sur mon arme.

Je sens le recul du pistolet dans mes bras avant même de me rendre compte de ce qui s'est passé. Le tir me secoue jusqu'aux os, presque au point de m'engourdir la main. Je m'étais préparée pour le premier tir, mais celui-ci me surprend autant qu'il surprend Vic. Celui-ci halète, cherchant son souffle. Du sang s'écoule du petit trou dans sa poitrine, et Vic grogne. Il essaye, en vain, de stopper l'hémorragie avec ses mains avant de s'effondrer sur le sol.

CHAPITRE QUINZE

Je laisse retomber le pistolet sur le sol et m'effondre à genoux. Je m'efforce, en vain, de couvrir le trou dans sa poitrine. Les minutes qu'il faut à mon mari pour rendre son dernier souffle sont les plus longues de toute ma vie. Il serre brusquement mes mains entre les siennes, puis les relâche, et ses bras retombent le long de son corps.

— Vic ! m'exclamé-je en l'attrapant par les épaules.

Gracin me rejoint et je lève des yeux désespérés vers lui.

— Appelle les secours !

Quand Gracin ne bouge pas, je le gifle.

— Va appeler les secours !

Il se contente de me fixer d'un air impassible, ce qui me donne envie de lui faire du mal.

— Pourquoi tu me regardes comme ça ? Il est en train de mourir !

— Tu ne peux rien faire, répond Gracin d'un ton détaché qui m'exaspère. Il est mort.

Je me relève, incapable de soutenir le regard vide de Vic, mais je ne sais pas quoi faire. L'air de la pièce est saturé de l'odeur cuivrée de son sang. J'essaye d'inspirer plus profondément, mais ai l'impression d'avoir une épaisse couverture plaquée sur mon visage. Je me heurte aveuglément aux meubles et aux murs de la pièce jusqu'à ce que des bras m'attrapent et m'enlacent fort.

— Hé! dit Gracin d'une voix apaisante. Hé! Non, ça va. Chérie, calme-toi. Tu dois te calmer. Ça va. Tout va bien.

Cette litanie réconfortante me pousse à revenir à la réalité. Je commence lentement à rassembler les pièces du puzzle, qui, subitement, est entier. Comme si je me réveillais d'un terrible cauchemar.

— Voilà. C'est bien. Reviens parmi nous.

J'ouvre les yeux, que j'avais fermés avec force, et je vois Gracin me fixer. Dans ses yeux verts, je remarque du soulagement, ou une émotion qui y ressemble, avant d'être remplacée par une autre que je connais trop bien.

Je me dégage de son étreinte, mais je devrais prendre conscience d'une chose. Je me retrouve entre ses griffes, et je ne pense pas qu'il me laissera partir un jour.

— Lâche-moi, grogné-je.

Je suis obligée de regarder autour de moi, car je n'ai jamais entendu ma voix aussi agressive et désespérée.

— Oh, je ne pense pas, dit-il en me saisissant le menton pour me forcer à le regarder. Tu n'as plus besoin de t'enfuir.

— Va te faire foutre! lui crié-je au visage.

Je postillonne, mais je m'en fiche. L'indifférence a tellement envahi mon cœur que j'ai l'agréable sensation d'être engourdie.

— Va te faire foutre. Tu as ruiné ma vie.

Gracin se rapproche jusqu'à ce que nos poitrines se touchent. Il est si près que je ne vois rien d'autre que ses yeux rivés sur moi.

— Ruiné ta vie? Non, pour autant que je sache, je t'ai donné exactement ce que tu voulais.

— Ce n'est pas ce que je voulais.

Je n'ai pas réalisé que je secouais la tête avant qu'il ne la prenne entre ses mains et la maintienne.

— Je sais ce que tu désires, dit-il, puis il passe à l'attaque.

Gracin pose sa bouche sur la mienne avant même que je ne puisse le repousser. Les émotions que je ressens sont incontrôlables, incompréhensibles, et il les attise à m'en rendre fébrile, créant ainsi un trou noir où règne un néant jouissif, par lequel je souhaite désespérément me laisser dévorer.

Et j'ai tellement envie d'être dévorée.

Je veux que la saveur de Gracin submerge mes sens, jusqu'à ce qu'il emporte le monde qui nous entoure dans un raz-de-marée de désir. C'est un véritable cataclysme et je prie pour qu'il me détruise.

— Pas ici, dit-il, ce qui me ramène brutalement à la réalité.

Je suis saisie d'un frisson et réalise que nous sommes toujours dans la pièce où se trouve le cadavre de Vic, dont le sang se répand sur le parquet brillant, que j'ai frotté des milliers de fois. J'ai du sang sur mes mains et sur ma tunique, car je n'ai pas eu le temps de me changer après le travail.

Cependant, Gracin ne me laisse pas le temps d'y réfléchir. Il m'entraîne simplement dans le couloir et m'attire à lui. Je le suis parce que je veux m'éloigner du carnage présent dans l'autre pièce. Je ne sais pas si j'ai envie de rire, de pleurer ou de crier. Cela ne semble pas perturber Gracin, qui n'a d'yeux que pour moi.

— J'y pense depuis que tu as joui sur moi. J'ai senti ton odeur pendant des jours après ça. Ça m'a rendu fou, me dit-il à l'oreille.

Je peux sentir son long membre épais appuyer avec insistance contre mon ventre. Gracin déchire mon t-shirt avec une violence à peine contenue. Quand il remarque mes bleus, son regard s'assombrit.

Il pose délicatement ses mains dessus.

— Je suis content que ce salaud soit mort pour ce qu'il t'a fait.

— Non, rétorqué-je, en écartant ses mains. On ne peut pas. Pas ici. Pas comme ça.

Gracin me fait descendre au sol, et je suis tellement déstabilisée que je suis incapable de protester autrement qu'en poussant un sifflement lorsque mon dos entre en contact avec le parquet froid.

— Si, dit Gracin contre mes lèvres. Comme ça. Je veux que tu te souviennes à quoi ta vie ressemble quand je ne suis pas à tes côtés. Je veux que tu te souviennes de ta force quand tu as tenu tête à ton mari. Je veux que tu te souviennes que tu ne laisseras plus jamais personne te traiter comme de la merde, pas même moi.

— Alors, lâche-moi. Tu voulais t'enfuir. Qu'est-ce que tu fais encore ici ?

Gracin ne répond pas, trop occupé à embrasser ma gorge. Avec ses lèvres, ses dents et sa langue, il remonte vers mon oreille, où son souffle caresse ma peau sensible. Malgré moi, je me cambre contre lui. La réalité de ce que nous sommes en train de faire, quelque chose de terrible, d'immoral et de malsain, ne fait qu'accélérer mon rythme cardiaque et exacerber mon désir.

Ce désir sombre et pervers est-il le résultat de nombreuses années d'abus ? Ou est-ce simplement cet homme ?

Gracin ne me laisse pas une seconde pour reprendre mes esprits. Il n'y a pas de geôlier ici, pas de menottes ni de barreaux. Rien ne l'empêche de prendre ce qu'il veut. Et c'est moi qu'il veut.

Il glisse ses doigts dans mes cheveux et me tire la tête en arrière pour avoir un meilleur accès.

— Je vais goûter chaque partie de ton corps, dit Gracin d'une voix grave.

Que Dieu me vienne en aide parce que c'est exactement ce que je souhaite !

— On ne peut pas faire ça ici, répété-je en posant mes mains sur ses épaules.

Pourtant, je me cambre quand son autre main caresse mes seins et descend vers la ceinture de ma tenue. Mes vêtements me paraissent soudain incroyablement anecdotiques face à ses doigts explorateurs. Je courbe le dos et plaque ma tête contre le parquet, en quête d'un soupçon de lucidité.

Sous le coup de la douleur, je retrouve mes esprits et cherche à repousser la main de Gracin.

— Gracin, s'il te plaît.

Il glisse sa main sous ma ceinture et la plonge dans ma culotte.

— S'il te plaît, quoi ? demande-t-il.

Ses caresses sont si subtiles que je les devine à peine parmi le flot de sensations que je tente de comprendre.

— S'il te plaît, ne t'arrête pas ? S'il te plaît, continue ? Tu vas devoir être plus spécifique.

Il découvre que mon sexe est mouillé et consentant. Nous

gémissons alors de concert. Je veux mourir. Je veux crier. Je veux que jamais il ne s'arrête.

— S'il te plaît. On ne devrait pas faire ça ici.

J'attrape ses poignets, mais Gracin est trop fort et ses doigts sont trop habiles. En quelques secondes, ils me font voir les étoiles.

— Ici. Maintenant, dit-il.

Ma tête cogne contre le parquet, des mèches de cheveux sont arrachées en s'y accrochant, mais je ne ressens presque pas la douleur. Au contraire, mes terminaisons nerveuses la captent, l'accumulent et la convertissent en plaisir. Je veux arrêter, je veux arrêter, mais je n'y arrive pas. Mon corps ne sait pas quoi faire. Mon cerveau ne sait pas quoi penser.

— Oui, murmure Gracin dans l'obscurité. Laisse-moi faire.

Après une pause très courte, il arrache mes baskets confortables, déchire ma tenue et ma culotte blanche. Puis il soulève mes jambes et les met de manière à m'étendre devant lui, tel un festin. Son expression est magnifiquement bestiale, et j'entraperçois ses dents blanches avant qu'il ne pose sa bouche sur mon corps.

Je relâche ses poignets pour mettre mes mains dans ses cheveux.

— Non, gémis-je. Gracin! Oh, mon Dieu! S'il te plaît!

— On dirait que tu n'arrives pas à te décider, petite souris, répond-il.

Quand il parle, je sens ses lèvres bouger contre mon clitoris.

Mon esprit se décompose au moment où sa langue lance une nouvelle offensive. Je tire les cheveux de Gracin et lui griffe le dos, mais il ne semble même pas s'en apercevoir. La moindre once de résistance de ma part est récompensée par une détermination accrue, et mon corps apprécie ses caresses, malgré la confusion qui règne dans ma tête. Même l'inconfort de l'hostile plancher en bois sous mon dos et la moiteur collante de la sueur ne parviennent pas à empêcher la naissance de mon orgasme.

Gracin écarte davantage mes cuisses et enserre mes jambes pour permettre à ses larges épaules de passer. Je ne sais pas si je me débats pour qu'il s'arrête... ou pour qu'il continue. La frontière entre la panique et le plaisir s'estompe à chaque passage et caresse de sa langue. Gracin suce et mordille, taquine et goûte jusqu'à ce que je me frotte contre son visage et gémisse sans retenue.

Je ne me suis jamais sentie aussi impure de toute ma vie. Pas même lorsque Vic me battait. Pas même lorsque je l'ai trompé avec Gracin.

Mais je ne me suis jamais sentie aussi vivante non plus, et je ne sais pas ce qui m'effraie le plus.

Mon plaisir atteint des proportions démesurées. Je lutte pour m'en défaire, presque en sanglotant, mais Gracin se contente de relâcher une jambe afin de pouvoir baisser suffisamment son pantalon pour libérer son érection. En un rien de temps, il me pénètre et je hurle lorsque l'orgasme me terrasse avec une violence aussi brutale que l'homme qui en est à l'origine.

Gracin atteint rapidement son premier orgasme, mais celui-ci n'a rien de beau. Il est féroce, implacable et laid. Mais voir l'explosion de plaisir et de douleur mélangés sur son visage me fait redoubler d'envie. Je me déteste pour ça. Son sexe encore à moitié dur en moi, Gracin continue ses va-et-vient, même lorsque je reprends mes esprits et commence à me débattre pour me dégager.

L'espace d'une seconde, je parviens à me libérer de son poids tant qu'il est encore secoué de tremblements. Quand sa queue sort, je gémis sous l'effet du vide ressenti. Je me retourne sur le ventre et utilise mes mains pour me relever. Un filet humide s'écoule de mon sexe et mouille mes cuisses, ainsi que le parquet en dessous.

J'arrive à relever mes fesses à hauteur de son visage avant qu'un bras ne m'enlace la taille pour me plaquer à nouveau au sol.

— Où tu vas ?

— Tu as eu ce que tu voulais, dis-je entre deux halètements et deux soubresauts.

Le simple fait de l'avoir près de moi suffit à court-circuiter mon cerveau. Celui-ci me dit « pars, pars, pars », mais aussi, « baise-le, baise-le, baise-le ». Même mes hormones n'arrivent pas à se décider.

— Maintenant, lâche-moi.

— Si tu penses que c'est tout ce que j'attends de toi, tu vas avoir un sacré choc dans quelques secondes.

— Qu'est-ce que tu...

Les mains de Gracin se faufilent jusqu'à mes fesses qu'elles écartent. Le geste me sidère tellement que je suis incapable de parler. Incapable de réfléchir. Je ne suis que sensations.

Ses doigts mordent ma peau, puis son souffle réchauffe des endroits de mon corps que même Vic n'a jamais osé toucher. Je me tortille sous lui, et plaque mes mains sur le plancher pour m'éloigner de Gracin, sans succès. L'instant d'après, je sens sa bouche sur moi. Elle me déguste et me torture. Durant toutes ces années passées avec Vic, malgré tout ce qu'il m'a fait subir, il a toujours gardé certaines limites. Avec Gracin, il n'y en a aucune. Tout comme il n'y a aucune frontière et aucun secret.

— Non. Ne fais pas ça, murmuré-je désespérément.

— Si.

Il embrasse une fesse, puis l'autre, avant de déposer un dernier baiser à la base de ma colonne vertébrale.

— Je te veux tout entière, Tessa, et j'ai l'intention d'y parvenir.

Son prénom jaillit de ma bouche lorsqu'il me cloue à plat ventre sur le sol, et glisse l'un de ses bras sous mon ventre pour que sa main puisse atteindre mon clitoris. Avec un grognement, il remonte mes fesses et parsème ma fente de baisers, longeant l'orifice plissé tandis qu'il cherche à reprogrammer mon cerveau à l'aide de ses doigts.

Je gémis quand sa langue lèche ma peau d'un orifice à l'autre, puis revient en arrière. C'est obscène. Il n'y a pas d'autre mot. Je n'ai jamais été particulièrement timide en matière de sexe. À quoi bon ? Mais, non seulement Gracin part à la conquête de la partie de mon corps la plus secrète sans aucune hésitation, mais il ne montre aucune aversion à lécher les parties encore recouvertes de son sperme. Même si je me tortille sous lui, cherchant désespérément à atteindre l'orgasme, je rampe sur le sol pour tenter d'échapper à la délicieuse invasion qu'il est déterminé à commettre.

— Si je te lâche, est-ce que tu vas t'échapper ? demande-t-il.

Gracin continue à caresser mon clitoris hypersensible, jusqu'à ce que je me cambre vers sa langue. Je colle mon front au grain du bois, en espérant que la douleur m'apporte un brin de lucidité, mais ça ne marche pas. Il n'y a rien de raisonnable dans ce qui se passe, rien de logique dans la réaction de mon corps.

— Non, dis-je.

Je nous déteste tous les deux.

— Gentille fille.

Gracin dépose un baiser sur ma colonne vertébrale et relâche son étreinte. J'ai juste le temps de prendre une profonde inspiration avant de sentir les poils de ses cuisses chatouiller les miennes, et de percevoir le poids de son corps qui me domine. À chaque battement de cœur, mon clitoris me fait souffrir, et, même si j'envisage de courir vers la porte de derrière, qui se trouve à quelques mètres, je me cambre pour accueillir avec délice le premier coup de reins.

Une main agrippe mes cheveux, l'autre se crispe sur ma hanche. Je ne vis l'instant que grâce à la connexion entre nos corps, comme si ma réalité dépendait de l'existence de Gracin. Les mains que j'utilisais pour m'éloigner de lui prennent appui sur le sol pour projeter mon corps contre lui et l'encourager à me pénétrer comme personne ne l'a fait auparavant.

Avec la main dans mes cheveux, Gracin tire ma tête en arrière jusqu'à ce qu'il me mette à quatre pattes. Il m'attire si près que ses lèvres effleurent mon oreille.

— Tu penses que tu ne veux pas de ça ? demande-t-il.

Je sais qu'il ne parle pas de ce qu'il est en train de me faire, car je ne peux plus nier que c'est ce que je désire. Pas quand je le supplie de me prendre plus fort, plus vite.

— Tu ne devrais pas, continue-t-il avant de mordre mon épaule. Tu ne devrais pas me désirer. Je suis mauvais. Je ne suis pas un homme bien. Je fais des choses terribles pour des gens terribles.

Il lèche la trace de morsure, puis remonte le long de ma gorge.

— Je veux te faire des choses terribles.

Oh, que Dieu me vienne en aide ! Je veux que Gracin me fasse ces choses terribles. En fait, je suis prête même à le supplier. Mais la main dans mes cheveux me fait violemment basculer en arrière, à tel point que j'ai du mal à respirer, et que je ne peux plus parler. Concentrée sur ma respiration, je ne prête pas attention à son autre main, jusqu'à ce qu'elle vienne se plaquer sur l'entrée étroite qu'il a si bien excitée. Je pousse des gémissements étouffés lorsque son pouce franchit un peu l'anneau serré, mais cela suffit pour que mon corps se crispe sous l'effet des premières vagues de l'orgasme.

— Détends-toi autour de mon doigt.

Je crois dire que je ne peux pas, mais les mots qui sortent de ma bouche sont incohérents. Ses coups de reins ralentissent et m'éloignent de l'orgasme imminent. Je passe la main derrière moi, vers la hanche de Gracin, mais il ne bouge pas. Des larmes de frustration coulent de mes yeux.

— Ouvre-toi à moi, Tessa, et je te donnerai ce dont tu as besoin, dit-il.

Ses paroles sont suivies d'un lent coup de reins interminable, que je ressens dans tout mon corps.

Mes muscles se détendent et je m'affaisse dans les bras de Gracin. Je suis à sa merci, mais il n'est pas là pour uniquement prendre. Il offre et je me soumets librement à sa volonté.

— C'est ça, ma belle, dit-il.

Je pousse un cri quand son pouce me pénètre complètement.

Son sexe s'enfonce plus fort, et Gracin lâche mes cheveux pour me saisir la gorge. Je halète sous ses doigts qui caressent mes lèvres. Je les mords sans réfléchir, sans ménagement.

Impatiente de le goûter et d'avoir une partie de lui, étant donné qu'il possède mon corps entier, j'en suce un dans ma bouche. Derrière moi, Gracin rugit et je me cambre pour le prendre plus profondément. Il n'y a plus aucun endroit de mon corps qui lui est inconnu, aucune partie qu'il n'ait conquise, et pourtant, je veux lui donner davantage.

Ce n'est pas sa verge, ni ses mains, ni même la violence qui me fait perdre la tête cette fois-ci. C'est un baiser. Quand il retire sa main, je libère son doigt de ma bouche avec un bruit sec. Avec une main sur ma mâchoire, il me tourne vers lui pour que j'accueille sa bouche, ce que je fais volontiers. Il ne devrait rien avoir de normal dans ce que je le laisse me faire, mais je ne trouve aucun effleurement de ses lèvres, aucun coup de reins qui ne soit condamnable. Rien ne m'a jamais semblé si juste.

Dès que cette pensée me traverse l'esprit, je gémis contre la bouche de Gracin, et je suis submergée par l'orgasme qui balaye tous mes doutes, toutes mes peurs et tout mon bon sens. Lorsque mon sexe se contracte autour du sien, quelque chose se brise chez lui, évacuant ainsi la tension de ses muscles. Lentement, il retire son pouce, ce qui a pour effet de doubler l'intensité de mon orgasme. Gracin pousse un sifflement et éjacule en moi, basculant à son tour.

Quelques minutes plus tard, je réalise que nous sommes toujours allongés sur le sol. Mes membres ne répondent pas quand je leur demande de bouger, mais ce n'est pas grave. Le poids de Gracin sur moi me fait l'effet d'une ancre qui me retient à la terre. Quand il se décale sur le côté, en gardant ses bras et ses jambes mêlés aux miens, je suis écrasée par la réalité et le froid.

— Il faut qu'on parte d'ici, dit-il finalement.

Mon cerveau n'arrive toujours pas à bien réfléchir.

— La police va bientôt arriver, ajoute-t-il. Et on ne veut pas être là à ce moment-là.

Il se met soudain en mouvement.

— Il faut qu'on y aille, insiste-t-il en se levant pour remonter son pantalon et boucler sa ceinture.

Je cherche ma tenue et mes sous-vêtements autour de moi, mais je ne les vois pas, à cause de l'obscurité presque totale du couloir. Ce qui est probablement une bonne chose. Alors que mon corps qui se refroidit rapidement est envahi par une sensation glaciale, le souvenir du cadavre de Vic suffit à effacer de mon esprit le moment que nous venons de vivre avec Gracin. Je le mets de côté pour... plus tard. Beaucoup plus tard, quand je ne ressentirai plus ce vide intérieur qui me fait mal.

Gracin revient avec ma tenue à la main, et je m'habille. Mes joues sont tour à tour brûlantes et glacées alors que mes émotions oscillent entre l'embarras et l'horreur.

— Habille-toi. Je vais chercher une voiture, dit-il avant de m'embrasser et de laisser ma saveur sur mes lèvres.

CHAPITRE SEIZE

Dès que Gracin part, je me lève et m'habille. Je ne veux pas être là quand il reviendra. Peu importent les sensations qu'il m'a procurées, et mon envie de recommencer, je ne peux pas le laisser faire.

Je pensais que mon mariage avec Vic était la définition même de la maltraitance conjugale, mais Gracin m'a appris qu'il existe pire que la violence physique.

Par moments, Vic me laissait brisée et ensanglantée à ses pieds, et à ces moments-là, j'étais certaine de ne pas pouvoir tomber plus bas.

J'avais tellement tort.

Comment je me sens aujourd'hui? En sachant que Gracin a complètement détruit tout ce qu'il y avait de bon en moi, et qu'il m'a fait aimer ça? C'est bien pire que tous les coups que j'ai reçus dans ma vie.

Je me lève et m'habille dans une pièce voisine de celle où repose encore le corps de mon mari décédé, dont la température chute de seconde en seconde. Je prends soin de ne pas regarder dans sa direction. La maison est si silencieuse que chaque bruit y est amplifié, si bien que je dois tendre l'oreille pour guetter le moindre signe du retour de Gracin, ou de l'arrivée de la police.

Mais je n'entends rien d'autre que le bruit de mes pas et ma respiration haletante et rauque.

En me penchant pour attraper mon sac de voyage, je grimace de douleur à cause de mes cuisses endolories. Je cherche le pistolet, mais je ne le vois pas. Je réalise alors que Gracin a dû l'emporter avec lui. L'excitation et l'adrénaline qui m'ont submergée, au point de me pousser à quitter Vic et à recommencer ma vie, ont pratiquement disparu. J'ai l'impression d'agir machinalement, car je sais qu'être arrêtée ici serait bien pire que de partir en cavale. Une partie de moi en est consciente, au moins. Sinon, je pourrais faire porter le chapeau à Gracin en disant qu'il m'a harcelée au travail, m'a forcée à l'aider à s'évader, puis a tué mon mari et m'a violée. Mais, même si j'arrivais à mentir de la sorte, il y aurait toujours le corps de Salvatore et le témoignage d'Annie. Je suis certaine qu'elle a raconté à tout le monde ce qui s'était passé, dès son réveil. Si je me retrouvais confrontée à sa version des faits, j'aurais beaucoup de mal à expliquer comment je me suis rendue complice non pas d'un, mais de deux meurtres.

Alors que je m'apprête à mettre le sac sur mon épaule, je me rends compte que je dois changer de vêtements. Ma tenue est maculée de sang, froissée, et même déchirée à l'épaule. Si je sors ainsi, je ne ferai qu'attirer l'attention. Même si cela me fait perdre un temps précieux, je vais dans la chambre, et choisis les vêtements les plus discrets qui me restent dans mon placard. Un jean simple et usé, un t-shirt ordinaire, et une vieille paire de baskets.

Mon visage rouge est strié de larmes, je le lave donc rapidement à l'eau claire. Pendant que j'y suis, je me fais une queue-de-cheval. Comme je n'ai pas à m'inquiéter du retour de Vic, je trouve le courage d'accomplir la tâche qui me faisait le plus peur. Au départ, je comptais partir sans, mais, puisqu'il est mort et que je suis désespérée, je n'ai pas d'autre choix. Mon mari avait un coffre-fort dont je connaissais l'existence à son insu, et la combinaison est cachée dans son portefeuille. Je ne sais pas si je suis sous le choc, ou si je me suis habituée à la mort et aux nombreuses horreurs que j'ai vues au cours des dernières vingt-quatre heures, mais, une fois ma décision prise, je parviens à faire abstraction du cadavre, et le pousse sur le côté pour pouvoir atteindre son porte-feuille.

Une fois que je l'ai en main, je recule maladroitement sur mes fesses et frissonne tandis que je me traîne aussi loin de lui que possible. Cela fait peut-être de moi un monstre, mais je ne ressens plus rien maintenant que Vic n'est plus là. Peut-être suis-je aussi mauvaise que Gracin, finalement.

Je tourne la serrure à combinaison en fonction des chiffres inscrits sur le petit bout de papier et je prends l'argent caché dans le coffre. Il n'y a pas grand-chose, peut-être deux mille dollars, mais j'aurai besoin de tout ce que je pourrai me procurer si je veux dispa-raître. Je fourre l'argent dans mon sac à main avec les bijoux que Vic m'a offerts avant notre mariage. Devant la porte d'entrée, j'hé-site, mais je finis par prendre le dessin à contrecœur.

Je ne sais pas où je vais aller ni ce que je vais faire ensuite, mais je sais que je dois m'éloigner le plus possible de cette maison et de la prison. Je n'ose pas emporter mon téléphone ni mon ordinateur, au cas où leur signal permettrait de me localiser. La voiture n'est pas une option non plus, car elle est immatriculée au nom de Vic. Ce sera la première chose que les flics chercheront quand ils décou-vriront son corps, et mon rôle dans l'évasion de Gracin.

Ma seule option consiste à voler une voiture.

Depuis le porche, à l'abri de la lumière, j'observe les maisons environnantes. Je ne veux rien qui soit trop proche de la scène de crime, et qui puisse ainsi attirer l'attention. Mes voisins immédiats sont exclus d'emblée, je me concentre donc sur les trois ou quatre maisons plus loin et j'essaye de me rappeler tout ce que je sais à leur sujet.

Mon mariage avec Vic ne m'a pas vraiment laissé le temps de socialiser, mais d'après mes souvenirs, un vieux couple de voisins partait avant en vacances dans le sud pendant l'hiver. En tout cas, c'est un bon point de départ, vu que mes options sont vraiment très limitées.

Je maudis aussi bien Vic que Gracin, et, surtout, je me maudis moi-même. Mes pieds s'enfoncent dans la neige dès que je quitte le porche pour marcher sur le trottoir. Une fine couche de neige crisse sous mes pieds alors que j'essaye d'avancer le plus naturellement possible vers la maison en question. Elle n'est qu'à deux rues, mais, par cette température négative, j'ai l'impression qu'il y en a deux cents entre elle et moi. Je ne m'inquiète pas de laisser des traces, car le vent déchaîné les recouvrira en quelques minutes.

Je regarde ma montre et jure à voix basse. Il n'est même pas dix-huit heures. J'ai déjà l'impression qu'un siècle s'est écoulé, alors qu'en réalité, cela ne fait que quelques heures. La plupart de mes voisins se terrent dans leurs maisons pour échapper au froid. Plongées dans l'obscurité, les maisons sont aussi silencieuses qu'un cimetière. Celle qui, je pense, appartient au couple de personnes âgées, se trouve à l'angle d'un pâté de maisons, et le garage est fermé à clé.

La plupart des maisons du lotissement appartenaient autrefois à une base militaire qui a été abandonnée. Elles ont finalement été mises en location à bas prix. La plupart d'entre elles ne sont donc pas équipées de systèmes de sécurité, une chance pour moi. Celle qui m'intéresse est à peu de choses près identique à la mienne ; je trouve donc rapidement la porte latérale menant au garage et m'y engouffre.

L'odeur de moisi caractéristique du manque d'utilisation est forte, alors je mets ma main sur ma bouche pour la protéger de la poussière qui se mêle aux flocons de neige. Pour la première fois de la journée, la chance me sourit, car je trouve une camionnette dans le garage qui, je l'espère, fonctionne encore. Ce n'est pas terrible, mais si elle démarre, elle pourrait me sauver.

Je me faufile dans le garage et ferme la porte derrière moi, me laissant envelopper par l'obscurité. Il faut quelques secondes à mes yeux pour s'y habituer, mais, même là, je dois garder les mains devant moi pour ne pas me cogner contre les murs. Je touche du métal et tâtonne pour atteindre la portière côté conducteur. Elle est verrouillée. Je jure à voix basse et me dirige vers la porte donnant accès à la maison. S'ils ont laissé ce véhicule, il y a probablement un autre jeu de clés.

Malheureusement, ma chance tourne lorsque j'essaye d'ouvrir la porte et constate qu'elle est fermée à clé. Merde ! Je scrute le garage plongé dans l'obscurité à la recherche d'un objet qui pourrait m'aider. Il n'y a pas grand-chose. Le vieil homme qui vit ici n'est certainement pas un bricoleur, car la seule chose qui pourrait ressembler à un outil est un tuyau métallique. Celui-ci ne me sera d'aucune utilité pour crocheter une serrure.

— Merde! murmuré-je en levant les yeux vers le plafond, le cœur en proie au désespoir.

Un mouvement fugace attire mon attention, et je me cache derrière la voiture. Mon cœur fait un bond quand je réalise qu'il s'agit d'une fenêtre. Bien sûr ! Nous avons la même chez nous, et elle mène à une petite buanderie située à côté de la cuisine. Le mouvement est dû au vent violent qui a fait bouger le rideau. Le tuyau de plomb à la main, je grimpe sur l'établi en dessous.

Une fois que je suis sûre de ne pas tomber, j'enlève ma veste et l'enroule autour du tuyau, dans l'espoir d'étouffer le bruit. C'est rudimentaire, mais ça fait l'affaire. La fenêtre vole en éclats. Après avoir murmuré une rapide excuse aux propriétaires, je retire le verre restant du cadre et me hisse à travers la fenêtre.

Sur la plupart des maisons du quartier, les garages ont été ajoutés après la construction afin d'attirer davantage d'acheteurs. Cela m'arrange, car je peux entrer sans être remarquée. Je descends maladroitement de la fenêtre et atterris à genoux sur le carrelage froid, ébranlant ainsi toutes les parties de mon corps encore douloureuses après les coups que Vic m'a infligés. Cela ne fait-il que vingt-quatre heures? J'ai l'impression que cela remonte à des années.

Comme je n'ose pas allumer, je dois fouiller la cuisine dans le noir. Lorsque mes mains tombent sur un trousseau de clés suspendu à un crochet près de la porte, à l'arrière de la maison, je manque de hurler de joie. J'envisage un instant de fouiller la maison pour trouver des objets de valeur à mettre en gage avec mes bijoux, mais je ne veux pas prendre le risque de me faire prendre. Il y a une pile de courrier sur le plan de travail, et je la ramasse. Si j'y trouve une offre de carte de crédit, cela pourrait m'être utile plus tard.

De plus en plus impatiente de quitter cet endroit, je déverrouille précipitamment la porte et récupère mes bagages. Il me faut plusieurs essais avant de trouver la bonne clé, mais, une fois que j'ai réussi, je jette mes affaires sur le siège passager et démarre le moteur pour le faire chauffer pendant que j'ouvre la porte du garage. Je passe une minute à observer ma maison pour voir si Gracin est revenu, mais tout est calme. Il en va de même pour le reste du quartier, ce qui ne devrait pas durer trop longtemps. Les flics finiront par arriver. Autre coup de chance : l'allée de mes voisins. Je ne sais pas qui l'a déneigée, mais quelqu'un s'en est occupé, et je lui en suis reconnaissante.

Sortir la voiture du garage et l'arrêter pour refermer la porte me fait perdre un temps précieux, mais je ne veux pas trahir ma fuite si je peux l'éviter. Plus je prendrai de l'avance sur les policiers, mieux ce sera. Le temps que je traverse la ville, la neige se remet à tomber, ce qui fait gémir la camionnette dès que je dépasse les cinquante kilomètres-heure.

Cela ralentit considérablement ma fuite.

J'allume la radio et la première annonce me retourne l'estomac.

— La police recherche un détenu évadé de l'établissement pénitentiaire de Blackthorne. Nous informons nos auditeurs que le fugitif est considéré comme armé et dangereux. Une photo récente est disponible sur notre site web et nos réseaux sociaux. Soyez prudents et signalez immédiatement tout signe de sa présence à la police.

Ils vont le rechercher sur les grands axes routiers, je reste donc sur les routes secondaires. Ils ne me recherchent pas encore, mais ils ne tarderont pas à le faire. Je préfère donc ne pas prendre le risque de tomber sur la police. Cela ajoute plusieurs heures à mon itinéraire, mais je parviens à éviter tous les points de contrôle, sauf un, que je franchis avec une facilité déconcertante. Étant donné que je suis dans un véhicule volé, je considère que je suis enfin récompensée pour toute la malchance que j'ai accumulée ces trois dernières années.

Je conduis toute la nuit, ne m'arrêtant que quand j'ai besoin d'essence ou besoin d'aller aux toilettes. Une fois arrivée à la périphérie de Détroit, je fais halte dans le premier magasin ouvert et retire suffisamment d'argent pour acheter un téléphone jetable et quelque chose à manger. Je n'ai pas d'appétit, mais je prends quand même un sandwich et un soda dans un distributeur automatique. Assise dans le parking, j'active mon téléphone et avale mon repas sans même prêter attention au goût. Une fois le téléphone opérationnel, je réserve mon billet en aller simple pour le prochain bus en partance vers la destination la plus éloignée possible, à savoir Los Angeles. Le départ est dans deux heures.

La perspective de sentir le soleil sur ma peau dissipe presque – *presque* –, l'angoisse constante qui me donne des brûlures à l'estomac. Envahie par une sensation de malaise, je glisse les emballages de mon repas dans un sac en plastique. Durant le long trajet vers le sud, j'ai réussi à ne pas penser à ce que j'ai laissé derrière moi, mais, maintenant que mon esprit n'est plus occupé par ma fuite, tout me revient d'un coup. Le sanglot qui me déchire la poitrine réveille tous mes maux et toutes mes douleurs.

Je m'accorde dix minutes pour me laisser aller à ce déchaînement d'émotions, mais pas plus. Au terme de ce délai, j'essuie doucement mon visage et presse la bouteille froide de soda contre mes joues. Je ne peux pas me permettre de m'effondrer maintenant. Cela peut attendre mon arrivée à destination. Je m'arrête chez un prêteur sur gages en ville, le premier que je trouve, car je ne peux pas me permettre de faire la fine bouche. Je mets en gage mon alliance et mes bijoux pour récupérer rapidement de l'argent. L'homme bourru derrière le comptoir me donne mille cent dollars en billets froissés. Il ne pose aucune question, et, de mon côté, je ne me plains pas du montant, car c'est toujours mieux que rien.

Les embouteillages du matin me font perdre du temps, mais j'arrive quand même à la gare routière avec vingt minutes d'avance. Je gare la camionnette dans le parking longue durée, et résiste à l'envie de laisser un mot d'excuse aux propriétaires. Mieux vaut ne pas faciliter la tâche à la police si elle parvient à suivre ma trace jusqu'ici. La tête baissée, je prends mes sacs, puis pars faire la queue pour payer le billet que j'ai réservé. Il y a peu de monde, et je patiente près du point d'embarquement en attendant le bus.

Mes yeux sont lourds de fatigue, mais la caféine et l'adrénaline me font encore tenir le coup. Chaque fois qu'un agent de sécurité passe près de moi, je me crispe, m'attendant à ce qu'il me voie et m'arrête. Lorsque nous sommes appelés pour embarquer dans le bus, je suis complètement épuisée.

L'employé qui vérifie les billets me jette un regard curieux.

— Longue journée? me demande-t-il en riant tout seul.

Il n'a pas idée. Cependant, je me contente de lui adresser un simple sourire et prends le talon du billet qu'il me tend.

Dans le bus, il y a une odeur de cuir, de pieds et de désinfectant, mais les sièges sont moelleux et le chauffage fonctionne. Je range mon sac dans le compartiment au-dessus de ma tête, mais garde mon sac à main à côté de moi. Le prochain arrêt n'est prévu que dans deux heures, et j'ai l'intention de passer chaque seconde à dormir. Je préfère donc avoir mon sac à main à côté de moi. Tout mon argent s'y trouve, alors s'il vient à disparaître, je ferai tout aussi bien de me rendre à la police.

Alors que le bus quitte la station et que je commence à somnoler, je songe au visage de Gracin, et à la colère qu'il a dû ressentir quand il est revenu chez moi et qu'il a trouvé une maison vide.

CHAPITRE DIX-SEPT

Besoin d'aide?

Je soulève mon sac pour le placer sur mon épaule et regarde avec des yeux plissés le type devant moi. Je dors depuis le dernier arrêt, et je ne le reconnais pas, il a donc dû monter à ce moment-là.

— Merci. Ça va.

— Quelle vue! Pas vrai?

Il n'a pas tort. Même à travers les vitres teintées du bus, la ville de Los Angeles est magnifique. Je vois des foules de gens traverser les rues près de la gare routière, et j'ai hâte de me perdre parmi eux. Après le fort isolement que j'ai connu dans le nord du Michigan, la présence de tous ces gens devrait me rendre anxieuse, mais ce n'est pas le cas. J'attends avec impatience que les autres descendent, et, dès que mes pieds touchent le trottoir, je lève le visage vers le soleil et me délecte de sa chaleur, qui, dans mon imagination, pourrait me laver de tous mes péchés. Cela m'aide à soulager la culpabilité qui m'étouffe, ne serait-ce qu'un peu.

Je n'ai nulle part où aller, et personne à qui demander de l'aide, mais cela ne m'effraie pas. Un immense soulagement rivalise avec cette culpabilité, et ce débat intérieur me transporte loin de la gare routière, vers l'odeur de sel de plus en plus forte qui flotte dans l'air.

Je ne sais pas combien de temps je marche, ni où je vais. Tout ce qui m'importe, c'est de me perdre. Si j'y parviens, je réussirai peut-être à me retrouver d'une manière ou d'une autre.

J'entends les vagues avant de voir la plage. Le bruit qu'elles font en s'écrasant contre le rivage résonne dans ma tête, effaçant le souvenir des éclaboussures chaudes de sang sur le carrelage, et celui de la balle déchirant la barrière fragile qu'est la peau. Mes genoux tremblent lorsque j'arrive à un feu rouge. Les gens autour de moi trépignent d'impatience, mais je n'y prête aucune attention. Je suis le mouvement de la foule dès que le feu passe au vert, et me laisse guider jusqu'à la jetée.

Mon sac pèse lourd sur mon épaule, et frappe ma cuisse en rythme tandis que je descends maladroitement les marches érodées par les intempéries jusqu'à la plage de sable brun. J'enlève mes chaussures, retrousse mon pantalon et retire le pull léger que je portais pour me protéger de la climatisation glaciale du bus. Après avoir rangé mes affaires dans mon sac, je me dirige vers les vagues et enfouis mes orteils dans le sable avec un grand soupir de plaisir.

Peut-être que tout se passera bien, peut-être que non. Quoi qu'il en soit, je vais mettre fin à mon statut de victime et commencer à me défendre. Personne ne me fera plus jamais éprouver la même chose qu'avec Vic, ni même avec Gracin.

Je reste là jusqu'à en avoir les orteils bleus de froid. À ce moment-là, toutes les familles et les adolescents ont quitté la plage. Le téléphone jetable que j'ai acheté est presque déchargé, mais il me reste assez de batterie pour trouver un hôtel bon marché où passer la nuit. En chemin, j'achète des frites, un hamburger et un coca à un vendeur ambulant, et c'est le meilleur repas que j'ai mangé de toute ma vie.

J'aimerais pouvoir dire que ma chance se maintient, mais ce n'est pas le cas. L'hôtel semble tout droit sorti d'un épisode d'*American Horror Story*, mais il est bon marché et je n'ai besoin d'y passer que quelques nuits. Le crépi craquelé et couvert de taches d'humidité, ainsi que les sols rayés, sont le cadet de mes soucis. La réceptionniste ne sourcille pas devant mes vêtements froissés et sales. Je paye d'avance pour trois nuits, et je demande une chambre au rez-de-chaussée, près de la partie animée de la rue, au cas où je devrais partir précipitamment. Après une douche rapide dans la petite salle de bain, heureusement propre, j'enfile de nouveaux vêtements et m'écroule sur la couette. Je garde mon arme à portée de main, au cas où.

Il me faut trois jours pour trouver un appartement meublé convenable et organiser les démarches pour le changement de fournisseurs d'énergie. Je leur donne un faux nom et un faux passeport que j'ai acheté sur Internet. Le propriétaire ne pose pas de questions, pas plus que la compagnie d'électricité. Le quatrième jour suivant mon arrivée à Los Angeles, j'ai un endroit où vivre, et j'ai trouvé un poste de serveuse dans un restaurant du quartier.

En attendant mon premier jour de travail, je nettoie l'appartement et prépare un plan de repli. Je ne veux pas être prise au dépourvu et me retrouver piégée. Je ne sais pas si Gracin se soucie suffisamment de moi pour se lancer à ma poursuite. Il s'en fiche sans doute complètement.

J'utilise une partie de l'argent pour acheter des munitions au pistolet que j'ai acquis sur la route de Los Angeles, ainsi qu'un spray au poivre et un Taser. Je garde les deux derniers dans mon sac à main, et le pistolet dans un tiroir facilement accessible de mon salon. Avec l'autorisation de mon propriétaire, j'installe des verrous et des chaînes supplémentaires sur les portes. Les fenêtres sont déjà collées par la peinture, mais je les teste toutes pour m'assurer qu'elles ne risqueront pas de s'ouvrir. Tous ces préparatifs font passer les jours et les nuits très vite. Malgré mon inquiétude, sans la menace de la présence de Vic à mes côtés, je dors comme une souche chaque nuit.

Le matin de mon premier jour de travail, je me lève très tôt pour m'habiller et prendre le bus. Quand je me retourne pour verrouiller la porte d'entrée, je tombe nez à nez avec un dessin.

Immédiatement, je me fige.

À proximité, un enfant se met à rire aux éclats, et je m'éloigne du bruit en grimaçant. Le cœur battant à tout rompre, je tourne sur moi-même à la recherche de tout ce qui sortirait de l'ordinaire.

Cependant, les locataires des appartements voisins dorment encore profondément. Il n'y a aucun signe de Gracin.

Le dessin me représente, les pieds dans l'eau, à la plage, le jour de mon arrivée à Los Angeles. J'étais tellement sous le charme des lieux que je n'ai même pas songé à regarder autour de moi. Pourquoi aurais-je fait une chose pareille ? Je suis à l'autre bout du pays, et je n'ai laissé aucun indice sur ma destination.

Pendant un long moment, l'envie de monter dans un bus et de m'enfuir me prend. Mais mes maigres liquidités s'amenuisent à toute vitesse. Je ne peux pas continuer à fuir éternellement. Dès que je reprends mes esprits, je me dis que Gracin aurait trouvé un moyen d'entrer dans mon appartement pendant que je dormais s'il voulait vraiment me voir.

Il ne l'a pas fait, ce qui me fait comprendre qu'il ne va pas me forcer à le voir, bien qu'il sache où je suis et qu'il veuille me le faire savoir.

Je ne comprends tout simplement pas pourquoi.

Je ne suis certaine de rien, mais je pense que quelqu'un me suit.

Depuis mon arrivée, il y a huit semaines, la paranoïa me ronge au point de me rendre folle. Je vérifie toujours trois fois mes verrous, je fais des détours pour aller et revenir du travail, et je scrute religieusement les actualités à la recherche de signes de Gracin, d'éventuelles pistes relatives à l'enquête policière concernant les morts de Blackthorne ou ma disparition. Ils n'ont rien trouvé de concluant, mais cela ne veut pas dire que je dois baisser ma garde.

Apparemment, j'ai de bonnes raisons de rester vigilante.

Cela fait une semaine que l'homme assis dans ma section demande à être placé là. Ce n'est pas anormal d'avoir des habitués, mais quelque chose chez ce type me met dans un état d'alerte maximale. Ce n'est pas quelque chose qu'il a fait, à proprement parler, mais après avoir été acculée par un criminel violent, je ne veux pas que cela recommence. Tout le monde a un lien potentiel avec Gracin.

— Je crois que quelqu'un a un fan, remarque une autre

serveuse, Mélinda, en s'approchant discrètement de la fenêtre pour récupérer la commande de sa table. Si tu ne lui demandes pas son numéro, je le ferai.

Puis elle s'éloigne à travers la foule avec un plateau de nourriture au-dessus de la tête.

Son attitude effrontée et sa franchise me font sourire, ce qui me paraît étrange. Elle incarne précisément ce que j'aime dans cette ville. Le nombre impressionnant de personnes, y compris les plus grossières, me rassure. Après avoir vécu pendant des années dans l'isolement désolé du nord du Michigan, la chaleur et l'anonymat me plaisent. Au moins, ici, les gens n'hésitent pas à se comporter comme de véritables abrutis.

Cela ne me dérange même pas de payer un loyer exorbitant pour un appartement d'une chambre, ou d'habiter dans le quartier de Van Nuys, à la limite du territoire d'un gang hispanique. Après ce que j'ai vécu, voir des gangsters dans la rue ne me fait même pas sourciller. Au contraire, ils me rassurent presque. Je préfère de loin avoir un pistolet pointé sur moi plutôt qu'un bel homme au discours mielleux qui me poignardera dans le dos avec ses fausses promesses.

L'homme part à la fin de mon service. Je note dans ma tête de guetter sa présence, ce qui sera presque impossible à faire, car il ressemble beaucoup à n'importe quel autre californien. Un jean banal, des sandales en cuir et une chemise aux manches retroussées. Ses cheveux ne sont ni blonds ni bruns, et il est de taille moyenne. Toutefois, au cours de ma formation accélérée de deux mois, j'ai appris à trouver un trait distinctif chez chaque individu. Pour ce client, ce sont ses yeux. Pas leur couleur, comme le vert surnaturel de Gracin, mais leur forme. Plus précisément, les sourcils de l'homme.

Je les ai remarqués, parce qu'ils me rappellent ceux de l'homme des cavernes figurant dans une publicité pour une assurance automobile. Les sourcils accentuent ses yeux enfoncés et lui confèrent une brutalité qui renvoie à tout ce que j'essaye de fuir. Il est fort probable qu'il s'agisse d'un type tout à fait sympathique et que je réagisse de manière excessive.

Néanmoins, je garde une image mentale de lui.

Au cas où.

Mélinda revient avec un air renfrogné.

— Ces fichus gamins causent trop d'ennuis pour ce qu'ils rapportent, se plaint-elle en fermant bruyamment la caisse et en empochant son pourboire.

Je saisis la commande de la table dont je m'occupais, et me tourne vers elle.

— Un client te cause des problèmes?

— J'aimerais bien, ricane-t-elle. Si c'était le cas, je pourrais simplement leur dire d'aller se faire voir, mais non, ce sont mes enfants.

Soudain, je focalise toute mon attention sur les serviettes que je suis en train de plier.

— Oh? rétorqué-je d'une voix que j'espère moins rauque que ce que je crois.

— Je déteste te demander ça alors que tu commences tout juste à prendre tes marques, mais est-ce que tu peux me remplacer cet après-midi? me demande-t-elle, se tournant vers le téléphone avec un air peiné.

Je hausse les épaules. Ce n'est pas comme si j'avais mieux à faire.

— Bien sûr que je peux, lui dis-je.

Le travail m'occupera l'esprit et me permettra d'empocher plus d'argent, deux choses dont j'ai cruellement besoin. La maigre somme que j'ai réussi à récolter n'a pas duré longtemps, alors je vis au jour le jour. Je ne pourrai pas rester à Los Angeles éternellement. Je vais devoir continuer ma route.

Je prévois de travailler et d'économiser suffisamment d'argent pour envisager de partir vers le sud, vers le Mexique. Après ça, qui sait? Tôt ou tard, cela va finir par se savoir que je gagne de l'argent au noir ici. Je vais aussi devoir suffisamment économiser pour m'acheter une nouvelle identité. Celle que j'ai obtenue en arrivant ici ne résistera pas à un examen minutieux, mais elle fait l'affaire pour mon employeur, et me sert bien en attendant.

— Tu es adorable, me dit Mélinda en me serrant le bras. Je ne te remercierai jamais assez. D'ailleurs, je te laisse le beau gosse.

Elle s'éloigne en me faisant un clin d'œil et en riant, puis j'oublie le beau gosse pour le reste de mon service.

La ville est calme, ou du moins aussi calme qu'elle peut l'être, au moment où je dis au revoir à Jean-Paul, le cuisinier responsable du service du soir. J'ai été surprise de le rencontrer, la première fois, car je l'avais déjà vu dans plusieurs publicités et émissions de télévision. J'ai rapidement compris que presque tout le monde dans cette ville est un acteur sans emploi. C'est peut-être pour cela que je m'y sens à ma place. Nous jouons tous un rôle ici.

C'est quand j'arrive à l'arrêt de bus que je sens un picotement dans mon dos qui me donne la chair de poule. Mon sac à main serré contre moi, je m'efforce de ne montrer aucune réaction.

Quand je lève les yeux, je ne vois rien d'inhabituel. Il y a deux familles, une mère et ses enfants, et un groupe de filles qui attendent avec moi à l'arrêt. Pourtant, mon sentiment d'inquiétude ne disparaît pas, et je monte dans le bus en restant sur mes gardes. La traversée du pays que j'ai faite en étapes n'a pas suffi à semer Gracin, et je ne m'autorise pas une seule seconde à l'oublier.

Je n'ai reçu aucun autre dessin et je ne l'ai pas aperçu non plus, mais je sais qu'il est là, à m'observer. Je ne sais pas ce qu'il attend. Je ne suis pas sûre que cela m'importe, tant qu'il reste loin de moi. Ce que je sais, c'est que cette sensation, cette personne qui m'observe, ce n'est pas lui.

Le sentiment d'être surveillée ne diminue pas pendant le long trajet qui me ramène à Van Nuys. Je me ronge les ongles, une nouvelle habitude que j'ai prise pour éviter une situation plus sordide, comme sombrer dans l'alcoolisme. Personne dans le bus ne se tourne vers moi. Personne n'essaye non plus de me convaincre d'engager une conversation sans intérêt.

Je dois être paranoïaque, me dis-je. J'ai dû finir par disjoncter. Je suis tellement perdue dans mes pensées que je manque presque l'annonce de mon arrêt. Je me faufile ensuite à travers la foule et me jette pratiquement hors du bus. Le crépuscule est arrivé, mais les rues sont encore étouffantes. La chaleur va probablement persister toute la nuit. Je tourne mon visage vers le ciel et, même si le nuage de pollution est particulièrement dense aujourd'hui, je savoure les derniers rayons du soleil. Il m'a fallu des semaines pour me sentir enfin remise de l'hiver rigoureux du Michigan. Même maintenant, quand je sors du lit, il me faut quelques minutes pour réaliser que je n'ai pas besoin de me préparer à affronter le froid.

Traînant des pieds, je marche depuis l'arrêt de bus jusqu'à mon petit appartement délabré, situé à quelques rues de là. Difficile à croire, mais son état est encore pire que celui de la maison que je partageais avec Vic. Cependant, il est à moi, et il n'est pas cher, du moins pour les prix californiens. Je ne comprendrai jamais comment un espace de moins de quatre-vingt-treize mètres carrés peut coûter autant qu'une maison de cinq chambres dans le Michigan.

Après avoir déverrouillé la porte, j'entre et me retrouve projetée au sol par une masse qui me percute. Instinctivement, je me recroqueville sur moi-même et me sers de mes mains pour amortir ma chute. Je pousse un cri lorsque mes bras cèdent sous la charge.

CHAPITRE DIX-HUIT

Je ne laisse pas à mon agresseur le temps de préparer son prochain coup, car je l'attendais. Je me retourne en dessous de lui, dégage mes pieds et les plante sur son large torse. Je pousse de toutes mes forces et parviens à me libérer de ses griffes. L'agresseur agrippe mon uniforme et me blesse les bras dans sa tentative de me retenir, mais je lui assène un coup de pied au visage, et souris en l'entendant hurler de douleur.

Cela me laisse suffisamment de temps pour reculer sur le linoléum glissant, et fouiller dans mon sac à main à la recherche de la bombe au poivre que j'ai toujours sur moi.

D'une main, je la pointe vers le corps allongé, et juste au moment où la personne se relève, je l'en asperge. C'est un homme, je réalise, constatant que c'est le type du restaurant. Il s'étouffe alors que ses yeux et son nez se mettent aussitôt à couler.

Je n'ai qu'une fraction de seconde pour m'échapper, et j'en profite au maximum. J'attrape un côté du canapé-lit et le pousse pour bloquer le passage à mon agresseur. Sans voir où il met les pieds, le type trébuche et se cogne la tête contre le mur, abîmant le placoplâtre.

Je ne m'attarde pas pour voir s'il va bien. Je me précipite dans le couloir qui mène à la porte arrière, en laissant derrière moi un petit parcours d'obstacles destinés à ralentir davantage l'homme. Des paniers à linge remplis de vêtements, de petites étagères que j'utilisais comme cellier de fortune et des bibliothèques dont le contenu s'éparpille sur le sol.

Mon agresseur continue de hurler et de se cogner dans le salon, tandis que je me précipite vers la porte du fond. Je n'avais pas les moyens de m'acheter une voiture, pour le cas où j'aurais besoin de m'enfuir rapidement, alors j'envoie un SMS pour commander un Uber en urgence, en lui demandant de me récupérer au café situé à quelques pâtés de maisons. J'ai calculé le temps nécessaire pour m'y rendre après avoir emménagé dans l'appartement. Si je réserve la course, cela me prendra un peu moins de cinq minutes, soit à peu près le temps qu'il faut à un Uber pour arriver dans le quartier.

Je suis au milieu de la ruelle lorsque l'homme sort précipitamment du bâtiment. J'entends ses pas tonitruants derrière moi, mais je suis plus légère que lui, alors sa carrure massive ne fait pas le poids. J'ai le cœur au bord des lèvres, comme si je savais au plus profond de moi que, si je n'échappe pas à cet homme, je ferais aussi bien de me trancher la gorge. Cette peur à l'état pur me pousse à persévérer malgré l'épuisement.

Je tourne au coin de la rue, et j'aperçois le café situé dans la rue suivante. Cette vue me pousse à accélérer le rythme, malgré mes poumons en feu. Le bruit que fait mon poursuivant faiblit peu à peu, et je ralentis pour consulter mon téléphone, sur lequel je découvre une notification Uber m'informant que ma voiture m'attend.

Les trottoirs sont bondés, alors mon agresseur ne fera rien tant qu'il y aura des témoins partout. J'essaye de ralentir et de paraître normale, mais je me fraye un chemin au milieu des touristes et des hipsters pour vite rejoindre le trottoir où m'attend l'Uber.

— Lakeland et la 5e, s'il vous plaît, dis-je en plongeant dans la voiture, sans prendre le temps d'échanger des formules de politesse. Et dépêchez-vous.

Le chauffeur marmonne quelque chose et me jette un regard curieux, mais, heureusement, il ne proteste pas. Lorsqu'il démarre, je regarde derrière moi et scrute la foule, mais l'homme du restaurant est introuvable. Je pousse un soupir de soulagement, mais mon estomac est toujours noué par la peur.

La circulation demeure épouvantable alors que nous nous mêlons aux longues et sinueuses files de voitures, mais le fait d'être entourée de véhicules de tous les côtés me procure un certain sentiment de sécurité. Une fois arrivée au box que j'ai loué, je pourrai récupérer le sac de voyage que je conserve à l'intérieur précisément pour ce genre de circonstances. Je ne savais pas si j'aurais à m'en servir, mais je ne voulais pas me retrouver sans moyen de m'échapper. Dès mon arrivée à Los Angeles, je me suis juré de ne plus jamais être désarmée. J'ai compris à ce moment-là que je pourrais être retrouvée par un criminel expérimenté, pourvu qu'il ait les ressources, la motivation et l'argent nécessaires. Je n'étais pas tout à fait sûre que cela s'appliquait à Gracin, mais je savais qu'il avait les deux premiers à la pelle.

Le box contient quelques vêtements de rechange, la majorité de mon argent, d'autres armes, et les bijoux que je n'ai pas encore mis en gage. Je contemple le paysage avec avidité tandis que nous avançons lentement sur l'autoroute. Cet endroit va me manquer. Je me rendrai peut-être en Floride, me cantonnant à des régions où le soleil brille toute l'année. Je ne pense pas retourner un jour dans le nord si je peux l'éviter.

Alors que l'adrénaline commence à retomber, je m'entoure de mes bras pour calmer les tremblements qui me secouent jusqu'aux os. Une partie de moi, celle qui voulait croire aux mensonges de Gracin, a envie de s'effondrer et de pleurer, mais elle est presque réduite à néant. Je ne suis plus que le fantôme de la femme que j'étais autrefois. Celle qui renaît des cendres de ma vie passée est plus coriace, plus méfiante et déterminée.

Je ne les laisserai pas m'abattre. Je ne laisserai pas cette erreur que j'ai commise avec Gracin gâcher ma vie.

Alors que je commence à m'endormir sous le coup de la fatigue après une longue journée de travail, mon esprit perd le fil. C'est pour cette raison que je ne remarque pas, avant qu'il ne soit trop tard, que nous allons dans la mauvaise direction.

— Excusez-moi, dis-je au chauffeur, d'une voix un peu agacée.

Vous allez dans la mauvaise direction. Vous auriez dû prendre la dernière sortie. Est-ce que vous pouvez sortir à la prochaine, s'il vous plaît?

— Oui, m'dame, répond-il.

— Merci.

Je pousse un soupir. J'avais bien besoin de ça! Un autre contretemps avant de quitter la ville. J'ai presque envie de rire. Essayer de s'échapper à sept heures du soir est une entreprise presque vouée à l'échec. Entre seize et vingt heures, la circulation est quasiment saturée, mais je ne peux rien y faire.

À cette vitesse d'escargot, il nous faudra encore trente minutes avant d'atteindre la prochaine sortie. Je tends le cou pour apercevoir le panneau, puis me détends lorsque je le vois se profiler.

— C'est juste là, dis-je au chauffeur.

Soit celui-ci ne m'entend pas, soit il n'a que faire de mes indications.

— Euh, monsieur? C'était la sortie. Vous m'entendez?

Quand il ne répond pas, un sentiment de malaise me donne la chair de poule.

— Excusez-moi?

Lorsqu'il m'ignore une nouvelle fois, j'essaye d'ouvrir les portes, mais découvre qu'elles sont verrouillées. Même en appuyant plusieurs fois sur les boutons, elles restent fermées. Submergée par la panique, je suis sur le point de sangloter. Tout à coup, je ne suis plus aussi rassurée qu'avant par le fait d'être coincée et encerclée par des véhicules. Je sors le pistolet que j'avais rangé dans mon sac à main après avoir été agressée dans mon appartement.

Je calme le tremblement de mes mains et garde le pistolet tout près, au cas où. Je ne pense pas réagir de manière excessive, mais si c'est le cas, je ne serai qu'une folle de plus dans une ville qui en compte déjà beaucoup. Je ne prendrai aucun risque, même si cela me force à prendre une autre vie.

Il y a quelques mois à peine, ma seule préoccupation était de sauver des vies, et maintenant, je dois en prendre pour protéger la mienne.

Nous roulons en silence et notre vitesse augmente à mesure que la circulation se fluidifie. Je ne connais pas aussi bien le reste de Los Angeles que les environs de mon appartement, je ne reconnais donc pas l'endroit où le chauffeur me conduit. Il finit par quitter l'autoroute, ce qui nous mène à un endroit du centre-ville, mais sa vitesse est trop élevée pour que je puisse tenter de m'échapper sans risquer de me blesser.

— S'il vous plaît, dis-je au chauffeur. Laissez-moi partir. Je vous donnerai de l'argent. Tout ce que vous voulez.

J'apprends alors qu'il existe quelque chose de plus terrifiant que les poings d'un homme.

Le silence.

Ne pas savoir ce qui va se passer.

Cette attente est mille fois pire que la violence elle-même.

Elle me ronge et me tourmente.

Son absence de réaction me fait comprendre qu'aucune offre que je pourrais lui faire ne parviendrait à le dissuader. À part Gracin, je ne vois pas qui pourrait me kidnapper, et je me dis qu'il doit verser une somme colossale au chauffeur pour que celui-ci vienne me chercher. Je ne connaissais pas les partenaires de Gracin et ne voulais pas les connaître. De toute façon, j'ai le sentiment que je finirai par le découvrir.

Je n'ose pas prendre le risque de lui tirer dessus pendant que nous roulons. S'il a un accident, rien ne garantit que je m'en sorte indemne. Je vais devoir attendre qu'on s'arrête pour tenter de m'échapper. L'arme me donne un avantage ; je dois juste l'utiliser intelligemment.

Quand nous nous arrêtons devant un entrepôt quelconque, tout mon corps se tend. Je sens le pistolet glisser entre mes mains moites. Il n'y a pas de lumière à l'extérieur, je ne vois donc que les contours vagues de l'imposant bâtiment. Cet endroit n'a rien de rassurant. Je dois m'enfuir.

Ma première balle lui transperce le bras et lui arrache un cri inhumain. La deuxième lui traverse la gorge. Je n'oublierai jamais le gargouillis qu'il émet en s'étouffant avec son propre sang. Je relègue cette image aux confins de mon esprit, car je n'ai pas le temps de m'attarder là-dessus.

J'enjambe la console centrale et déverrouille la portière avant, en évitant les mains de l'homme qui essayent de m'agripper. Je le pousse pour balancer son corps par la portière côté conducteur. Il est lourd, et sous cet angle, la manœuvre est difficile, mais je parviens à le faire basculer. Je m'apprête à refermer la portière lorsque trois hommes habillés d'élégants costumes sortent en courant du bâtiment et se dirigent vers la voiture.

La voiture tourne toujours, alors je passe la marche arrière. Mais avant que je ne puisse accélérer, la portière côté passager s'ouvre sur un quatrième homme, qui pointe un flingue sur mon visage.

— Lâche ton arme et sors de la voiture, à moins que tu ne veuilles une balle entre tes beaux yeux, ordonne-t-il.

J'obéis et laisse tomber le pistolet sur le siège. L'homme s'en empare. Je porte ma main à mon ventre, non pas à cause de mon envie de vomir, même si celle-ci est bien réelle, mais à cause de la vie qui s'y développe et que je cherche à protéger.

La vie que Gracin et moi avons créée et que je protégerai au péril de ma vie.

CHAPITRE DIX-NEUF

Deux des hommes en costume m'extirpent de la voiture, sans se soucier le moins du monde du corps gisant sur le sol. Mes chaussures sont couvertes de sang, et je sais qu'aucune technique de nettoyage ne pourra faire partir cette tache. Les deux types me portent et me traînent jusqu'à l'entrepôt, car il n'est pas question que je les suive volontairement.

Je me creuse tant bien que mal les méninges pour trouver un moyen de m'échapper et envisage les choses horribles qu'ils ont prévu de me faire.

À l'intérieur de l'entrepôt, une seule ampoule nue se balance au bout d'un fil, sous lequel sont placées deux chaises et une table. Une longue corde pend du plafond ; les hommes qui m'encadrent m'y emmènent et m'attachent les mains au-dessus de la tête. L'un d'eux s'éloigne et tend la corde, ce qui m'oblige à me mettre sur la pointe des pieds pour éviter de me balancer.

— Qui êtes-vous ? leur demandé-je d'une voix empreinte de peur. C'est Gracin qui vous envoie ?

L'un des hommes lève les yeux et interrompt la conversation murmurée qu'il avait avec l'autre type en costume. Le premier a le genre de visage qui inspire les cauchemars, et je sais que je ne l'oublierai jamais. Comme les autres, il est vêtu d'un costume, dont la coupe ajustée et le tissu coûteux m'indiquent clairement qu'il a été fait sur mesure. Voire qu'il a été spécialement conçu pour lui. Ses cheveux poivre et sel sont impeccablement coiffés, peignés en arrière pour masquer sa calvitie naissante. De grosses bagues en or serties de diamants étincelants ornent ses doigts. Excepté son regard vide et impassible, cet homme pourrait passer pour une personne ordinaire.

Le genre de regard qui vous fait trembler de peur lorsqu'il se pose sur vous. Et c'est exactement ce qui se produit dès que l'homme tourne son attention vers moi, à la seconde où je dis « Gracin ». Un mot magique.

L'homme fait signe à son acolyte avant de s'approcher de moi. D'après son apparence, il aurait plutôt sa place dans une salle de réunion que dans un endroit aussi malfamé. Je suppose que c'est lui qui commande.

— Alors, tu connais Gracin, dit-il après un moment. Gracin Kingsley. King ? Est-ce que tu lui as parlé depuis que tu l'as aidé à s'évader ?

Mon instinct me dit que répondre à cette question me desservirait. Alors, je me tais.

L'homme serre des dents, ce qui contracte sa joue.

— Très bien, murmure-t-il. Occupe-toi d'elle, Danny.

L'homme s'est adressé à un nouveau venu, qui arrive à bout de souffle dans l'entrepôt.

J'ai le souffle coupé lorsque je reconnais les sourcils de l'homme du restaurant, celui qui était dans mon appartement.

— Entendu, Sal, répond Danny en me lançant un regard furieux.

J'ai envie de lui dire de ne pas s'en prendre à moi. Ce n'est pas moi qui lui ai dit d'essayer de me kidnapper, ce n'est donc pas ma faute s'il s'est fait asperger de bombe au poivre, mais ce commentaire ne jouera probablement pas en ma faveur.

Sal part avec deux autres hommes, laissant Danny et un autre type dans la pièce avec moi. J'essaye de respirer lentement et profondément pour garder mon calme, même si toutes les fibres de mon corps me poussent à paniquer. De petits spasmes musculaires se manifestent, mais je parviens à garder le contrôle. À ne montrer aucune peur.

Ce qui m'inquiète le plus, cependant – encore plus que les yeux impassibles de Sal, et plus que la douleur potentielle qui m'attend –, c'est que je ne sais pas pourquoi. Pourquoi moi ? Qui est exactement Gracin ? Et dans quoi me suis-je fourrée ?

Je savais que ma situation était critique, mais ces types... ils sont plus que terrifiants.

Comment Gracin connaissait-il ces hommes ? Comment, eux, savaient-ils que je le connaissais avant que j'aborde le sujet ? Que lui veulent-ils ? Et à moi ?

Alors que Danny et l'autre homme, appelé Andrew, me tournent autour, je réfléchis à tout ce que j'ignorais de Gracin. Et je maudis toutes ses actions qui m'ont menée jusqu'ici. Si jamais je le revois, je jure que l'un de nous deux ne sortira pas vivant de cette rencontre.

Je m'attends à ce que les hommes commencent à m'interroger, mais ils me surprennent quand ils s'asseyent à la table pour fumer une cigarette et boire une bouteille d'alcool fort. Ils essayent de me rendre folle à force d'attendre.

Et ça marche.

Ce ne serait pas si grave si mes épaules ne me faisaient pas déjà mal sous la contrainte de cette position inconfortable. Je lève les yeux et constate que mes mains sont exsangues. J'essaye de remuer les doigts, mais arrive à peine à les bouger. Mes poignets sont en feu. Douloureuses, mes jambes tremblent alors que je tente de garder l'équilibre.

La première nuit, les hommes ne me touchent pas, ne me parlent pas et ne font même pas attention à moi. J'essaye de pleurer, de les supplier, de les implorer, de crier, mais, vu le résultat, je pourrais tout aussi bien être muette. Je pensais avoir surmonté les abus de Vic, mais à partir du moment où ces hommes m'ont ligotée, je suis à nouveau écrasée par les mêmes peurs et la même terreur que j'ai connues sous les coups de mon mari. Chaque fois que j'essaye de somnoler, mes jambes se dérobent, mes bras hurlent de douleur et je me réveille en sursaut, craignant des coups de toutes parts.

Au matin, les larmes coulent sans retenue sur mes joues, car je suis épuisée, frustrée et engourdie par la douleur. Je ne sens plus mes bras et j'ai depuis longtemps abandonné l'idée de rester debout. À la place, je me laisse simplement pendre. Tant pis pour ma circulation sanguine ! Je ne ressens même plus la douleur, car je ne sens plus rien du tout.

Au moment où ils me prêtent attention pour la première fois, la lumière du jour pénètre par les fenêtres qui se trouvent en haut des murs. Danny m'a lancé des regards noirs quand il pensait que je ne le voyais pas, mais je n'arrive pas à trouver la force de me préoccuper de son ego blessé.

Il se lève, le visage impassible, même s'il semble un peu fatigué, à en juger par les cernes sous ses yeux. Si je pouvais bouger, si mes muscles n'étaient pas paralysés par l'épuisement, je m'éloignerais de lui.

Je m'attends à ce qu'il me frappe, me fasse mal, me torture, mais ces hommes sont bien trop sadiques pour rendre les choses faciles. Au lieu de cela, Danny détache la corde de la poulie. Ainsi, il me permet de reposer mes pieds à plat, et mes bras retombent, flasques et inutiles qu'ils sont, le long de mon corps. S'ils ne me faisaient pas aussi mal lorsque les sensations reviennent, je penserais que quelque chose clochait.

Danny ne dit pas un mot, il se contente de me regarder passer mon poids d'un pied sur l'autre, pour essayer de rétablir la circulation dans mes bras et mes jambes. Ce faisant, j'ai envie de hurler de douleur. Elle est bien pire que je ne l'ai imaginée. J'ai l'impression que des milliers de fourmis plantent leurs mandibules dans ma chair. Je me mords la joue pour étouffer un cri, au point de me faire saigner. Le goût me dégoûte tellement que je vomis de la bile et du sang à mes pieds.

Pour la première fois, Danny montre une émotion et recule d'un pas, son dégoût à peine dissimulé. Cela me donne presque envie de sourire. Si je n'étais pas en train de vomir, je le ferais probablement. Je n'ai pas eu de nausées depuis que j'ai découvert que j'étais enceinte, mais quel moment pour qu'elles se manifestent!

Maman trouve que tu as le sens de l'humour, dis-je au bébé. Je sais que c'est fou, mais les heures que j'ai passées suspendue, incapable de dormir, survivant grâce à l'adrénaline, m'ont complètement chamboulée. Parler au bébé, aussi petit soit-il, m'apporte un certain réconfort.

La nouvelle date d'il y a deux semaines, juste au moment où je pensais pouvoir m'accommoder de tout ce qui s'est passé. J'étais tellement préoccupée par la recherche d'un appartement et d'un emploi, tout en restant loin de la police, que je ne me suis pas rendu compte du retard de mes règles.

Au début, j'ai pensé que c'était le stress. Cela s'était déjà produit durant mes années de mariage avec Vic, donc ce n'était pas inhabituel. Cependant, mon corps me semblait avoir changé. Mes seins étaient plus sensibles, mes émotions plus fluctuantes et mon énergie défaillante.

Et même si cela me terrifiait au plus haut point... je savais.

Je savais aussi que le bébé était celui de Gracin. Vic et moi n'avions pas eu de relations sexuelles depuis l'arrivée de King, il était donc impossible que je porte son enfant. Ce dont j'étais plus que reconnaissante. Si je devais choisir entre Vic et un criminel condamné, je choisirais le criminel à tous les coups.

Après avoir dépensé une partie de mon argent pour faire une prise de sang dans un centre médical, j'ai reçu la confirmation de mes soupçons. J'étais bel et bien enceinte. Ils m'ont obtenu un rendez-vous avec un obstétricien, et m'ont donné une bouteille de vitamines prénatales, puis m'ont laissée repartir.

Au début, je n'ai pas su quoi faire ni quoi penser. Mélinda a commencé à me demander si j'étais allergique au soleil, parce que je me comportais de manière étrange. Il m'a fallu un certain temps pour accepter la chose. Peut-être était-ce le destin. Un bébé, ce bébé, est la première chose positive qui m'arrive depuis très longtemps. Je me suis donc juré de ne pas laisser cet enfant avoir les mêmes expériences que moi.

J'endurerai tout ce qu'ils me feront subir pour que nous sortions tous les deux vivants de cet enfer.

Lorsque la douleur disparaît, me permettant de bouger à nouveau mes membres librement, Danny me suspend encore. Mais cette fois-ci, Andrew et lui tendent un peu plus la corde. Mes bras s'engourdissent beaucoup plus rapidement, et je ne suis plus qu'à moitié consciente, à cause du manque d'eau et de nourriture. Sans parler du manque de sommeil. Chaque oscillation de mon corps me fait reprendre connaissance, et, maintenant, en plus de tout le reste, je suis prise de nausées et de crampes dues à la faim.

Cela dure une éternité. Je sais que le temps passe uniquement grâce à la lumière qui brille à travers les fenêtres. Je perds le compte du nombre de fois où ils me décrochent, me permettent de retrouver mes sensations avant de me raccrocher aussitôt. Danny et l'autre type sont relevés de leur poste par un autre duo d'hommes que je ne connais pas. Des heures plus tard, Danny et son camarade reviennent. Ils paraissent reposés et rassasiés.

J'ai du mal à garder les yeux ouverts, mais j'arrive à leur montrer les dents, ce qui les fait rire.

Si je n'étais pas suspendue comme un animal destiné à l'abattoir, je leur tirerais une balle à chacun. Gracin y compris, pour m'avoir mise dans cette merde.

La nuit suivante – du moins, je crois –, les hommes apportent une cruche d'eau. En la voyant, je n'arrive pas à saliver, mais une réaction primitive me saisit au point de me faire souffrir.

Comme s'il savait ce que je pense, Danny pose l'eau sur la table devant moi et se sert un verre. Le bruit me rappelle encore plus la pression intense qui pèse sur ma vessie. Je lève les yeux et observe mes mains exsangues, espérant pouvoir détourner mon attention de mon corps, mais ça ne marche pas.

Je résiste à l'envie d'uriner, consciente de leur désir de me rabaisser et de m'humilier, mais finalement, la nature l'emporte. Je ressens un immense soulagement, mais, en même temps, libérer la pression après si longtemps déclenche une douleur fulgurante dans tout mon ventre. L'odeur âcre de l'urine embaume l'air autour de moi, et un liquide chaud imprègne mon jean, qui colle alors à mes jambes.

Les deux hommes me donnent alors des gorgées d'eau tiède provenant de la cruche. J'ai tellement soif que je me fiche de la température. Ils ne consentent qu'à de petites gorgées, mais cela suffit à humidifier mes lèvres sèches.

Je me balance au bout de la corde pour essayer d'atteindre la tasse qu'ils éloignent, et sur le retour, je tourne sur moi-même et reçois un coup de poing en plein dans le ventre.

Les crampes sont immédiates et brutales.

CHAPITRE VINGT

—Non, dis-je.

Cependant, ma voix ressemble plutôt à celle d'un crapaud. Je ne sais pas si je m'adresse aux hommes qui m'entourent ou au fantôme de Vic. À mesure que ma vision s'assombrit, ma réalité se clive. J'ai l'impression de subir à nouveau les coups de mon mari et de lutter pour rester en vie.

Cela ne fait aucune différence. Les hommes n'écoutent pas. Je reçois un autre coup, cette fois au visage, sans doute pour me faire taire. Le poing de Danny m'atteint juste sous l'œil, ce qui m'envoie valdinguer au bout de la corde. La douleur fait hurler mes bras, et en l'espace de quelques secondes, j'ai l'impression d'avoir la pire gueule de bois au monde. Si on ajoute cette sensation à celle d'essoufflement causée par le coup que j'ai reçu dans le ventre, j'ai si mal que mon cerveau ne sait plus où donner de la tête.

Quelqu'un aboie un ordre, mais je ne l'entends pas à cause du bourdonnement dans mes oreilles. Je perçois une certaine agitation avant que quelqu'un n'attrape mes hanches par-derrière.

Pendant une brève et terrifiante seconde, je crois qu'ils vont me violer. Je m'efforce de reprendre connaissance et de me débattre autant que possible, malgré l'impuissance que je ressens et mes mains ligotées. Puis celui qui est devant moi, Danny peut-être, me gifle l'autre joue. Je réalise alors que le connard dans mon dos cherche seulement à me maintenir en place pour que je bouge moins.

Mon œil gauche est déjà assez enflé, presque au point de se fermer, et l'autre est larmoyant à cause de la gifle. Mais même avec ma vision floue, je vois la table cauchemardesque, digne d'un film d'horreur, qu'ils ont installée à un moment donné.

Des couteaux. Des outils électriques. D'autres cordes. Des armes à feu. Parcourue de frissons, je vomis l'eau que j'ai réussi à avaler. Avec un regard noir, Danny me gifle à nouveau. Cette fois, cela m'envoie valser contre l'homme placé derrière moi, et j'ai un nouveau haut-le-cœur. Sentir les mains d'un autre homme me répugne de manière viscérale.

Quand je parviens à nouveau à voir quelque chose, je constate que Danny a un petit chalumeau à la main. Derrière lui, je vois une rallonge électrique courir jusqu'au mur. Une fois le chalumeau allumé dans un sifflement, je grimace sous l'effet de la chaleur brûlant ma peau sensible.

— Dis-nous ce que tu sais sur Gracin Kingsley, dit Danny en agitant négligemment le chalumeau devant mon visage.

Je ne dois aucune loyauté à Gracin, alors je leur dirais tout ce qu'ils veulent savoir si cela me permettait de sortir d'ici vivante. En revanche, il y a deux problèmes avec ce scénario.

Premièrement, je n'ai aucune idée de l'endroit où il se trouve.

Deuxièmement, je sais que je signerai mon arrêt de mort au moment même où ces hommes obtiendront ce qu'ils veulent.

Alors, je ne dis rien.

Devant mon absence de réponse, Danny augmente l'intensité de la flamme. Les mains sur mes hanches me serrent si fort que j'en ai mal. Je tremble de tout mon corps, mais, à ce stade, je ne peux plus me contrôler. Danny s'accroupit à côté de moi, prend ma jambe et la bloque avec son bras. Même si j'avais eu la force de me défendre, je n'aurais pas pu me libérer de cette prise digne d'un étau.

Le chalumeau est plutôt petit, mais la flamme qui jaillit à son extrémité est bien réelle et, j'en suis sûre, très efficace. Mais pour l'instant, je ne m'en soucie pas, car les contractions et les spasmes que je sens dans mon ventre, combinés à l'humidité que je sens entre mes jambes, ne peuvent signifier qu'une seule chose. Et si c'est bien ce que je pense, je me moque de savoir qu'ils me torturent. Je survivrai, ne serait-ce que pour leur arracher la gorge à mains nues.

Danny ignore l'urine qui détrempe mon jean et demande à l'un des hommes de le découper, les lambeaux pendant le long de mes jambes à partir de mes genoux. Mon bourreau les arrache et les jette avant d'approcher la flamme de ma peau. J'entends le grésillement au contact de ma chair, et sens une odeur de viande cuite avant même de ressentir la douleur provoquée par la brûlure. Je rejette la tête en arrière et hurle à pleins poumons. Très vite, je perds la voix et n'émets plus que des sanglots étouffés jusqu'à ce que Danny éloigne la flamme.

Quand je me concentre à nouveau sur lui, la flamme est sombre, et son visage dur et impassible. L'image même de la mort.

— Où est-il ? insiste Danny.

Je ne lui réponds pas. Désormais indifférente à ce qui m'arrive, je me déconnecte et laisse mon corps fatigué retomber contre l'homme derrière moi. J'entends un autre grésillement, puis je suis prise de convulsions. Je souhaite échapper à la douleur, mais je ne peux pas bouger à cause des mains qui me maintiennent immobile. Quand Danny éloigne le chalumeau, mon corps s'affaisse automatiquement vers l'avant. Pour la première fois, je suis reconnaissante d'être attachée. Sinon, je ne serais pas capable de rester debout.

Cette fois-ci, Danny se passe de répéter la question et marque à peine une pause. Il remonte la flamme le long de ma jambe et la rapproche de la chair sensible de mes cuisses. Ses mains glissent sur ma peau humide, mais soit il ne le remarque pas, soit il s'en moque. J'oublie de lui préciser qu'il s'agit de sang et non d'urine, car il met à nouveau en contact la flamme avec ma peau. Cette fois-ci, je m'évanouis.

Lorsque je reviens à moi, le soleil est haut dans le ciel. J'ai l'impression d'être un pilier de glace incandescent. Je suis à la fois gelée et brûlante. L'odeur ambiante, celle de ma chair brûlée, me donne la nausée, et je parviens à m'écarter pour vomir plutôt que de souiller ma poitrine. De toute façon, il ne me reste que de la bile. Rapidement, je me retrouve à nouveau suspendue.

J'ai des crampes à l'estomac et je sens un nouveau flot de sang couler à l'intérieur de mes cuisses. Je gémis, et laisse ruisseler les larmes sur mes joues. Je dois m'évanouir encore, car, soudain, je me retrouve avec un déluge d'eau dans le nez et dans la bouche, ce qui me réveille en sursaut. Les hommes continuent à m'arroser le visage sans relâche au point de faire passer de l'eau dans mes poumons. Puis ils arrêtent, et je tousse et crache de l'eau à leurs pieds.

J'entends l'un des hommes jurer, puis de l'eau me frappe la poitrine alors qu'ils m'arrosent comme si j'étais un animal. Sur la chair brûlée de mes jambes, l'eau me fait l'effet de flammes liquides. Je voudrais m'éloigner, pleurer ou leur crier d'arrêter, mais j'en suis incapable. Je suis parfaitement impuissante.

— D'où vient ce sang? murmure l'un d'eux. Tu ne l'as pas frappée si fort que ça.

Je sens leurs regards sur moi, mais je ne peux pas ouvrir les yeux pour les voir. De toute façon, je sais déjà ce qu'ils scrutent. Je sais déjà quelles conclusions ils tirent. Qu'ils comprennent ce qu'ils ont fait! S'ils ne sont pas complètement dépourvus de cœur, j'espère que cette réalité les rongera jusqu'à ce que je puisse le leur arracher.

Je sens à nouveau le jet d'eau pour, cette fois, m'offrir une douche improvisée. Je veux leur dire que c'est inutile, car le sang ne s'arrêtera pas de couler. Les hommes continuent de râler, tentant de laver le sang, mais quelqu'un leur aboie des ordres, après quoi les mains retournent sur mes hanches. Je ne peux rien distinguer d'autre que la silhouette de Danny et la lueur vacillante du chalumeau.

J'utilise mes dernières forces pour donner un coup de pied dedans. Dans mon élan, mon pied bute contre le tibia de Danny, qui grogne de douleur. J'entends résonner dans tout l'entrepôt le bruit métallique du chalumeau quand celui-ci tombe sur le sol. Danny marche nonchalamment jusqu'à lui et le ramasse. Je sens une vague de chaleur avant que l'atroce douleur ne revienne, cette fois sur l'autre jambe.

— Où est-il ? demande-t-il.

— Va te faire foutre, murmuré-je.

Cette fois-ci, Danny laisse beaucoup plus longtemps la flamme contre ma peau. À tel point que je ne ressens plus la douleur, ce qui peut paraître une bonne chose, mais je sais que ce n'est pas rassurant. Ne pas ressentir de douleur en cas de blessure est synonyme de mort.

Et alors ? Je suis déjà morte, non ?

Danny éloigne la flamme pour la déplacer à un autre endroit, éveillant une nouvelle douleur. Finalement, je dois me réfugier à un autre endroit de mon cerveau. Un endroit où la souffrance n'existe pas. Où la mort n'existe pas. Un endroit où le bébé que je n'avais pas prévu serait resté avec moi tant que je ne lui aurais pas donné tout l'amour qu'il mérite. Un endroit que j'ai créé sous les coups de mon mari qui ne connaissait pas le sens du mot miséricorde.

Je suis ramenée à la réalité lorsque les hommes rapprochent le tuyau pour me rincer une nouvelle fois. L'homme derrière moi est parti, et je ne peux plus tenir ma tête droite ni rester debout, alors je vacille vers l'avant. Mes yeux sont rivés sur le béton à mes pieds. Je vois de l'eau ensanglantée se répandre en petits ruisseaux sur le sol et s'écouler dans un caniveau tout proche.

Le mot « agonie » ne suffit pas à décrire ce que je ressens au moment où je réalise que ce sang représente la petite vie que j'avais déjà acceptée. À cette pensée, j'éclate en sanglots. Des pleurs déchirants et douloureux qui viennent du plus profond de mon être. J'ai l'impression qu'une partie de mon cœur a été arrachée, comme si même mon ADN en était changé. Si je réussis à me sortir de là, je sais que je ne serai plus jamais la même.

Quelqu'un coupe l'eau, puis les hommes sont de retour. Je ne peux pas m'arrêter de pleurer, même lorsque la flamme réapparaît. Mes pleurs se transforment alors en cris, et je hurle et gémis de toutes mes forces. Ma voix résonne dans tout l'entrepôt. Après avoir éteint la flamme, Danny me frappe à nouveau en écrasant son poing contre ma mâchoire. Un kaléidoscope d'étoiles explose alors devant mes yeux.

— Si tu ne réponds pas à la question, ferme-la! grommelle-t-il en me fourrant un morceau de tissu dans la bouche.

À ce stade, plus rien ne m'atteint.

Comme mes jambes sont trop calcinées pour continuer à lui servir de toile, Danny soulève mon pied et rallume la torche. Dès que la flamme entre en contact avec la peau sensible de la plante de mon pied, je hurle malgré le bâillon et me débats entre les mains de l'homme qui me retient.

— Où est-il, bordel? demande Danny. Dis-moi ce que tu sais, et tout s'arrêtera. La douleur disparaîtra si tu me dis où il est.

Il laisse tomber le chalumeau par terre et enlève le bâillon pour me permettre de parler, mais à la place, j'accumule assez de salive pour lui cracher au visage. L'indignation profonde que je vois dans son regard me fait rire, mais je me sens au bord de l'hystérie.

— Elle est en train de disjoncter, dit Andrew. Complètement dingue, putain.

Ce commentaire n'a pour résultat que de me faire rire encore plus fort.

J'entends un grincement strident provenant de la porte de l'entrepôt, et l'idée que Sal, qui qu'il soit, puisse revenir pour connaître les résultats des derniers jours, ou pour m'achever, me fait légèrement défaillir. Une partie de moi aimerait presque qu'ils me tirent une balle, mais l'autre partie, celle qui en a marre d'être traitée comme de la merde, réclame une chance, une seule, de leur faire payer pour tout ce qu'ils m'ont fait, et tout ce qu'ils m'ont pris.

— Dernière chance, dit Danny. Où est-il?

C'est alors qu'une voix, qui n'est pas celle de Sal, résonne.

— Eh bien, les gars! Si vous vouliez me voir à ce point, il vous suffisait de me passer un coup de fil.

CHAPITRE VINGT-ET-UN

J'aimerais pouvoir me tourner, ou ouvrir suffisamment les yeux pour le voir. Cela me permettrait ainsi de savoir s'il est vraiment là, ou bien s'il s'agit d'une hallucination ou d'une conséquence de mon état de choc. Pour l'instant, je préfère croire qu'il est vraiment là, afin que cette pensée me réchauffe le cœur. Je me débats contre mes liens, et l'homme derrière moi raffermit sa prise.

Danny se redresse, et tous les muscles de son corps se tendent lorsqu'il pivote vers un Gracin à l'allure décontractée.

— King, dit Danny, qui pourrait tout aussi bien cracher le mot. On te cherchait.

— Terrelli, répond Gracin. Qu'est-ce que tu as là ?

Je m'évanouis brusquement, trop accablée par la douleur et la stupéfaction pour rester consciente. Quand je reprends mes esprits, je vois Gracinme pointer de son pouce par-dessus son épaule.

— Cette garce ? C'est juste une imbécile que j'ai convaincue de m'aider à m'échapper de Blackthorne, dit-il en riant, avant de se plier en deux pour taper son genou.

L'arrogance flagrante de Gracin fait grommeler Danny.

— Mec, Sal doit être vraiment en difficulté s'il envoie des hommes aux trousses de femmes pour arriver à ses fins. Dis-moi,

Terrelli, es-tu à ce point incompétent dans ton boulot que tu ne peux pas retrouver une cible sans avoir à tabasser des femmes ?

— Dis-moi, King, es-tu lâche au point de t'enfuir la queue entre les jambes ?

Gracin fait claquer sa langue.

— À aucun moment, je ne me suis enfui. Contrairement à toi, je sais comment faire mon boulot correctement. Bon, on va rester plantés là toute la journée, ou tu vas appeler Sal pour lui dire que tu es un putain d'incapable ?

Gracin ne m'a pas regardée une seule fois depuis qu'il est arrivé. Je le sais parce que je ne peux pas détourner mes yeux de lui, et, pour ça, je me déteste. Il ne ressemble en rien à l'homme que je connaissais, et pourtant, il me semble si familier que cela me fait mal partout. Encore plus qu'avant.

Danny traverse la pièce jusqu'à la table, et les autres le suivent. Ils me laissent seule, en souffrance et en sang. Je ne suis qu'un morceau de viande. Je ne suis même pas surprise que Gracin reste loin de moi. Mais ça ne fait rien. Le simple fait de le regarder observer ces hommes m'occupe l'esprit et me fait oublier ma douleur.

Gracin porte un costume, dont les lignes épurées et le tissu coûteux lui donnent un air encore plus intimidant que sa tenue de prisonnier. La couleur austère crée un contraste avec son teint hâlé qui lui confère une allure assurée, élégante et compétente. Une allure soignée, raffinée et dominatrice. Il garde les mains le long de son corps, détendu et prêt, comme un bandit ou un gladiateur sur le point de livrer un combat à mort.

Danny discute avec quelqu'un, sûrement Salvatore père, au téléphone, et je ferme les yeux pour ne pas ressentir la douleur qui parcourt mon corps. Quand je parviens à les rouvrir, Gracin est tout près.

Son visage ne trahit aucune émotion, mais il m'examine rapidement. Il remarque les contusions sur mon visage, les brûlures sur mes jambes, et la flaque de sang à mes pieds. Il ne dit rien. Une fois son inspection terminée, je me rappelle toutes les raisons pour lesquelles je veux garder autant de distance que possible avec lui. Je détourne donc la tête, et j'attends de voir ce que ces salauds me réservent.

Mais Gracin en a décidé autrement.

Pendant que Danny passe son appel et que les autres font une pause clope, Gracin me détache et me prend dans ses bras, car la plante de mon pied est brûlée à tel point que je ne peux pas m'appuyer dessus.

— Qu'est-ce que tu fous ? demande Danny, une main sur le téléphone.

Gracin ne lui accorde pas un regard.

— Tu as eu les informations que tu voulais. Je suis là. Tu veux continuer à la tabasser ?

La bouche de Gracin se crispe, puis celui-ci lève les yeux.

— Je ne savais pas que tu aimais ce genre de trucs. C'est sûrement pour ça que Sal s'est mis à tourner des mises à mort en direct, hein ? C'est vicieux.

Danny fronce les sourcils, puis reprend sa conversation téléphonique. Gracin commence à me frictionner les épaules pour faire circuler mon sang, mais je le repousse et fais un pas en arrière. Enfin, j'essaye. Mes jambes refusent de supporter mon poids, et sous la force de la douleur qui envahit mes membres, je manque de tomber, la tête la première, sur le béton.

— Arrête, dit-il d'une voix sévère alors qu'il m'aide à me relever. Tu ne peux pas marcher, alors arrête d'essayer.

— Ne me touche pas, me forcé-je à répondre, malgré ma gorge irritée.

Gracin m'observe, puis recule en levant les mains. Quand il me fait signe d'avancer, je lui lance un regard noir et boitille jusqu'à la table où, sans un regard pour les objets qui y sont posés, je me baisse pour m'asseoir sur une des chaises. Je ne pourrais pas cacher la douleur qui déforme mon visage, même si j'essayais, alors je ne tente même pas. J'affiche clairement ma vulnérabilité aux yeux de tout le monde dans la pièce.

— Le patron veut qu'on te conduise à lui, dit Danny en raccrochant et en venant se placer derrière moi.

Sa proximité me tend les épaules, mais j'ai déployé tant d'efforts pour m'asseoir que je serais incapable de bouger même si mes jambes avaient la force de me soutenir.

— Ça ne va pas le faire pour moi, répond Gracin.

— J'ai bien peur que tu n'aies pas le choix, dit Danny.

Avec ses hommes, il forme une barrière entre la sortie et nous.

Gracin soupire, comme s'il était au supermarché et que le vendeur refusait de lui indiquer où se trouvait son eau gazeuse préférée.

— Alors je suppose qu'on n'a plus rien à se dire, déclare-t-il, puis il sort un pistolet.

Gracin tire quatre balles en rafale, à une vitesse telle que je n'ai même pas le temps de comprendre ce qui se passe. Je tombe lourdement de ma chaise, ce qui me provoque une douleur si intense qu'elle me paralyse tout entière. Les bras levés pour me protéger la tête, je ferme les yeux. Quand les coups de feu cessent, je relève la tête et constate que les quatre hommes gémissent, étendus sur le sol.

Sans réfléchir, je me relève péniblement et titube vers la porte. J'entends des pas se rapprocher dans mon dos, mais j'avance aussi vite que mon corps meurtri me le permet. Je ne veux surtout pas me faire rattraper, mais c'est inutile. Gracin est bien portant, reposé et attaque toujours aussi rapidement qu'un serpent. Il atteint la porte avant moi et me barre le passage.

D'une main qui enserre mon bras comme un étau, il m'entraîne à sa suite, puis me prend dans ses bras comme si je ne pesais rien. Mais je ne veux pas partir avec lui, alors je le griffe et le frappe là où je peux l'atteindre, jusqu'à ce que nous arrivions à une voiture, où il me jette sur la banquette arrière.

Quand je me redresse en hurlant et en le frappant, il dévie mes bras et m'assène un coup vif sur la tempe. Une seconde, je suis consciente, la suivante, je suis avalée par l'obscurité et les ténèbres.

Toutes les sensations que je perçois me parviennent à travers un brouillard.

Le mouvement d'un véhicule.

La rémanence d'une douleur indescriptible.

La présence d'autres personnes autour de moi.

Comme la panique menace de m'engloutir, je me laisse à nouveau entraîner dans l'obscurité.

La sensation d'engourdissement et le brouillard dans ma tête durent si longtemps que je commence à croire que je suis morte. Autrement, comment expliquer ce sentiment de paix et de calme absolu ? Puis quelque chose secoue mon corps et ravive cette douleur atroce. J'aurais préféré la mort. Cette douleur interminable ne dure qu'une minute avant que je ne sente quelque chose me piquer le bras. Après quoi mon esprit se met à dériver...

Ensuite, le sommeil arrive. Un sommeil paisible, ininterrompu et sans fin.

Ce sont les murmures d'une conversation qui me tirent brusquement de ma torpeur induite par les médicaments. Je pense aussitôt à Danny et à la bande de gangsters. Je dois me protéger de ce qu'ils comptent me faire ensuite. Les dents serrées, je me redresse abruptement en grognant et je sens des mains qui me forcent à me rallonger sur le lit.

En me débattant, je laisse échapper des sons inhumains. Puis j'entends une voix que je ne reconnais pas.

— Madame Emerson, j'ai besoin que vous vous calmiez.

— Donnez-lui un sédatif, dit une voix familière.

Peut-être que je rêve.

— Nous lui en avons déjà trop administré, répond la première voix.

Aucune des deux ne semble appartenir aux hommes qui m'ont tabassée et torturée. Cela pique suffisamment ma curiosité pour que j'ouvre les yeux. Ne serait-ce que pour me préparer à cette nouvelle version de l'enfer. La vue que je découvre suffit à me faire taire, et je me recroqueville sous les couvertures.

Un médecin – du moins, je pense qu'il s'agit d'un médecin, à en juger par le stéthoscope qu'il porte autour du cou –, se tient à mon chevet. Il a l'air à la fois inquiet et intimidé. Après s'être redressé, il lance un regard interrogateur à l'autre personne debout dans un coin.

Gracin.

Celui-ci quitte la chaise sur laquelle il était assis, s'approche du pied du lit d'hôpital et pose ses mains dessus.

— Bonjour, Tessa, dit-il.

J'ai presque envie de rire. *Bonjour? Bonjour?* Il me dit ça comme s'il était un membre de ma famille venant me rendre visite parce que j'ai la grippe ou quelque chose du genre. Je ferme les yeux et me laisse aller contre les oreillers moelleux pour essayer de me rappeler ce qui s'est passé ou comprendre où je me trouve.

Les souvenirs du traitement qu'ils m'ont infligé sont trop difficiles à supporter, alors je les enfouis au fond de mon esprit, et me concentre sur le dénouement. Il est embrouillé par le flou de mes souvenirs, les effets persistants des sédatifs, et par la douleur. Tout d'abord, mon esprit se fixe sur l'image de Gracin.

Vêtu d'un costume, il est arrivé à la fin. Il m'a traitée de garce, puis m'a détachée. J'ouvre les yeux pour vérifier l'image qui me vient à l'esprit. Gracin se tient bien droit avec les bras croisés sur sa poitrine. Je reconnais la chemise qu'il portait à l'entrepôt, mais il a retiré sa veste, déboutonné le haut et retroussé ses manches.

À côté de moi, le médecin s'éclaircit la gorge, et je lève les yeux vers lui.

— Madame Emerson. Je suis... commence-t-il avant de regarder Gracin pour demander l'autorisation.

Celui-ci hoche la tête.

— Je suis le docteur Haversham. Je vous soigne depuis deux jours. Vous souffrez de sévères brûlures aux jambes, aux deuxième et troisième degrés. Vous avez de multiples contusions, des ecchymoses et une commotion cérébrale.

Il marque une pause pour me demander, cette fois-ci, mon consentement tacite sur un point. Il souhaite m'informer d'une chose à laquelle j'ai essayé de toutes mes forces de ne pas penser.

J'entends la réaction de mon corps grâce aux moniteurs à côté de moi. Mon rythme cardiaque s'accélère de manière significative, et le médecin nous regarde tour à tour, Gracin et moi, avec une expression peinée.

— Dites-moi, affirmé-je d'une voix rauque.

— Vous avez perdu le bébé, répond-il à contrecœur.

Du coin de l'œil, je vois les bras de Gracin retomber le long de son corps, mais des larmes contenues brouillent mon champ de vision.

— Je suis désolé, dit le médecin.

Toutefois, cela importe peu.

Je savais bien avant l'arrivée de Gracin que mon corps ne portait plus la vie.

— Un bébé ? demande Gracin.

CHAPITRE VINGT-DEUX

Je ne réponds pas à Gracin. Qu'est-ce qu'il y a à dire? Il ne mérite pas de tels égards, et je suis trop fatiguée pour dire ou faire quoi que ce soit, alors je ferme les yeux et prétends dormir jusqu'à ce qu'il parte.

Il me faut quelques heures pour comprendre que je ne suis pas véritablement à l'hôpital. Non, je suis dans une chambre, chez quelqu'un. Chez Gracin. Pendant les heures qui suivent, je reçois la visite du médecin et d'une femme que je présume être une infirmière. La majorité du temps, le silence règne, et une fois la nuit tombée, je laisse mes larmes couler et ruisseler sur mes joues. Je tremble à en engourdir mon corps, mais je laisse libre cours à mes émotions. Je pensais avoir vidé mon corps de ses larmes dans l'entrepôt, mais je me trompais.

Cela semble durer une éternité, au point d'épuiser le peu d'énergie qui me restait. Démunie, je finis par scruter le mur. J'ai l'impression qu'il me reste encore moins que les fois où Vic me soumettait par le sexe pour m'ignorer ensuite, comme si je n'avais aucune valeur. La petite vie que je portais était la seule chose positive qui me soit arrivée au cours des trois dernières années, et maintenant, je ne l'ai plus.

— Un bébé? répète Gracin, dont la voix résonne dans l'obscurité.

Je l'entends, mais je suis tellement fatiguée, tellement épuisée que je n'ai pas la force de bouger.

— Tu étais enceinte? demande-t-il.

— Il semblerait, rétorqué-je d'une voix morne. Mais ça n'a pas d'importance. Je ne le suis plus.

— Il était de moi.

Ce n'est pas une question. Il le dit comme une revendication. Comme si c'était quelque chose d'essentiel et de réel. Et ça l'était, mais cette vie n'existe plus. Je ne veux pas parler à Gracin, surtout de ce sujet.

— Probablement, dis-je alors, même si je suis certaine que c'était le cas.

— Il était de moi, répète-t-il d'une voix plus ferme.

J'entends la chaise grincer, ce qui met mon corps endolori sur le qui-vive, se préparant au sort que Gracin m'a réservé.

Il ne me touche pas comme je m'y attendais. Il se contente de rapprocher la chaise de mon lit.

— Comment?

Je ne sais pas s'il est simplement curieux, ou furieux. Il veut savoir comment j'ai perdu le bébé, mais ce n'est pas quelque chose dont je peux parler pour l'instant... ou peut-être même jamais.

Mes mains se crispent sur les draps fins.

— Je ne veux pas en parler, dis-je, avant de me taire pour dissiper le tremblement dans ma voix. Est-ce que c'est important?

Gracin soupire, et le son me fait l'effet d'une caresse. Je peux presque imaginer son souffle effleurer ma chair.

— Je suppose que non.

Bizarrement, ses paroles ravivent mes larmes. Je ne les laisse pas couler cette fois-ci, et je cligne rageusement des yeux pour les retenir.

Les questions fusent dans ma tête, au point de me couper le souffle. Les raisons qui ont poussé Gracin à agir ainsi n'ont plus d'importance. Elles semblent tellement puériles comparées à tout ce qui est survenu depuis. Un jour, j'exigerai des réponses, mais pas aujourd'hui.

Je m'éloigne de Gracin, car je refuse de dire quoi que ce soit d'autre. Heureusement, il n'insiste pas. J'ai dû m'endormir, parce que je vois le soleil lorsque j'ouvre les yeux. Je suis seule. Je regarde la lumière pendant un long moment, avant d'entendre frapper à la porte, puis une jeune femme entre. Elle porte une tunique, alors je suppose qu'elle est au minimum infirmière. Je ne pose pas de questions. Je ne lui demande pas non plus comment elle connaît Gracin, ni comment elle s'est retrouvée dans cette chambre pour s'occuper de moi. Je ne veux pas le savoir.

— Bonjour, dit-elle d'une voix douce, chaleureuse et apaisante.

J'ai envie de m'en envelopper, à la recherche de réconfort. Je désire de tout mon cœur que quelqu'un me prenne dans ses bras, mais à la place, je glisse mes jambes hors du lit.

— Est-ce que vous pourriez m'aider à aller aux toilettes ? lui demandé-je sèchement.

La jeune femme acquiesce et m'assiste, avec des gestes efficaces et habiles, pour me frayer un chemin entre les fils et les tubes. Elle me guide jusqu'à une porte sur la gauche, tout en soutenant mon poids. La salle de bain est somptueuse, avec ses surfaces en granit et son carrelage luxueux. Je remarque une douche à l'italienne, équipée d'une douzaine de boutons et de pommeaux. Après avoir fait mes besoins, je demande à l'infirmière de m'aider à me déshabiller.

— Est-ce que vous voulez que je...

— Non, ça va, dis-je, avant d'adoucir ma réponse brusque par un petit sourire. Mais merci quand même.

Il y a un banc dans la douche, et je m'y assieds en grimaçant légèrement. Mon corps entier me fait mal. Le Dr Haversham m'a bandé les cuisses et les mollets avec de la gaze aérée et une sorte de film plastique imperméable. À en croire l'infirmière, ils les ont changés récemment. Toutefois, je devrais pouvoir prendre une douche, à condition qu'elle ne soit pas trop longue. Je ne veux même pas imaginer à quoi ressemblent mes jambes.

Un bref coup d'œil me permet de constater que du sang coule

et se mélange à l'eau de la douche. Je n'ai pas la force de me sentir gênée. Il n'y a de place que pour la douleur perpétuelle du chagrin qui m'habite.

Je ne sais pas combien de temps je reste sous la douche, mais assez longtemps pour arrêter le saignement, du moins pendant un moment. Assez longtemps pour que les épaisses parois en verre soient recouvertes de buée du sol au plafond et pour que ma peau soit gonflée et ridée. Assez longtemps pour qu'il faille changer les bandages sur mes jambes. Mais peu importe le temps que je passe sous le jet, j'ai l'impression que je ne pourrai jamais me sentir propre.

C'est Gracin qui vient me chercher lorsqu'ils estiment que ma douche a assez duré. Je ne lui résiste pas, même si son contact me donne la chair de poule. Il apparaît simplement derrière la paroi vitrée et tend le bras pour couper l'eau. Puis il me donne une serviette. Je m'attends à ce qu'il en profite pour jeter un œil pendant que je m'en enveloppe avant de sortir, mais il n'en fait rien.

— Comment tu te sens ? me demande-t-il.

Je déteste que sa voix ne trahisse aucune émotion. L'homme que je connaissais, qui était à la fois calculateur, rusé et charmeur, a complètement disparu. Cela ne fait que renforcer ma conviction selon laquelle tout cela n'était qu'une comédie. Et, en bonne idiote que je suis, je suis tombée dans le piège.

Heureusement, je ne suis plus cette imbécile.

— Je ne l'ai pas volé, répond-il à mon regard méprisant. Est-ce que je peux faire quelque chose pour que tu te sentes mieux ?

— Tu peux me dire quand je pourrai partir d'ici.

Inutile de tourner autour du pot. Je n'ai pas passé deux mois en cavale parce que je voulais qu'il me retrouve. Après ce qu'il a fait, je souhaite seulement m'éloigner le plus possible de lui. Peut-être que les nouvelles candidatures sont ouvertes pour se rendre à bord de la station spatiale internationale. Oui, ça, ou partir sur une autre planète me permettrait peut-être d'être assez loin.

Gracin ne se défait pas de son expression, mais l'espace d'un instant, je vois sa bouche se crisper.

— Ce n'est pas prudent pour toi de partir maintenant, affirme-t-il.

Je m'installe prudemment sur le lit, et le laisse remonter les couvertures sur moi.

— Qu'est-ce que ça veut dire ?

Il détourne les yeux, et je dois ravaler mon envie de le forcer à me regarder.

— Ça veut dire que tu restes ici jusqu'à ce que tu ne sois plus en danger.

— Et où est-ce que je me trouve ?

— Chez moi.

Abasourdie, je m'affale contre les oreillers. Gracin possède une maison ? Je me remémore la salle de bain, qui a dû coûter une petite fortune. Cela ne colle pas avec l'homme que j'ai rencontré à Blackthorne.

Ces questions me causent un terrible mal de tête, ce qui transparaît probablement sur mon visage, car Gracin ferme les stores et réduit l'intensité des lumières sans que je le lui demande.

— Repose-toi. On parlera plus tard.

— Je ne veux pas aller dîner ! crié-je à la femme qui vient de m'inviter à descendre. Je veux partir. Immédiatement !

Mon ton autoritaire ne semble guère l'intimider, même si elle ne mesure qu'un mètre cinquante. Au contraire, elle encaisse mon insolence et accentue son air sévère.

— Maître Kingsley aimerait que vous vous joigniez à lui pour le dîner. À dix-huit heures tapantes.

Elle sous-entend ainsi que ce serait une faute impardonnable d'arriver en retard. Une fois qu'elle est partie, je me jette sur le lit en marmonnant des obscénités que je n'ai pas le courage de dire en face au tyran qu'est Gracin.

Trois semaines ont passé, mais je n'ai pas quitté la chambre une seule fois. Au début, j'étais trop amorphe, trop épuisée émotionnellement et physiquement pour faire plus que le strict minimum : dormir, manger, me laver, et recommencer. Dès que le brave médecin m'a donné son feu vert, une semaine après mon arrivée, je me suis dit qu'il était temps, soit d'avoir la discussion tant attendue avec Gracin, soit de partir si je le souhaitais.

Eh bien, je me suis trompée.

Sitôt que le médecin est parti, j'ai pris une douche, j'ai enfilé les vêtements qu'on m'a fournis, et j'ai voulu partir. Mais ma porte était verrouillée. Elle l'est restée jusqu'à ce que Marie, dont je ne connais que le nom, m'apporte mes repas. Elle n'a répondu à aucune de mes questions, et ne m'a adressé la parole que pour me donner des ordres.

J'ai le sentiment que Gracin sait comment je vais, même s'il n'est pas revenu me voir, ce que je ne souhaite pas forcément. Il peut aller au diable ! Il finira par mourir de faim s'il attend que je me joigne volontairement à lui pour le dîner.

Seize heures sonnent, puis dix-sept. Puis dix-huit. Mon appréhension grandit à chaque tic-tac de la trotteuse. La télévision, que Gracin a dû faire installer pendant que je dormais, me divertit pendant un certain temps, mais je me remets à regarder l'horloge. Dix minutes passent, puis vingt.

Quand l'horloge sonne dix-huit heures trente, j'entends la serrure de ma porte se déverrouiller. Je m'attends à voir Marie, mais c'est Gracin qui apparaît.

Il s'appuie contre la porte.

— Bon ! Pour moi, la seule raison que tu aurais de refuser de dîner, ce serait que tu as encore trop mal pour descendre les escaliers. J'aurais aimé que tu me le dises. Je serais monté plus tôt, petite souris.

En entendant ce sobriquet qu'il utilisait à la prison, au souvenir de ce qui s'est passé entre nous, je me sens presque accablée.

— Ne m'appelle pas comme ça ! m'exclamé-je en me levant d'un bon. Je vais bien. Le médecin dit que les brûlures ont bien cicatrisé. Tu n'as plus besoin de me garder enfermée ici.

Il m'observe comme s'il ne comprenait pas tout à fait ce qui me passe par la tête, mais qu'il cherchait désespérément à me cerner. Je n'aime pas ça. En fait, je veux qu'il arrête.

— Si je viens dîner, tu me laisseras partir ?

— Si tu viens dîner, j'y réfléchirai, répond-il.

Nous savons tous les deux qu'il conclut un marché pour mieux le rompre une fois qu'il aura obtenu ce qu'il voulait, mais je n'ai pas d'autre choix. Je jette un coup d'œil autour de moi. Je déteste ces quatre murs, et je sais que je n'obtiendrai rien de plus que cette proposition. En outre, cette fois-ci, au moins, je descends selon mes conditions, pas les siennes.

Gracin me fait signe de le suivre hors de la chambre. Je crains un peu ce que je vais découvrir. Je passe devant lui à pas hésitants, et reste bouche bée en voyant les couloirs raffinés partant des deux côtés, chacun bordé par des dizaines de portes. Ce n'est pas une maison, c'est un véritable manoir.

Mais qu'est-ce qu'un homme capable de s'offrir une maison pareille faisait en prison ?

Je frissonne au souvenir de Sal, et je décide que je préfère ne pas savoir. Je veux juste sortir d'ici, et mettre autant de kilomètres possibles entre lui et moi.

Quand il pose une main sur mon bras, je tressaille. Depuis la moment avec Danny et ses acolytes, je ne suis pas friande des contacts physiques. Gracin doit s'en rendre compte, car il s'abstient de le refaire.

— Par ici, dit-il simplement, chaque fois que nous devons tourner ou passer une porte.

Je frotte la zone de mon bras que Gracin a touchée, et j'essaye de ne pas me souvenir des autres endroits où sont passées ses mains. Il me conduit dans une salle à manger intimiste, avec vue sur des jardins qui regorgent de couleurs. C'est très différent du gris glacial du Michigan. C'est drôle de réaliser que quelque chose nous manque lorsqu'on pense ne plus jamais le revoir, même si je n'aurais jamais cru que la neige me manquerait. Mais à cet instant, c'est le cas.

Sans un mot, Gracin m'invite à m'asseoir à table. Marie apporte les plats en m'adressant un sourire satisfait.

— Autre chose, maître Kingsley ? demande-t-elle à Gracin.

— Merci, ce sera tout. Veillez à ce que nous ne soyons pas dérangés.

Je me sers un steak et de la salade pendant qu'il m'observe. Après des semaines à manger de la nourriture fade, semblable à celle d'un hôpital, la simple vue de ces plats me fait saliver. Je garde la bouche pleine pour ne pas avoir à lui parler, mais cela ne le dérange pas le moins du monde. Gracin ne mange pas, mais se contente de me regarder, sans se départir de son expression curieuse.

— Pourquoi tu ne leur as rien dit? me demande-t-il une fois mon assiette terminée.

Alors que je me ressers, je regarde l'homme qui me fait face. Il a peut-être changé ses vêtements, mais pas son air brutal. Il est la violence incarnée, enveloppée dans un joli paquet-cadeau. Un danger bien poli. À la place de sa combinaison de prisonnier, c'est son costume Armani et sa Rolex qui font office d'avertissement. L'argent, c'est le pouvoir, mais, dans le cas de cet homme, c'est aussi une arme mortelle.

— Ils n'auraient fait que me tuer plus vite, lui rétorqué-je avant de prendre une bouchée.

— Certaines personnes auraient préféré une mort rapide, dit-il.

— Certaines personnes sont aussi de véritables lâches.

Gracin rit, ce qui me surprend.

— Je pense qu'on sait tous les deux que tu es loin d'être une lâche.

— Est-ce que tu vas me dire qui ils sont? Je pense que tu me dois au moins ça.

Il s'adosse à sa chaise, écarte les jambes et pose ses mains sur ses cuisses. Dans cette position, il est l'image même du surnom dont il est affublé.

— T'en dire plus que ce que tu sais déjà ne ferait que te mettre davantage en danger.

À en croire la corde, le sang et mon enfant assassiné, je dirais le contraire.

— Je préfère savoir dans quoi je suis impliquée plutôt que demeurer dans l'ignorance. En plus, il est temps que tu essayes l'honnêteté, pour changer.

CHAPITRE VINGT-TROIS

— Sal, commence Gracin. L'homme qui a engagé Terrelli et les autres...

Je pose doucement ma fourchette sur mon assiette, oubliant complètement mon repas, et lui fais signe de poursuivre. Je garde mes mains sur mes genoux pour éviter de lui montrer qu'elles tremblent. Le simple fait d'entendre le nom de cet homme déclenche un déferlement d'émotions qui me compriment la poitrine.

— Tu as rencontré son fils.

Je vois ses mains se crisper sur ses cuisses, le premier signe d'émotion que je remarque chez lui depuis que je me suis réveillée dans sa maison.

— Ah bon ?

Il acquiesce et prend une gorgée de son verre de scotch.

— Sal... Salvatore, à Blackthorne.

Je ne peux pas dire que cette connexion me surprenne.

Gracin continue, insensible à mon silence.

— On peut dire qu'il ne l'a pas très bien pris. Il n'a jamais vraiment aimé son fils, mais l'affront fait à sa famille... à son nom... Un homme comme Sal n'oublie pas ce genre de choses.

Sans toucher à son assiette, Gracin se lève et se dirige vers la fenêtre.

— Je t'ai dit que je n'étais pas un homme bien, Tessa, et je le pensais.

— En effet, tu me l'as dit.

Je prends mon verre d'eau et bois plusieurs gorgées tandis qu'il poursuit.

— Les hommes qui m'ont engagé pour tuer le fils de Sal m'ont infiltré à Blackthorne. J'ai accompli la mission pour laquelle j'ai été engagé, et je prévoyais de sortir dès que l'occasion se présenterait.

— Tu t'évades souvent de prison? demandé-je d'un ton sarcastique.

Toutefois, ma curiosité est sincère. Je sais à quel point il a été difficile de le faire sortir. Je n'imagine pas comment une personne pourrait vouloir se faire arrêter en espérant seulement pouvoir s'échapper de prison.

— Pas de prison. Mais j'ai déjà dû me sortir de situations délicates. Si tu ne m'avais pas aidé, j'aurais trouvé un autre moyen. Les ambulanciers qui m'ont emmené? C'étaient mes hommes.

Je ne veux même pas savoir comment Gracin a orchestré une telle chose, alors j'aborde un autre sujet.

— Pourquoi Sal ne t'a-t-il pas simplement fait tuer lui-même?

Gracin sourit. L'inflexion de ses lèvres me semble si familière qu'elle me fait physiquement mal.

— Ils ont essayé, tu te souviens? Je suis vraiment difficile à tuer. En plus, ils ne réussissaient pas à me trouver.

Je ne sais pas quoi répondre. Comment réagir après une telle révélation? Je me sers donc rapidement une part de la génoise que Marie a posée sur la table. Gracin continue de regarder par la fenêtre.

— Comment est-ce qu'ils ont su que j'étais à Los Angeles?

Il se retourne et fourre ses mains dans ses poches.

— Tu veux que j'émette une hypothèse? demande-t-il en me jetant un coup d'œil.

J'acquiesce.

— Parce qu'ils m'ont vu là-bas. Le fait que tu sois encore en vie leur a fait comprendre que tu comptais pour moi. Ils sont doués dans leur domaine, presque autant que moi. Alors ils savaient que s'ils te mettaient la main dessus, je ne tarderais pas à me montrer. Tu n'étais pas difficile à trouver.

À ces mots, je grimace. Dans ma bouche, la génoise se transforme en bouillie. Les médias n'ont pas été tendres à notre sujet au cours des semaines qui ont suivi l'évasion de Gracin et la mort de Vic. Ils ont inventé une liaison torride qui m'aurait poussée à aider Gracin à s'évader de prison, et à assassiner mon mari pour pouvoir m'enfuir avec lui. À partir de là, il n'a pas été difficile pour Sal de tirer des conclusions, même si elles étaient inexactes.

— Mais comment tu m'as retrouvée en Californie ? Ce n'est pas vraiment proche du Michigan.

Les mains glissées dans ses poches, dans une posture nonchalante, Gracin se retourne.

— Si tu croyais pouvoir te cacher de moi, tu te trompais lourdement. Je suis très, très doué dans mon domaine, Tessa.

— Qu'est-ce que tu fais exactement ?

J'avais peur de le découvrir, mais à présent, j'en ai assez de me dérober.

— Je suis payé pour tuer des gens, Tessa. Je suis payé très cher.

— Alors, Salvatore... C'était quoi ? Un contrat ?

— Oui.

Je remets cette question à plus tard, car mon esprit commence à s'emballer.

— Mais comment est-ce que tu m'as retrouvée ?

Avec un soupir, il agite sa main.

— Quand je suis retourné chez toi, tu étais partie. Il n'y a pas beaucoup de destinations possibles depuis le Michigan, alors j'ai pensé que tu te réfugierais dans une ville connue, en pensant que tu pourrais te fondre dans la masse.

Je déglutis péniblement en attendant la suite.

Il jette un coup d'œil à ma main, là où devrait se trouver mon alliance.

— Je savais que tu aurais besoin d'argent, alors j'ai d'abord fait le tour des prêteurs sur gages près de chez toi. Quand ça n'a pas marché, j'ai commencé par Détroit. Ça m'a pris quelques jours, mais j'ai fini par trouver où tu avais vendu tes bagues. Au fait, tu t'es fait avoir sur ce coup-là.

L'enfoiré.

— Et ils t'ont donné mes coordonnées comme ça? Aussi simplement?

— On peut acheter tout le monde, dit-il en haussant un sourcil. Il suffit de trouver le bon prix. De là, j'ai vérifié les moyens de transport les plus proches. Les bus, bien sûr. Sur la centaine de destinations possibles, j'en ai retenu que trois : New York, Dallas et Los Angeles. Je me suis dit que tu étais partie le plus loin possible. J'avais raison.

— La police? Pourquoi ils ne te recherchent pas? Pourquoi ils ne nous cherchent pas? Tu les as aussi soudoyés?

À ce stade, ça ne m'étonnerait pas.

— Je travaille et fais des affaires sous un pseudonyme. Gracin Kingsley est mon vrai nom, un nom dont le parcours peut être vérifié si besoin, mais ce nom ne mènera pas les autorités jusqu'ici. Je suis propriétaire de cet endroit et de plusieurs autres, sous le nom que j'utilise pour faire des affaires.

J'ai la tête qui tourne.

— Et moi? Pourquoi tu m'as fait un truc pareil?

Il marque une pause, la première depuis le début de mon petit interrogatoire.

— J'avais besoin d'aide pour m'évader.

— Je n'étais qu'un dommage collatéral, c'est ce que tu veux dire.

Furieuse contre moi-même, je hoche la tête. La confirmation de ce que je savais déjà me donne envie de me remettre à pleurer.

— Je suppose que je le savais déjà.

Il ne s'excuse pas. Peut-être sait-il que cela ne servirait à rien.

— Tu peux rester ici jusqu'à ce que je stabilise la situation avec Sal. Je te procurerai tout ce dont tu as besoin. Tout ce que tu désires, dit-il.

— Je veux partir.

Il soupire.

— C'est la seule chose que je ne peux pas te permettre. Ils me recherchent toujours, et te laisser partir maintenant te mettrait à nouveau en danger. En revanche, tu es libre d'explorer la propriété.

— Qu'est-ce que ça peut te faire si je suis en danger ?

Il se contente de me regarder de ses yeux d'un vert électrique, où je vois brûler tous les mots qu'il refuse de prononcer. Quand je comprends qu'il ne répondra pas, je dis :

— Alors je suppose qu'on en a fini, n'est-ce pas ?

Gracin commence à s'éloigner, mais je l'interpelle.

— Tu n'es pas mieux que Vic ! Tu m'enfermes, tu penses savoir ce qui est le mieux pour moi, tu me tyrannises et tu me manipules. Tu m'as dit que je méritais mieux. Je suppose que tu disais plutôt que je devrais échanger une prison pour une autre.

Au lieu de répondre, il sort de la salle à manger.

Marie apparaît pour me reconduire à ma chambre.

Les portes sont verrouillées en permanence. Avec une maison de cette taille, on pourrait penser que quelqu'un finirait par oublier d'en fermer une... ou au moins finirait par laisser une fenêtre entrouverte. Mais non. Gracin a dû bien former son personnel, car, au cours de la semaine suivante, je cherche en vain des points faibles chez chacun.

Bien que je sois autorisée à sortir pour prendre l'air ou profiter du soleil, c'est uniquement pour me rendre dans les jardins à l'arrière de la propriété, qui est entourée d'un mur dont l'unique portail est fermé à clé. Il est impossible de l'escalader, à moins de risquer de se faire lacérer par les barbelés. Cela me rappelle un peu Blackthorne.

Au terme de la semaine, je pense avoir fouillé tout le domaine et inspecté toutes les pièces qui ne sont pas fermées à clé. S'il existe une trace permettant de découvrir qui est Gracin derrière tous les masques qu'il porte, je ne l'ai pas trouvée.

En revanche, je tombe sur des bibliothèques – il n'y en a pas qu'une seule –, une véranda vitrée et une piscine intérieure. Si je n'étais pas suivie jour et nuit par l'un des hommes de Gracin, je me croirais en vacances. Les rares fois où je ne suis pas surveillée par quelqu'un, je sais qu'une caméra suit chacun de mes mouvements. Parfois, je fais un doigt d'honneur, juste parce que je sais que Gracin me regarde.

Je débute toutes mes journées en prenant un petit-déjeuner dans la véranda sud. Le menu varie, mais il est toujours servi à sept heures. Café fumant, fruits frais et saucisses épicées ou bacon croustillant avec des œufs. Après avoir mangé, je vais dans ma chambre pour enfiler un maillot de bain, qui est apparu le lendemain du jour où j'ai découvert la piscine, et je vais nager jusqu'à m'en engourdir les membres et m'embrouiller le cerveau. Si je n'étais pas aussi nerveuse tout le temps, j'explorerais la bibliothèque, mais je n'arrive plus à rester en place, alors lorsque je me sens d'attaque, je fais quelques exercices dans la salle de sport, ou je me balade dans le manoir jusqu'à l'heure du dîner.

Parfois, Gracin m'accompagne, mais d'autres fois, non. Nos conversations ne dépassent jamais le cadre de mes activités de la journée, et ne durent jamais longtemps, car je donne des réponses expéditives à toutes ses questions. Il a de la chance que je ne me sois pas servie de l'argenterie pour lui planter un couteau dans la gorge. C'est peut-être pour cela qu'il mange en face de moi, à l'autre bout de la table.

Je ne veux pas lui demander pourquoi il m'a sauvée ce jour-là. Sinon, je crains de le tuer au lieu de m'imaginer le faire.

Je ne sais pas ce que cela signifierait si je tuais quelqu'un de sang-froid. C'est un mensonge. Cela signifierait que je ne vaux pas mieux que Gracin.

Le week-end suivant, alors que j'explore les pièces du premier étage, je tombe sur une autre porte verrouillée. En regardant autour de moi, je constate avec surprise que l'homme qui me file a disparu, et qu'aucune caméra n'est braquée dans ma direction. Intriguée, je me retourne vers la porte. Celle-ci est différente des autres, mais je ne saurais dire pourquoi. Peut-être est-ce le fait de ne pas être surveillée, comme si Gracin préférait ne garder aucune trace des allées et venues dans cette pièce, ou peut-être est-ce une intuition. Quoi qu'il en soit, je sais que cet endroit est spécial. Je sais que cette pièce lui est réservée, tout comme je sais que je vais l'ouvrir, quelles qu'en soient les conséquences. Par chance uniquement, je parviens à l'ouvrir à l'aide de mes épingles à cheveux et d'un coup d'épaule dans la porte.

Dès que je franchis le seuil, je suis assaillie par son odeur et je manque de trébucher en arrière. C'est la seule chose contre laquelle je suis impuissante quand je suis près de lui, et l'idée ne fait que renforcer la haine que je ressens à son égard. Le fait qu'il puisse encore, après tout ce qui s'est passé, susciter du désir en moi sans même bouger le petit doigt, m'exaspère.

Sa chambre est immense, peut-être deux fois plus grande que celle qui m'a été attribuée. Le lit est installé en face de moi, avec une élégante table de chevet de chaque côté, chacune surmontée d'une lampe de style contemporain. Une longue commode se trouve à ma gauche, avec un grand miroir fixé au-dessus. De l'autre côté, il y a un écran plat accroché au mur.

Je commence par les tiroirs, car il est évident que c'est là qu'il pourrait conserver tous ses secrets. C'est sans doute pour cette raison qu'ils ne contiennent que des trucs inutiles : des bouts de papier, de la monnaie, des cartes de visite pour des entreprises d'aménagement paysager, etc. Dégoûtée, je les referme, puis je passe à la commode dont je fouille chaque tiroir. Je m'arrête même une fois pour porter un t-shirt blanc à mon nez. Furieuse contre moi-même, je le jette dans le tiroir, que je referme brusquement.

Je m'attaque ensuite à son placard, mais je reste bouche bée devant les étagères remplies de vêtements méticuleusement rangés. Les souvenirs de Gracin sont tellement associés aux moments que nous avons passés ensemble à Blackthorne que le raffinement devant mes yeux me semble irréel. Les tiroirs et les étagères du placard ne contiennent que des ceintures, des boutons de manchette et des chaussures. En fouillant sa salle de bain, je commence à penser que je ne trouverai rien après tout. J'ouvre tiroir après tiroir, jusqu'à ce qu'un objet attire mon attention. Stupéfaite, je le prends et j'ai du mal à croire ce que je vois.

C'est ma carte professionnelle de Blackthorne. Celle qu'il a lue le jour de notre rencontre. Il l'a probablement conservée comme trophée lorsqu'il s'est enfui, ce salaud. Je laisse la carte là où je l'ai trouvée. Le souvenir de mes actes l'excite peut-être, mais cela me donne la nausée. J'ai été tellement, mais tellement stupide.

Je remets tout à sa place et vérifie deux fois si tout est bien comme je l'ai trouvé. Normalement, je me sentirais coupable d'avoir violé la vie privée de quelqu'un d'autre, mais, en ce qui me concerne, Gracin n'aurait pas dû m'enfermer dans sa maison s'il ne voulait pas que je fouille dans ses affaires.

— Tu as trouvé ce que tu cherchais ? demande-t-il depuis l'embrasure de la porte.

Il ne semble pas contrarié, mais, vu le sang-froid impressionnant dont il a fait preuve ces dernières semaines, je ne saurais dire s'il l'est. Toutefois, je m'en fiche.

— Je ne cherchais rien de particulier.

— Ah bon ? rétorque-t-il.

Je lève les yeux au ciel et m'apprête à le contourner, mais il bloque le passage. Mon cœur s'emballe.

— Qu'est-ce que tu fais ?

— Je veux juste parler, dit-il.

— Pas moi. Je pense qu'on a assez parlé l'autre jour. Tu t'es bien fait comprendre.

Il me coince en passant un bras autour de ma taille et se place devant moi.

— Je ne pense pas, dit-il en me faisant reculer pour pouvoir fermer la porte derrière lui.

Le bruit du verrou retentit dans ma tête.

— Laisse-moi sortir.

— Non.

Tout simplement ? Juste « non » ?

— Gracin, dis-je.

Il s'immobilise. Je me souviens de ce qui s'est passé la dernière fois que j'ai prononcé son prénom. Ce qu'il m'a fait sous prétexte qu'il aimait ça. Mais cela ne se reproduira pas.

— Tu ne peux pas me garder ici éternellement.

— Je peux, répond-il. Et je le ferai.

— Pourquoi ? demandé-je en levant rageusement les mains. Tu as obtenu ce que tu voulais. Tu es sorti de prison. Tu vas t'occuper de Salvatore, et pour ça, tu n'as pas besoin de mon aide. Tu n'as rien à gagner à me garder ici.

Je sens le bras autour de ma taille se resserrer, et l'instant d'après, Gracin se retrouve au-dessus de moi après m'avoir plaquée sur le lit. Je me fige, submergée par un tumulte d'émotions et de souvenirs, qui ne sont pas les bienvenus.

— Si tu ne veux pas recevoir un coup de genou dans les couilles, tu devrais me laisser me relever immédiatement, dis-je en m'efforçant de rester calme.

Avec ses bras, Gracin encadre ma tête, puis rapproche sa bouche de ma gorge. Je sens son cœur battre contre le mien, et son souffle chaud effleurer ma peau. Alors qu'il cherche une position confortable contre moi, je réalise que c'est le premier contact humain que j'ai depuis... depuis tout ce qui s'est passé. Et même si je déteste cet homme, même s'il est à l'origine de toute cette situation, ma volonté vacille et je l'entoure de mes bras.

Et je me déteste pour cela.

Peut-être même plus que je le déteste.

Qu'est-ce qui est brisé en moi au point que je cherche l'amour aux pires endroits ? Est-ce un comportement inné chez moi ou est-ce le résultat de la négligence de mes parents ? Suis-je à ce point détraquée que je suis prête à accepter l'affection de n'importe qui, même si cette dernière provient de la pire personne possible ?

Gracin se laisse tomber sur le côté et m'enlace, m'entraînant avec lui jusqu'à ce que je sois collée contre son flanc.

— Ça ne veut pas dire que je ne veux pas te tuer, dis-je dans son cou.

— Je sais, répond-il solennellement. Je te laisserai me tuer plus tard, laisse-moi juste te serrer dans mes bras.

Ses paroles me hérissent le poil, mais ma colère manque de conviction. Mon corps a plus besoin de réconfort que je ne le pensais. Mon cœur meurtri fait un bond lorsque Gracin me caresse les cheveux et le dos, puis pose sa main sur ma hanche. Les larmes me montent aux yeux, mais je les ignore et me blottis contre lui, contre son corps qui me sert de refuge.

— Aide-moi à oublier, murmuré-je.

Ma langue darde pour goûter la peau familière de son cou.

— Si tu veux me retenir ici, et me serrer dans tes bras, alors aide-moi à effacer tout le reste de ma tête.

Gracin ne dit rien, mais il fait ce que je lui demande. Sa bouche trouve la mienne, il écarte mes jambes d'une main, et trouve mon clitoris avec une précision infaillible. Je me cambre pour aller à la rencontre de ses caresses, et après quelques minutes, je m'accroche à ses bras et bataille avec la violente réaction de mon corps.

— Ne lutte pas, dit-il contre mes lèvres. Laisse-moi te donner ce que tu veux.

Je saisis son avant-bras dans l'espoir de l'éloigner, incapable de supporter plus longtemps ce mélange de plaisir et de souffrance, mais Gracin se contente d'attraper mes poignets, de les maintenir contre le lit et de glisser sa main sous ma ceinture pour toucher ma peau. C'est de cette intimité dont j'ai besoin, et après une seule caresse, je jouis spontanément. Tous mes muscles se contractent simultanément.

Ceux de Gracin tremblent, parce qu'il se retient ; il me serre contre lui.

— C'est ça, chérie, dit-il contre mes cheveux.

Un peu plus tard, alors que je suis étendue dans ses bras, je me surprends à penser à la vie que j'ai perdue. À imaginer à quoi mon existence aurait pu ressembler si Gracin avait été normal, et si je n'avais pas été si faible. Nous deux, avec un petit garçon ou une petite fille. Avec une vie sexuelle épanouie et des dîners où les conversations ne tournent pas autour d'histoires de meurtre ou de vengeance.

— À quoi est-ce que tu penses ? me demande-t-il d'une voix endormie.

— Je me demande pourquoi certaines personnes ont de la chance et d'autres pas.

Quand je le sens poser ses lèvres sur ma joue, je soupire. Ce moment en sa compagnie n'est qu'un sursis. Demain, la vie reprendra son cours normal, et je pourrai à nouveau le détester.

CHAPITRE VINGT-QUATRE

Je me réveille dans ma chambre et ne sais pas ce que je dois en penser. Je décide donc d'ignorer la chose. Je dois partir d'ici avant de souffrir du syndrome de Stockholm ou d'autre chose. Sous couvert de ma routine quotidienne, je m'efforce de trouver un moyen de m'échapper avec plus de détermination.

Ne pas avoir gravement blessé Gracin alors que j'étais si proche de lui a été la goutte d'eau qui a fait déborder le vase. Cet homme est magnétique, et si je veux éviter d'être à nouveau aspirée dans son vortex, je dois faire tout mon possible pour me sauver dans la direction opposée.

J'enfile une simple tenue de yoga que je trouve dans mon placard, et je me brosse les dents tout en réfléchissant à mon plan. Je pense que ma meilleure option est de me diriger vers l'une des ailes les moins surveillées, ce qui élimine la cuisine et les garages, situés dans l'aile sud. Je peux casser une fenêtre ou forcer une porte, puis trouver un moyen de franchir le mur.

Dans la salle à manger, Marie m'accueille avec un plateau garni de mon petit-déjeuner et, heureusement, elle se passe de toute remarque.

Pour ne pas attirer l'attention, je respecte ma routine. Petit-déjeuner, natation, puis bibliothèque. Quand j'ai terminé, il est déjà treize heures. Les bibliothèques sont les seuls endroits de la maison que je n'ai pas explorés autant que je le voudrais, car l'excès de calme me rend morose.

Je choisis la plus grande des trois, que j'aurais trouvée magnifique dans une autre vie, et dans d'autres circonstances. Que ce soit à gauche ou à droite, les étagères sont remplies de livres de toutes formes et de toutes tailles. Au milieu, un grand tapis, des fauteuils club et un canapé dont l'assise profonde incitent les visiteurs à s'y installer et à s'y détendre pour lire un bon livre. Le long du mur du fond, des baies vitrées allant du sol au plafond donnent sur le côté du jardin.

J'ignore les livres et me dirige directement vers les fenêtres. Elles sont plus anciennes que celles du reste de la maison. Peut-être n'ont-elles pas encore été équipées d'un système de sécurité, même si cela semble peu probable. J'examine les charnières et remarque que certaines sont rouillées. Je réussirais peut-être à en ouvrir une de force.

— Tu veux partir si vite ?

Je me retourne et découvre Gracin derrière moi.

— Qu'est-ce que tu fais là ? balbutié-je.

Il hausse un sourcil.

— Je vis ici.

— Je pensais que tu ne rentrerais pas avant le dîner.

— Après hier, je pressentais que tu essayerais de partir.

— Je devrais pouvoir partir quand je le souhaite, rétorqué-je d'un air de défi, les yeux brillants.

— Pas tant que Sal te cherche. Pas tant qu'il me cherche.

— Il ne sait pas où tu habites ? Qu'est-ce qui l'empêche de débarquer ici à tout moment et de nous étriper comme des lapins ?

— Personne ne connaît cet endroit.

— Personne ?

— Je ne crie pas vraiment où j'habite sur les toits, Tessa.

Je me sens vulnérable et susceptible après avoir laissé Gracin se rapprocher de moi, tant sur le plan émotionnel que sur le plan physique.

— Pourquoi m'avoir amenée ici ? demandé-je. Pourquoi ne pas

l'avoir laissé en finir et me tuer ? Ça t'aurait évité bien des tracas, et ça lui aurait épargné cette peine.

Il m'observe un moment avant de poursuivre.

— Qu'est-ce qui te fait croire que je veux ta mort ?

Je me mets à rire d'une voix dénuée de joie et d'enthousiasme.

— Oh, je ne sais pas. Peut-être parce que je t'ai vu tuer un homme et que tu m'as forcée à te faire sortir de prison avant de coucher avec moi alors que le cadavre de mon mari gisait dans la pièce d'à côté. Et ce n'est pas tout...

En colère, je continue.

— ... maintenant, je suis prisonnière dans ta maison et tu refuses de me laisser partir.

Haletante, je m'interromps. Est-ce raisonnable de continuer ? Toutefois, ces paroles inévitables et accablantes ne cessent de sortir de ma bouche.

— Lorsque j'ai découvert que j'étais enceinte, j'ai pensé que c'était la meilleure chose qui me soit arrivée. J'ai pensé que c'était une lueur d'espoir dans la vie de merde que je menais. Je me fichais de savoir que c'était le tien, de savoir que je serais une mère célibataire en cavale. Pour une fois, j'avais quelque chose de parfait et de pur dans ma vie. Et on me l'a enlevé ! À cause de toi ! J'aurais préféré que tu me laisses mourir. Je ne sais pas si je pourrai te pardonner tout ce qui s'est passé.

— Je ne m'attends pas à ce que tu me pardonnes, répond-il, en haussant les épaules et en détournant les yeux.

— Qu'est-ce que tu veux de moi ?

— Je veux être certain que Sal est mort et qu'il n'y aura pas de représailles contre toi. Une fois que je serai sûr que tu es en sécurité, je te laisserai partir.

Cette pensée devrait me remplir d'une joie indescriptible, mais au contraire, je suis plus troublée que jamais.

— C'est ce que tu fais chaque jour ? Tu le cherches ?

Gracin se dirige vers la fenêtre et appuie son avant-bras sur le rebord.

— Oui. Il s'est caché parce qu'il sait que je le cherche, et il planifie probablement son prochain coup.

Après cela, Gracin reste silencieux, ce qui me donne la possibilité de le regarder, tout en réfléchissant à ses paroles. Aujourd'hui, il porte un jean et une chemise blanche, dont les manches sont suffisamment retroussées pour laisser apparaître le tatouage qui recouvre son avant-bras droit.

Je suis des yeux le motif sombre sous le tissu presque transparent de sa chemise. Ma bouche s'assèche alors qu'une vague de désir intense me submerge lorsque j'aperçois les contours de deux anneaux métalliques au niveau de ses tétons. Quand a-t-il eu le temps de se faire percer?

Je me détourne pour ne pas lui montrer à quel point j'ai envie de lui ordonner d'enlever sa chemise afin de les voir. Malgré tout ce qu'il a enduré, mon corps réagit encore à la présence de Gracin. C'est primitif, instinctif. Tout comme je suis incapable de m'arrêter de respirer, je suis incapable de résister au désir qu'il suscite. Quand est-il devenu aussi essentiel que l'oxygène à ma vie? Concilier le désir que je ressens pour lui avec ce qu'il a fait... Je ne sais pas si c'est possible.

Quand les pieds de Gracin apparaissent dans mon champ de vision, je lève les yeux et le vois devant moi.

— Viens avec moi, dit-il.

Je fronce les sourcils alors qu'il quitte la pièce. Je me dépêche de le suivre, désireuse de ne pas me faire distancer.

— Où est-ce qu'on va?

— Je t'expliquerai quand on y sera, me répond-il.

Il me conduit vers une porte qui a toujours été verrouillée lorsque j'ai essayé d'actionner la poignée. Gracin l'ouvre pour moi et me laisse passer. Je réalise alors pourquoi je n'ai jamais osé la forcer en voyant la multitude d'écrans disposés le long des deux murs, avec de larges bureaux devant. Deux des hommes de Gracin sont assis sur des chaises à roulettes et lèvent les yeux à notre arrivée.

— Tu veux partir d'ici? Alors, tu ferais mieux d'écouter attentivement, dit Gracin. Écoute bien. Tu veux obtenir quelque chose de moi? Moi aussi, je veux obtenir quelque chose de toi.

— Qu'est-ce que c'est, bon sang? dis-je d'une voix sifflante. Tu m'as enfermée comme un animal de compagnie. Qu'est-ce que tu veux de plus ?

— Embrasse-moi, Tessa, répond Gracin. Un baiser, et tu pourras m'accompagner pour traquer les hommes qui t'ont fait du mal.

— C'est ridicule ! Sûrement pas ! Tu n'as pas déjà eu ta dose ?

Gracin fait signe à un homme derrière moi, après quoi les gardes du corps dont j'avais oublié la présence s'approchent. L'un de ces gros costauds m'attrape les bras, si bien que je ne peux aller nulle part. J'ai envie de hurler de frustration.

— Très bien ! Très bien ! Un seul. Je suis sérieuse, Gracin. Un seul baiser et rien d'autre. Sinon, je te jure que je te tuerai et personne ne pourra retrouver ton corps.

— Ne me tente pas, dit-il en faisant signe aux gardes du corps, qui s'éloignent.

Gracin traverse la pièce tandis que ses employés ferment la porte derrière eux, pour nous laisser seuls dans ce petit espace.

— Bon, finissons-en, dis-je.

— Tellement impatiente.

— Arrête de bavarder et concentre-toi.

Gracin rit et glisse ses mains sous mes cheveux. À l'aide de ses pouces, il m'incite à lever la tête, et je lui jette un regard furieux en voyant son visage s'approcher.

— C'est si dur que ça ?

En réalité, non. Ça ne l'est pas. Et c'est ce qui me met à ce point en colère. Je n'ai pas le temps de répondre, car Gracin pose ses lèvres sur les miennes. À son contact, toute pensée rationnelle s'envole, comme des graines de pissenlit au cœur d'une tempête.

CHAPITRE VINGT-CINQ

Je m'agrippe au bureau derrière moi, car, si je n'occupe pas mes mains, elles chercheront déjà à toucher une partie du corps de Gracin. Elles se baladeront sur ses épaules et se glisseront dans ses cheveux. Gracin, par contre, ne se gêne pas pour me toucher. Ses mains se posent sur mes épaules avant de descendre au niveau de mon décolleté, puis le long de mes bras, ce qui me donne la chair de poule. Ses mains remontent ensuite sur mon ventre, où elles parcourent mes côtes et se contentent de frôler le bas de mon soutien-gorge.

Pendant que ses mains explorent mon corps, sa bouche détruit les murs que j'avais soigneusement érigés depuis que je les ai abandonnés, lui et mon mari décédé. Une fois mes limites atteintes, je lâche le bureau et repousse Gracin.

— C'est bon, dis-je, un peu plus essoufflée que je ne le souhaiterais. Ça suffit. J'ai respecté ma part du marché. Maintenant, respecte la tienne.

Gracin recule, et je dois détourner le regard de ses lèvres roses et brillantes pour éviter de les ramener vers les miennes.

— En effet, m'accorde-t-il d'un air un peu étourdi, avant de prendre un trousseau de clés sur l'un des crochets situés près de la porte. Par ici.

— Où est-ce qu'on va exactement ?

— D'après les informations que j'ai recueillies, Danny et ses amis aiment se retrouver dans un bar situé à quelques kilomètres d'ici. Avec un peu de chance, ils y seront, et on pourra les suivre jusqu'à Sal.

— Est-ce que je peux… ?

— Non.

— Tu ne m'as même pas laissé finir ma phrase.

— Parce que le chaos te suit à la trace. Tu vas rester tranquille, te mettre derrière moi et faire exactement ce que je te dis. Compris ?

Je râle, mais je ne discute pas. La perspective de pouvoir retrouver Danny suffit à me faire taire.

— Tu sais, si je ne te connaissais pas mieux, je pourrais avoir l'impression que l'idée t'excite, dit Gracin.

Je fais abstraction de son ton taquin.

— Je croyais que tu les avais tués. Je veux dire, avant notre départ.

— Malheureusement, non, répond-il avant de m'accorder un bref regard. Ma priorité, c'était de te faire sortir.

Je suis sous le choc. Gracin vient d'admettre qu'il était inquiet pour moi. Je garde cette information dans un coin de ma tête, et marche à ses côtés en silence. Le petit couloir qui relie la salle de sécurité à l'extérieur débouche sur un garage pouvant accueillir six voitures. Ce n'est pas le même que celui que j'ai découvert la semaine dernière. Je mentirais si je disais ne pas être stupéfaite. Même si je vis dans la maison de Gracin au milieu de ses domes-tiques, de ses cuisiniers, de ses assistants et de ses gardes du corps, ce rappel de sa fortune est sidérant. Chaque emplacement du garage est occupé par un véhicule. Sur le premier, il y a un camion noir, qui semble pratique et très fonctionnel. À côté se trouve un SUV de la même couleur, très épuré, presque semblable à ceux que doivent utiliser les services secrets américains. Je n'ose pas lui demander comment il se l'est procuré. Les quatre places suivantes sont occupées par des voitures de sport haut de gamme de diffé-rentes couleurs et marques.

— Bon sang ! murmuré-je.

J'entends des clés tinter dans mon dos et me retourne vers Gracin qui m'observe.

— On prend celui-là, dit-il en désignant le SUV.

Je dois déglutir pour soulager ma gorge sèche.

— D'accord.

— Je ne crois pas t'avoir déjà vue autant à court de mots, dit-il en riant. Tu as perdu ta langue ?

Je me force à avancer les jambes, et je grimpe sur le siège passager, tandis que Gracin se glisse à côté de moi.

— Je ne suis pas à court de mots... Je suis juste curieuse. Comment est-ce que tu peux te permettre tout ça ? À moins que ce soit un sujet interdit ?

Gracin démarre la voiture, dont le moteur rugit, et il fait une manœuvre pour sortir du garage. J'attends qu'il recule, puis enclenche la marche avant.

— Il n'y a pas grand-chose qui soit interdit pour toi, Tessa. Il suffit de poser la question.

— Alors, dis-moi. Comment ça se fait que tu possèdes un manoir et une tonne de voitures ? Tu as travaillé pour... quelqu'un qui t'a demandé de tuer Salvatore, mais à quel titre ? Pourquoi ?

Ce sont des questions que je me pose au sujet de Gracin depuis notre rencontre, et, comme il est d'humeur bavarde, et que nous avons le temps, j'aimerais en savoir plus.

Le temps qu'il mette de l'ordre dans ses idées, je profite du paysage et baisse ma vitre pour laisser la brise fraîche de l'après-midi me caresser le visage. J'ai eu le droit d'aller dans les jardins, mais leur beauté était altérée par le fait de rester confinée à leurs limites.

— J'accepte des contrats pour plusieurs organisations fantômes, dit-il.

En reportant mon attention sur lui, je déglutis bruyamment.

— Des contrats ? répété-je, d'une voix à peine plus haute qu'un murmure.

Gracin acquiesce d'un rapide mouvement de tête. Il a mis des lunettes de soleil, je ne peux donc pas voir son expression derrière ses verres teintés.

— Oui, Tessa, comme je te l'ai déjà dit.

Je suis bouche bée devant son aveu, mais je lui fais signe de continuer, consciente qu'il pourrait se refermer comme une huître.

Quand Gracin s'engage sur une autoroute, je réalise que je ne sais même plus dans quel État nous sommes. J'étais tellement sous le choc après l'entrepôt que je n'ai pas pensé à le lui demander. Le paysage me fait penser au désert californien, mais nous sommes au milieu de nulle part. Nous pourrions être dans le Nevada ou en Arizona, pour autant que je sache.

— Quand j'étais plus jeune, j'ai eu de mauvaises fréquentations et j'ai acquis une certaine réputation en matière de résolution de problèmes.

— Est-ce que c'est judicieux de me raconter ce genre de choses ?

— Je peux te raconter tout ce que je veux. Les gens pour qui je travaille me payent parce que je suis le meilleur dans mon domaine.

Je m'humecte les lèvres avant de répondre.

— Ça n'a rien de rassurant.

Il hausse les épaules et se rabat sur la voie de gauche.

— Ce n'est pas si terrible. La vie avec ma famille était pourrie, et je n'avais rien de mieux à faire. J'avais les compétences qu'ils recherchaient, et ils m'ont longuement formé pour rendre ces compétences encore plus redoutables.

J'essaye d'imaginer Gracin sous les traits d'une machine à tuer perfectionnée, et je suis stupéfaite de constater que cette image n'est pas aussi éloignée de la réalité que je le pensais. Après tout, il a réussi à s'intégrer au milieu carcéral et à se faire passer pour un malfrat de manière si convaincante qu'il a trompé tout le monde. J'ignorais que cet homme se dissimulait juste sous la surface. Bien sûr, je me doutais qu'il cachait quelque chose, mais jamais je n'ai imaginé cela.

— Ça fait trop pour toi ? demande-t-il à la vue de mon expression.

Je m'éclaircis la gorge.

— Non, pas du tout. C'est juste que je me rends compte que je ne te connais pas aussi bien que je le pensais.

Il pose un doigt sous mon menton pour le relever.

— Tu me connais mieux que n'importe qui, petite souris.

Cette déclaration en dit probablement bien plus long qu'il ne le souhaitait, et je déteste avoir de la peine pour lui. Je le connais très peu, alors si je le connais mieux que quiconque, cela signifie qu'il n'a quasiment personne dans sa vie. Il n'a pas besoin, ne veut pas et ne mérite pas ma pitié.

— Je ne savais pas tout ça, dis-je simplement.

Il hausse les épaules.

— C'est le passé.

— Oui, mais j'ai l'impression que tu sais tout de moi.

Il m'adresse un sourire, que je ne lui rends pas.

— Très bien. C'est seulement si tu réponds à l'une de mes questions en échange. Tu te souviens ?

Je fronce les sourcils, ce qui le fait rire.

— D'accord. Qu'est-ce que tu veux savoir ? Je te promets que ce ne sera pas aussi passionnant que les secrets entourant ton passé.

— Tout ce qui te concerne m'intéresse, Tessa, dit-il en me regardant droit dans les yeux. Mais commençons par quelque chose de facile. Pourquoi est-ce que tu es devenue infirmière ?

Je pousse un profond soupir et esquisse un petit sourire.

— Je suppose que c'était pour éviter de devenir comme mes parents. C'étaient deux bons à rien qui touchaient le salaire minimum et n'avaient aucune perspective d'avenir. Le métier d'infirmière m'a toujours semblé être un travail durable et bien rémunéré. Une activité respectable.

— Pourquoi en prison ?

— Eh bien, il n'y a pas beaucoup d'opportunités d'emploi dans cette partie du Michigan, dis-je en riant. Tu ne l'avais pas remarqué ? Au début, ça ne devait être que temporaire, jusqu'à ce que j'aie assez d'argent pour déménager en ville, ou dans une région plus chaude. Puis j'ai rencontré Vic, et tu connais la suite.

— Comment étaient tes parents ?

— C'est ce que tu veux savoir ? rétorqué-je d'une voix maussade. Notre histoire n'a rien de gai.

— Dans la réalité, elles ne le sont presque jamais. Oui, c'est ce que je veux savoir.

— D'accord, mais tu dois d'abord répondre à une de mes questions.

Gracin hoche la tête.

— Tu as mentionné que tu avais eu beaucoup d'ennuis quand tu étais plus jeune. Pourquoi?

— Tu sais déjà pourquoi. Mon père était un alcoolique violent, et ma mère était plus préoccupée par sa prochaine dose que par l'éducation de son fils.

Automatiquement, je tends la main pour le toucher, parce que j'en ai besoin, parce que je veux le réconforter. En ayant grandi au sein d'une famille similaire, je n'ai pas besoin d'imaginer à quoi ressemblait son quotidien, je le sais déjà.

Je ne sais peut-être pas exactement ce que nous faisons, ni pourquoi je suis incapable de prendre mes distances, mais Gracin ne m'a pas menti quand il m'a parlé de ses parents. Si j'en ai douté à l'époque, je n'en doute plus aujourd'hui.

— Je suis désolée.

— C'est comme ça, répond-il en haussant les épaules.

— Je pense avoir droit à une autre question, car tu en as posé plusieurs d'un coup.

— D'accord.

— Qu'est-ce qui est arrivé à tes parents? Est-ce qu'ils sont encore en vie?

Je retiens presque mon souffle. Réussir à faire parler Gracin, à le faire s'ouvrir ainsi, ça me semble être une occasion rêvée que je ne veux pas gâcher.

— Non, ils ne sont plus en vie.

Je ne devrais pas, mais je pose quand même la question.

— Qu'est-ce qui leur est arrivé?

Gracin me regarde, retire ses lunettes et se passe une main sur le visage.

— Tu es sûre de vouloir savoir ces choses?

Je réfléchis un instant, mais c'est bref.

— Oui. Après ce qui s'est passé dans le Michigan, mon opinion de toi ne pourrait franchement pas être pire. Donc, ce n'est pas comme si tu risquais de gâcher cette première impression.

Sur le coup, je pense l'avoir insulté, mais il sourit.

— Je suppose que tu as raison, mais n'oublie pas que c'est toi qui as posé la question.

Tout en gardant sa main gauche au sommet du volant, Gracin pose son coude droit sur la console centrale entre nous. Pendant qu'il parle, je contemple ses bras et ses tatouages. Je coince mes mains entre mes jambes pour m'empêcher de le toucher, ou de l'attirer vers moi.

— Comme je l'ai dit, mon père aimait bien se saouler, et il adorait jouer aux cartes. Il se bourrait la gueule et claquait tout l'argent qu'il avait sur lui. Parfois même plus. Quand il gagnait, il gagnait gros, et tout allait bien pendant un certain temps. S'il ne dépensait pas ses gains pour acheter de l'alcool et faire des paris foireux, ma mère le volait pour alimenter sa dépendance à la méthamphétamine. Quand ils étaient tous les deux à sec, elle vendait son corps pour trouver l'argent qui lui permettrait de s'acheter sa prochaine dose.

Je ne me rends pas compte que je retiens mon souffle avant de voir danser des taches blanches devant mes yeux. Lentement, pour que Gracin ne s'en aperçoive pas, j'expire et inspire de l'air frais.

— Quand j'avais dix ans, mon père a presque battu ma mère à mort, mais elle s'en est suffisamment remise pour sortir de chez nous et faire une overdose.

Cette confession me laisse sans voix, car je me souviens du regard qu'il m'a lancé le jour où il a vu les hématomes sur mes bras pour la première fois. A-t-il reconnu sa mère en moi ? Est-ce pour cela qu'il m'a choisie parmi toutes les infirmières pour l'aider à s'échapper ?

Je m'éclaircis la gorge.

— Et ton père ?

— Il est parti pendant un certain temps. Je suis allé vivre avec ma grand-mère, qui n'était guère mieux qu'eux.

Les yeux brillants et pleins de malice, Gracin me regarde.

— À ton tour. Dis-moi quelque chose que personne ne sait.

Je dois réfléchir à ma réponse, et ce faisant, je me mets à parler sans le réaliser.

— Vic m'a mise enceinte l'année dernière. Il ne l'a pas su, parce que j'avais peur de lui en parler. Il ne voulait pas d'enfants, ou du moins c'est l'impression qu'il me donnait, alors j'attendais le bon moment pour le lui dire.

Lorsqu'une larme coule sur ma joue, je l'essuie.

— Je n'en ai pas eu l'occasion. J'ai fait quelque chose… Je ne me souviens plus quoi, mais ça l'a tellement énervé qu'il m'a battue. La grossesse n'était pas très avancée, mais le bébé n'a pas survécu. Je ne lui ai rien dit, car il ne méritait pas de le savoir. À mes yeux, il ne méritait pas d'être le père de cet enfant.

Quand je lève les yeux, je constate que le SUV ne bouge plus. Gracin s'est garé sur le bas-côté. Après un dernier balancement, le véhicule s'immobilise.

— Qu'est-ce que tu fais ? lui demandé-je alors qu'il détache sa ceinture.

Il détache également la mienne et m'attire sur ses genoux, par-dessus la console centrale.

— Ce que j'aurais dû faire depuis longtemps, répond-il en m'enlaçant. Ce n'était pas de ta faute. C'était la mienne, et je te promets de faire tout mon possible pour me rattraper.

Il me serre longuement dans ses bras. Jusqu'à ce que mes larmes se tarissent et que mes émotions se stabilisent.

— La seule façon de te rattraper, c'est de t'assurer qu'ils payent pour ce qu'ils ont fait.

Son regard sonde le mien, puis Gracin hoche la tête.

— Ils payeront.

CHAPITRE VINGT-SIX

Le bar où nous nous arrêtons une heure plus tard ressemble à tous les autres. Il fait davantage songer à une bicoque qu'à un véritable établissement commercial, mais la douzaine de voitures garées sur le parking, et la musique qui retentit par les fenêtres ouvertes, indiquent qu'il n'est pas près de fermer. L'alcool fait partie de ces choses qui ne tomberont pas en désuétude. Il y aura toujours quelqu'un en proie au désespoir, et qui cherchera à noyer son chagrin.

Avant que je n'ouvre la portière du SUV, Gracin pose une main sur mon bras.

— Attends une seconde, on devrait discuter avant d'entrer.

— Je pense qu'on a assez discuté pour l'instant, rétorqué-je, en lui adressant un sourire hésitant.

— Je parle de ce qu'on fera une fois à l'intérieur, dit-il en secouant la tête.

Oh. Ça tombe sous le sens. J'acquiesce et j'attends que Gracin m'explique le plan.

— Avec un peu de chance, aucun des potes de Danny ne nous reconnaîtra.

— Et si ce n'est pas le cas ?

L'idée devrait me terrifier, mais je ne peux nier l'excitation qui me gagne. Je ne sais pas si je suis enthousiasmée par la perspective de me venger, ravie d'avoir quitté le manoir et d'agir après ce qui m'est arrivé, ou si je suis simplement grisée par l'intensité qui se dégage de Gracin. Peu importe. Je suis impatiente d'entrer dans le bar.

Gracin ne répond pas à ma question, mais il n'a pas besoin de le faire. Le pistolet qu'il glisse dans un holster sous sa chemise en dit assez long. Il m'en tend un autre, que je cache dans ma ceinture.

— Écoute simplement ce que je te dis de faire, et tout ira bien.

Quand j'acquiesce à nouveau, il continue.

— Personne ne sait qui je suis ici, alors je vais me joindre à la partie de cartes. Tu vas aller t'asseoir à la place que je t'indique et tu vas rester silencieuse jusqu'à ce que je te parle, d'accord?

Je fais mine de fermer ma bouche à clé.

— Comme tu veux.

Gracin m'observe pendant une seconde.

— Pourquoi tu ne peux pas être comme ça tout le temps?

— En quoi ce serait drôle? dis-je, avant d'ouvrir ma portière et de sortir.

— Je commence à croire que c'était une mauvaise idée, répond-il alors que nous marchons vers la porte d'entrée.

L'enseigne au-dessus du porche indique simplement « Ray's », et l'intérieur de l'établissement est aussi modeste que l'extérieur. Comme les néons encastrés derrière le comptoir et les quelques plafonniers vieillots sont les seules sources de lumière, probablement contrôlées par un variateur, la salle est aussi sombre qu'une grotte. L'odeur n'est guère plus agréable. Un mélange de crasse, de poussière, de sueur et d'odeurs corporelles masculines m'agresse les narines, et je dois faire un effort pour réprimer une grimace de dégoût. Des coques de cacahuètes craquent sous mes pieds, tandis que nous traversons la salle pour rejoindre le bar, où deux hommes sont assis, seuls, à siroter leurs verres respectifs. Une musique discrète s'échappe d'un vieux juke-box niché dans un coin.

Une femme, vêtue d'un débardeur moulant, et dont la peau a grand besoin d'être hydratée, s'approche de nous et fait tomber un chiffon sur le bar.

— Qu'est-ce que je vous sers? demande-t-elle, une cigarette coincée entre les lèvres.

— Une bière, pour moi, répond Gracin. N'importe laquelle.

— Pareil pour moi, dis-je, ravie de constater la fermeté de ma voix malgré ma nervosité.

Gracin glisse deux billets froissés sur le comptoir au moment où la femme pose brusquement deux verres glacés devant nous. Je prends une gorgée pour occuper mes mains, puis je me retourne sur ma chaise pivotante, afin d'observer le reste du bar. Gardant son dos contre le coin du mur, Gracin fait de même.

Il n'y a pas beaucoup de clients à cette heure de la journée, et ceux qui sont là semblent se concentrer uniquement sur le nombre de consommations qu'ils engloutissent. Je ne vois personne qui pourrait travailler avec Danny, mais qu'en sais-je?

Gracin se penche vers moi, et attrape ma chaise. Celle-ci crisse sur les carreaux éraflés lorsqu'il la tire vers lui, si près que je peux sentir la chaleur qui émane de son corps.

Je hausse les sourcils d'un air interrogateur, et il se rapproche de moi.

— Joue le jeu, me murmure-t-il à l'oreille.

Cela me fait frissonner, puis je sens ses lèvres effleurer ma peau.

Gracin passe son bras sur le dossier de ma chaise, et pose un pied sur le barreau inférieur. Je bois quelques gorgées de bière avant de me pencher vers lui, puis de lever les yeux vers son visage. Je suis si près de lui que je peux voir des taches dorées dans ses yeux. Gracin croise mon regard, et, avant que je ne puisse réagir, il se penche pour m'embrasser.

Cette fois, je ne le repousse pas. Je ne sais pas si c'est la bière, dont je n'ai bu que quelques gorgées, la conversation que nous avons eue, ou sa proximité. La seule chose que je sais, c'est que nous ne jouons pas. Chaque caresse et chaque baiser est réel.

Il attrape mes cheveux pour approfondir le baiser, et faire basculer ma tête, afin que je profite pleinement de ce qu'il a à m'offrir. Je remonte mes mains et agrippe sa chemise tout en gémissant contre sa bouche.

— Ils viennent d'entrer, dit-il contre mes lèvres. Ne regarde pas, et ris quand je te le dirai.

Il ne me laisse pas le temps de répondre, car il crispe ses doigts dans mes cheveux, comme il l'a fait dans le couloir, cette fameuse nuit. Je suis tellement absorbée par le désir intense qu'engendre ce souvenir que je manque presque ce qu'il me dit.

— Maintenant, murmure-t-il avant de s'écarter.

Un peu étourdie, je ris derrière mon verre de bière, et bois le reste d'un trait pour calmer la fièvre qui me gagne. Je fais signe à la serveuse, et j'en profite pour regarder autour de moi.

Difficile de ne pas les repérer tout de suite, tant ils sont bruyants. Trois d'entre eux traversent tranquillement le bar pour rejoindre les tables de billard. Ils sont trop bien habillés pour être des habitués, mais la façon dont les autres les regardent du coin de l'œil me fait penser qu'ils sont déjà venus ici, et qu'ils sont dangereux.

Gracin joue paresseusement avec mes cheveux et continue d'observer discrètement les trois hommes qui rassemblent les boules et préparent une table. Si je n'étais pas aussi attentive à son comportement, je ne soupçonnerais jamais que son attention n'est pas focalisée sur moi. Je me souviens avoir eu la même impression d'hyperconcentration de sa part lorsque je me suis rendu compte qu'il ne me poursuivait pas uniquement pour coucher avec moi. Les rouages de son cerveau semblent tourner à une vitesse vertigineuse.

Je prends une autre gorgée de bière. Bien qu'il soit concentré sur les hommes à l'autre bout du bar, je ne le suis pas. Depuis que je l'ai goûté à nouveau, mon corps en redemande. Je ne pense qu'à une chose : en obtenir davantage. Il nous a placés de telle sorte que ma chaise se trouve entre ses jambes écartées. Une de ses mains est posée nonchalamment sur le bar, pendant que l'autre, posée sur le dossier de ma chaise, joue avec mes cheveux.

— J'adore ça, dit-il, en les caressant sur toute la longueur.

— Ah bon ? demandé-je sèchement. Je n'avais pas remarqué.

— Hmm. La première fois que je t'ai vue avec les cheveux attachés, j'ai voulu les défaire pour les voir envelopper ton visage. Je n'arrêtais pas d'y penser.

— Pourquoi ? insisté-je d'une voix rauque.

Il s'éclaircit légèrement la gorge.

— Je ne sais pas trop. Peut-être parce que tu avais l'air tellement coincée. Je voulais te détendre un peu.

— Tu as une drôle de façon de le faire.

— Ça a marché, non ?

Je réfléchis à ma vie actuelle. La deuxième chope de bière a soulagé la tension de mon corps, et mes cheveux sont lâchés sur mes épaules. Malgré tout ce qui s'est passé, je suis loin du Michigan, et je suis en quelque sorte libre de la relation qui me détruisait à petit feu.

— Je ne voulais pas le tuer, dis-je.

Je réalise que c'est vrai.

— Je ne pense pas que le monde se porte plus mal depuis qu'il n'est plus là, affirme Gracin en posant sa main dans ma nuque, sous mes cheveux.

— C'est pour ça que tu dis que tu ne regrettes pas ce qui s'est passé ?

— En partie, répond Gracin.

J'aimerais qu'il me regarde.

— Mais surtout parce que je ne peux pas regretter le fait que tu sois en vie. Je n'avais jamais prévu d'être père. Je ne suis pas sûr que j'en aurais été un bon, dit-il tristement. Mais je n'imagine pas ce qui me serait arrivé si tu n'avais pas survécu ce jour-là.

La gorge nouée, je prends une autre gorgée de bière pour chasser l'émotion qui m'étouffe. Peut-être que les ivrognes au comptoir ont tout compris. Cela fait très longtemps que je ne me suis pas sentie aussi bien. Ou peut-être est-ce dû aux mains de Gracin qui me caressent le dos.

— C'est le moment, dit-il en se levant.

Il me tend la main et je la prends sans hésiter.

Les trois hommes sont en train de terminer leur partie de billard lorsque Gracin se met à côté d'eux. Je n'ai pas besoin de faire semblant d'être ivre, car je suis déjà éméchée après deux bières englouties avec un estomac vide, et une faible tolérance à l'alcool.

— Ça va ? demande l'un des hommes en fronçant les sourcils.

Les bras croisés sur la poitrine, manifestement incommodé par la stature imposante de Gracin, il semble méfiant.

— C'est combien la mise pour la partie de ce soir ? demande Gracin en leur adressant un signe du menton.

Il commence ensuite à fouiller dans ses poches.

— C'est une partie privée, répond celui qui tient certainement le rôle de meneur. Désolé.

Les yeux du premier s'écarquillent lorsque Gracin sort de sa poche une liasse de billets assez épaisse.

— Vous êtes sûrs ? demande-t-il, en m'adressant un sourire impertinent. Ma dame et moi voulons nous amuser ce soir. Elle n'a jamais participé à une partie de poker auparavant.

Les deux hommes regardent leur meneur, dont la couleur de peau et la morphologie font suffisamment penser à celles de Danny pour que je soupçonne une lointaine parenté entre eux. Le type pèse environ quinze kilos de plus que ce dernier, et il a un visage plus rond, mais il a les mêmes yeux. Des yeux que je n'oublierai jamais.

Gracin passe son bras autour de mes épaules, et presse ses lèvres contre mon crâne.

— Reste calme, petite souris, murmure-t-il dans mes cheveux. Ne t'inquiète pas, je vais m'en occuper.

Je pourrais en finir maintenant. Attraper le pistolet de Gracin et le décharger sur les trois hommes. Tuer un membre de la famille de Danny enverrait un sacré message. J'aime à penser que je commence à être aussi impitoyable que l'homme à mes côtés. Mais envoyer un message comme celui-là pourrait inciter Danny et Sal à se terrer davantage, alors je détends mes muscles, et adresse un sourire radieux à Gracin.

Après m'être libérée de son étreinte, je pose les mains sur la table de billard pour mettre en valeur mon décolleté, et regarde les hommes avec des yeux charmeurs.

— Alors, qu'est-ce qu'on fait, les gars? On va s'amuser ce soir
ou pas?

CHAPITRE VINGT-SEPT

La tension dans la pièce est palpable. Les trois hommes, dont j'ai appris les prénoms – Desmond, Cody et Jasper –, transpirent tellement que la lumière jaune du plafonnier se reflète sur leur peau.

Il y a environ une heure, la serveuse, dont je ne connais toujours pas le prénom, nous a conduits tous les cinq dans une pièce sombre, dotée d'une petite table de jeu, et de quelques chaises. Le tapis de la table est usé au point de laisser apparaître le bois aggloméré en dessous, et toutes les chaises sont bancales, mais les trois hommes ne semblent pas s'en soucier. Après avoir vu l'argent que Gracin leur a montré, ils n'ont plus d'yeux que pour la poche dans laquelle il l'a rangé.

Durant les deux premières mains, Gracin est resté calé dans son siège, et il a écouté calmement les trois autres raconter des conneries. Il les a laissés gagner jusqu'à ce qu'ils se sentent à l'aise. Puis, l'attention de Gracin s'est affûtée.

Ils en sont à leur dixième main, et Gracin n'a pas été tendre avec le portefeuille des hommes. Je vois bien que Desmond, celui qui ressemble à Danny, a envie de réagir, mais il se tait judicieusement, ce qui est surprenant vu la quantité d'alcool qu'ils ont bu. Tandis que les hommes ont descendu des whisky-coca, Gracin a savouré sa bière tiède, et les a observés. Telle une panthère prête à bondir, tout en muscles saillants et yeux sombres.

— Je suis, dit Gracin en misant. Alors, vous êtes du coin, messieurs ?

Je manque de recracher ma troisième bière, que je bois beaucoup plus lentement que les deux premières, mais je parviens à me retenir. Il les a bercés d'un faux sentiment de sécurité, et leur a soutiré des informations avec une telle subtilité que je ne l'aurais pas cru si je n'en avais pas été témoin.

Jusqu'à présent, nous avons appris que les hommes se rendent fréquemment en Californie et au Mexique, et qu'ils ont tous de la famille dans la région. Lorsqu'ils ont révélé cette petite information, j'ai eu fortement envie de me réjouir, mais je me suis forcée à prendre un air ennuyé, et à feindre que je préférerais être n'importe où sur la planète. Cela n'a pas été difficile, car je préférerais être face à Danny et regarder la vie disparaître de ses yeux.

— Ouais, ils sont du coin, confirme Desmond en me jetant un regard de côté.

Il est le seul du groupe à ne pas avoir été complètement charmé par ma fausse naïveté, ou envoûté par les piles d'argent qu'exhibe Gracin au centre de la table.

— Pourquoi ça vous intéresse autant ? demande-t-il à Gracin.

— Je fais juste la conversation.

Quand les autres ne regardent pas, Gracin me jette un coup d'œil discret. Je me crispe, mon corps aussitôt stimulé. Quoi qu'il ait prévu, cela ne va pas tarder.

Desmond ne semble pas rassuré. Au contraire, ses soupçons se renforcent.

— Alors, je vous suggère de vous concentrer davantage sur vos cartes plutôt que de discuter.

Desmond pose ses cartes, face visible, sur la table, imité par les autres, avec Gracin en dernier. Les as de Desmond battent les rois de Gracin, qui soupire.

— Désolé, chérie, me dit-il. Je ne voulais pas gâcher notre soirée.

Desmond envoie un ordre muet à ses amis, qui se lèvent brusquement de table et dégainent des couteaux précédemment cachés dans leurs poches.

— Tu crois qu'on ne savait pas qui tu étais dès qu'on t'a vu ? dit Desmond. Tu dois être plus stupide que tu en as l'air.

— C'est possible, répond calmement Gracin sans prendre la peine de se lever.

Il boit une gorgée de bière et repose tranquillement son verre.

— Qu'est-ce que vous comptez faire avec ces couteaux ?

— Tu viens avec nous, dit Desmond. Oncle Sal te cherche.

— Je ne pense pas pouvoir vous faire ce plaisir, répond Gracin, rangeant ses affaires dans ses poches. Mais vous pouvez lui transmettre un message de ma part.

— Je ne lui dirai rien, rétorque Desmond en ricanant. Garde tes mains bien en vue. Ta copine aussi.

Desmond me désigne du menton, et les deux hommes contournent la table pour venir m'encadrer de chaque côté.

— Vous feriez mieux de la laisser tranquille, dit Gracin en s'efforçant de rester calme. Touchez-la, et je devrais faire la même chose sur vous, mais je ne serai pas aussi gentil. Je voulais simplement quelques réponses.

— J'en ai une, dit Desmond. Va te faire foutre !

Gracin soupire, comme s'il était face à une pièce remplie d'enfants plutôt qu'à trois hommes armés de couteaux. Il sort son pistolet de son holster, et le pointe vers l'homme à ma droite, qui pâlit à vue d'œil.

— Éloigne-toi d'elle, le menace-t-il.

— N'y pense même pas, aboie Desmond en sortant son téléphone. Tu peux tirer sur l'un d'entre nous, mais tu ne pourras pas tous nous abattre. Dès que tu essayeras quoi que ce soit, l'un des gars plantera ta copine. Ne me cherche pas.

— Tu crois ? demande Gracin.

Je ne devrais pas être surprise par son calme.

— Tu peux en être sûr, répond Desmond.

Je sors le pistolet que Gracin m'a donné et le braque sur l'homme à ma droite, puis je prends le couteau que je garde dans ma poche, et le mets sous la gorge de l'homme à ma gauche.

— Tu es vraiment sûr ? dis-je avec un sourire moqueur.

Pendant que Desmond me regarde, abasourdi, Gracin bondit avec sa grâce féline habituelle et lui écrase son pistolet contre la tempe. Les deux hommes à mes côtés sont trop stupéfaits pour bouger, alors Gracin s'avance vers Jasper et le frappe, cette fois-ci avec son poing. Le résultat est le même, l'homme s'effondre sur le sol à côté de son pote. Le troisième réagit plus vite que Gracin ne le prévoyait. L'homme me coince entre ses bras et tranche mon t-shirt de son couteau, entaillant ainsi la chair de mon bras.

Je pousse un cri, et Gracin hurle, ce qui surprend suffisamment le troisième homme pour que je puisse me laisser tomber au sol, loin de lui, sans être blessée. Le temps que je m'éloigne et me relève précipitamment, Gracin l'a déjà pris par la gorge. L'homme se débat et essaye de se libérer, mais sa tentative est presque risible. Un instant plus tard, il rejoint ses amis au pays des rêves.

— Putain ! s'exclame Gracin en voyant la plaie superficielle de mon bras.

Je commence à protester en le voyant retirer sa chemise pour faire pression sur ma blessure, mais il m'interrompt.

— Putain, bébé. Je suis désolé.

— Ça va. Je vais bien.

— Je n'aurais pas dû te laisser venir.

— Gracin ! dis-je vivement.

Quand il lève les yeux vers moi, je le réprimande.

— Je vais bien. Finissons ce qu'on est venus faire ici. D'accord ?

— Continue d'appuyer sur la blessure. Je m'occupe de ces types et ramène la voiture. Ne bouge pas.

Gracin tourne les talons, fait deux pas, avant de changer d'avis et de revenir à mes côtés.

— Je suis sérieux. Ne bouge pas d'ici ou je te jure que...

Dès qu'il sort, je me sens étourdie et groggy, alors je m'affale sur la chaise derrière moi. Les hommes étendus à mes pieds bougent, sans pour autant se réveiller. Je garde le pistolet à portée de main, au cas où, mais aucun d'eux ne se relève.

Gracin entre par la porte de service, et m'aide à traverser le petit couloir jusqu'à la sortie, avant de m'installer sur le siège avant de son SUV et de retourner à l'intérieur de l'établissement. Oui, je peux très bien marcher toute seule. Mais là encore, je ne dis rien. Je ne sais pas ce qu'il a fait des deux autres types, mais, lorsqu'il ressort, il traîne Desmond derrière lui.

Une fois que le sosie de Danny est ligoté et calé à l'arrière du SUV, Gracin quitte le parking à toute vitesse, et je m'agrippe à la poignée pour ne pas tomber sur ses genoux.

— Tout va bien, dis-je. On a obtenu ce qu'on voulait.

Évidemment, Gracin ne m'écoute pas. À la place, il a collé son téléphone portable à son oreille.

— Appelez le docteur Haversham. Je me fous de savoir qu'il est de garde auprès de ce satané pape. Je veux qu'il soit à la maison dans une heure, sinon je m'occuperai personnellement de lui.

Quand Gracin jette le téléphone dans le porte-gobelet, j'essaye de ne pas sourire.

— Tu sais que je suis infirmière, remarqué-je. Je peux probablement m'occuper de ça toute seule. Ce n'est vraiment pas très profond. Il faut juste quelques points de suture.

— On va demander au médecin d'examiner ça, dit-il d'un ton implacable. Fin de la discussion.

— D'accord, mais je veux savoir la moindre information que tu obtiendras de ce gars-là, insisté-je en pointant du doigt Desmond, qui est toujours inconscient.

Gracin grommelle.

— Sérieusement, Gracin. Je vais bien.

— Je le croirai quand Haversham te donnera son feu vert.

Gracin agrippe le volant comme si sa vie en dépendait, et la frustration suscitée par son insistance à vouloir que je consulte un médecin se transforme en compassion. Je pose ma main sur son bras, comme je voulais le faire tout à l'heure, pendant le trajet aller.

— Gracin, dis-je timidement.

— Ne... ne fais pas ça.

Je soupire et me réinstalle dans mon siège. Le trajet du retour va être long.

Dès que nous arrivons dans son garage, deux hommes se précipitent vers le SUV pour s'occuper de Desmond. Gracin, quant à lui, me raccompagne rapidement dans ma chambre, où Haversham m'attend déjà.

— Je lui ai dit que ce n'était pas grave, dis-je au Dr Haversham.

Le médecin jette un coup d'œil à Gracin, puis me regarde à nouveau. Je sais qu'il ne me soutiendra pas sur ce point.

— Je vais nettoyer la plaie. Il ne faudra que quelques points de suture.

Je lance à Gracin un regard qui signifie : « je te l'avais bien dit ». Il me répond par un regard noir.

Le médecin nettoie l'entaille, qui ne mesure que quelques centimètres et n'est pas très profonde. Il anesthésie localement mon biceps et commence à recoudre avec des gestes efficaces. J'ai très envie de demander à Gracin ce qu'il a fait de Desmond, mais je pense qu'il vaut mieux attendre le départ du médecin pour aborder ce sujet.

Quinze minutes plus tard, Gracin serre la main de ce dernier.

— Merci beaucoup d'être venu si rapidement.

— Je vous en prie, monsieur Kingsley, répond le Dr Haversham, avec un petit sourire. J'espère toutefois ne pas vous revoir avant un certain temps.

Sur ce, le médecin ferme la porte derrière lui et me laisse seule avec Gracin.

— Tu devrais te reposer.

— Me reposer ?

Je suis déçue de constater qu'il ne souhaite pas rester.

— Et Desmond ?

Son expression douce se durcit.

— Je vais m'occuper de lui.

— Et moi, je suis censée faire quoi maintenant ?

— Te reposer, répète-t-il en me guidant vers le lit. Je viendrai te chercher si Desmond m'apprend quelque chose.

J'obéis, uniquement parce que la plaie de mon bras me fait souffrir au point de ne plus pouvoir me concentrer sur quoi que ce soit, à part rester allongée sans bouger.

Le lendemain matin, je suis réveillée par la voix de Vic.

CHAPITRE VINGT-HUIT

Je me recroqueville immédiatement contre les oreillers, sans comprendre où je suis ni ce qui se passe. Tout ce que je sais, c'est que l'homme qui m'a maltraitée est à proximité. Je dois donc faire tout mon possible pour m'enfuir. Je sors du lit en trébuchant et m'accroupis, sans me soucier de mon bras douloureux. Toute mon attention est accaparée par la peur qui m'envahit.

Des gouttes de sueur froide parsèment mon front, et il me faut quelques secondes interminables pour réaliser que Vic n'est pas dans la pièce avec moi. J'essuie mon visage d'une main et tends l'oreille pour entendre à nouveau le bruit.

Ma chambre et le couloir derrière la porte grande ouverte sont plongés dans l'obscurité, à l'exception d'une faible lueur provenant du fond. Quand j'entends à nouveau le son, mon cœur s'arrête de battre dans ma poitrine.

— Madame Victor Emerson! Que dites-vous de ça, mesdames et messieurs? N'est-elle pas magnifique? Dites-moi que ce n'est pas la plus belle femme du monde! Je suis un homme chanceux, je vous le dis.

Bien que les voix en arrière-plan soient confuses, je reconnaîtrais celle-ci n'importe où.

Hébétée, encore sous le coup de la panique, désorientée après avoir dormi, j'avance en titubant dans le couloir, sur la trace de la voix de mon défunt mari. Suis-je en train de rêver, sous l'effet de l'adrénaline accumulée tout à l'heure ? Je n'ai aucune sensation, et le monde autour de moi vacille.

La lumière provient de sous une porte située en face de la salle de vidéosurveillance. Elle s'ouvre facilement, et révèle un escalier qui mène, je suppose, au sous-sol. Je descends aussi silencieusement que possible et m'arrête net au pied des marches quand j'entends une nouvelle fois la voix.

— Viens ici, ma chérie. On va te présenter !

Je respire trop vite, et je sens de la sueur couler sur mon visage. Du sang dégouline de la plaie au niveau de mon bras, mais je m'en fiche. Je tourne au coin du mur, et m'arrête brusquement. Le sous-sol est quasiment vide, à l'exception d'une petite table sur laquelle est posée une boîte. Celle-ci vibre, et le couvercle claque, puis une lumière en jaillit. Celle-ci éclaire une silhouette ligotée à une chaise. Toutefois, ce n'est pas l'homme attaché, dos au mur, qui retient mon attention. C'est la vidéo projetée sur le mur blanc immaculé derrière lui.

Vic, vêtu d'un élégant smoking, lève la main, et est acclamé par la foule qui l'entoure. Hébétée, je pose mon regard sur la personne qui se tient à ses côtés. C'est moi.

C'est la vidéo de mon mariage avec Vic. Je ne peux détacher mes yeux de son visage. Alors que je nous regarde nous mélanger aux invités de la petite réception, je me surprends à trembler et à claquer des dents.

J'étais tellement différente à l'époque. Cela se voit à mon sourire insouciant et aux regards admiratifs que je jette vers Vic, qui me fait défiler dans le restaurant. Je ne sais pas combien de temps je reste là, fascinée, incapable de lâcher ces images des yeux. Je regarde jusqu'à la fin de la vidéo, puis l'écran redevient noir, ce qui me tire de ma torpeur.

Lorsque le projecteur redémarre la vidéo depuis le début, je secoue la tête pour m'éclaircir les idées. La voix de Vic résonne à nouveau dans mes oreilles, et, dans l'espoir de la bloquer, je me concentre sur mon environnement. Je fais quelques pas hésitants vers la personne dans l'ombre qui est attachée à une chaise, devant le projecteur, et a un sac en soie noire sur la tête. Quand je suis assez proche pour le toucher, j'attrape le tissu du bout des doigts, craignant un peu de découvrir le visage de Vic en dessous. Je ne peux m'empêcher de penser que c'est un cadeau tordu au moment où je soulève le sac, et découvre l'homme qui se cache dessous.

Dès que son visage apparaît, je lâche la cagoule noire et je recule rapidement de plusieurs pas, la bouche grande ouverte d'horreur. Ce n'est pas Vic qui se cache dessous, mais un autre homme qui hante souvent mes cauchemars. Andrew, le bras droit de Danny. Seulement, il ne ressemble en rien à l'homme que j'ai vu à l'entrepôt. Son visage donne l'impression d'avoir été passé au mixeur, et c'est un euphémisme. La moitié de sa peau est en lambeaux sanguinolents et emmêlés, et l'autre moitié de son visage est tellement enflée que la tension craquelle ses lèvres. Si je n'avais pas passé les dernières semaines à me remémorer ce qu'il m'a fait dans l'entrepôt, je ne l'aurais pas reconnu.

Je recule, pour m'éloigner autant que possible de lui, et me heurte à un mur dur. Les mains levées, je me retourne, prête à me défendre, puis suis prise d'un haut-le-cœur. Quand je vois Gracin derrière moi, et non un véritable mur, je sens la peur qui me tenaille depuis que je me suis réveillée au son de la voix de Vic. Malgré tout ce que j'ai vécu avec Gracin, je me détends.

— Qu'est-ce qu'il se passe?

Mais il ne répond pas. Il se contente de lever le verre de scotch qu'il tient à la main, et d'en boire une gorgée.

— Comment est-il arrivé ici? Gracin?

Je lutte contre les tremblements qui veulent me consumer. Gracin porte à nouveau le verre à ses lèvres, mais cette fois, il le vide avant de s'en servir un autre. J'écarte les cheveux de mon visage et essaye de comprendre ce qui se passe. Apparemment, Desmond a parlé. Je ne veux pas penser à la manière dont Gracin l'a poussé à révéler où se trouvait Andrew, mais il a dû capturer ce dernier et l'amener ici pendant que je dormais.

— C'est quoi ce bordel? s'exclame Andrew.

Je me retourne juste à temps pour le voir ouvrir les yeux. La luminosité l'éblouit, mais je vois sur son visage le moment où il comprend ce qui lui arrive.

— Putain de merde, murmure-t-il avant de se débattre contre ses liens.

Sa voix est enrouée à cause de la violence des coups qu'il a reçus, et ses lèvres enflées l'empêchent d'articuler correctement.

— Laissez-moi partir.

Je me retourne, parce que je m'attends à une réponse de la part de Gracin, mais celui-ci se contente de me regarder, puis il boit une longue gorgée de scotch et se décale juste assez pour que je puisse voir la table à côté de lui. L'homme sur la chaise doit le remarquer également, car il se met à s'agiter plus violemment.

Je suis de retour dans l'entrepôt. Une douleur fantôme irradie dans mes bras, et de violents picotements les transpercent. Mes jambes me brûlent et mon ventre est saisi de crampes.

Je vois des couteaux, un chalumeau similaire à celui qu'ils ont utilisé sur moi, des maillets en caoutchouc, des fouets, une batte de baseball et même un pistolet. Tout le matériel est bien rangé sur une même ligne, à la disposition de celui qui souhaite choisir son instrument de torture.

— C'est quoi tout ça? demandé-je à Gracin, tout en essayant de garder mon calme.

Une fois encore, le silence règne dans la pièce. Gracin va s'asseoir sur la chaise dans le coin de la pièce. Je prends le couteau, avec l'intention de libérer le type, ne serait-ce que pour lui faire fermer sa gueule le temps que je comprenne à quoi joue Gracin.

— Laisse-moi partir, s'il te plaît. On n'avait pas l'intention de te faire du mal. On devait juste te malmener un peu pour te faire parler. Libère-moi et je ne dirai rien à Sal. Je te le promets. Pas un mot. Laisse-moi partir.

Je me dirige vers Andrew, mais la vidéo de mon mariage s'arrête puis redémarre. Le visage de Vic réapparaît sur le mur. Je doute que ce soit une coïncidence que son image se trouve dans l'alignement de l'homme qui m'a battue jusqu'au sang. Je laisse tomber le couteau sur le sol et me fige. Mon esprit est submergé par les souvenirs de la nuit où ces hommes m'ont battue, et le spectre de ma vie avec Vic. La violence du tourbillon d'émotions est telle que je dois fermer les yeux pour ne pas crier.

— Bordel! Tu es malade ou quoi? Libère-moi, s'il te plaît. Jette le couteau par ici, avant que ton mec ne fasse une connerie. Je t'en supplie.

Malgré les cris d'Andrew, j'entends la voix de Vic dans ma tête.

« Je ne veux plus que tu côtoies ce détenu, tu m'entends? McNair et Summers n'ont pas pu s'empêcher de me faire des sourires moqueurs quand ils m'ont trouvé. Tu m'as humilié. »

Des larmes ruissellent sur mes joues, et je couvre mes oreilles de mes mains pour me protéger du bruit. Cependant, cela ne parvient pas à étouffer les murmures de Vic dans ma tête. Au contraire, cela les amplifie au point que j'ai envie de me crever les tympans.

Je songe brièvement à Gracin, qui, je n'en doute pas, a agi ainsi pour une raison. Aussi aberrante soit-elle. J'ai arrêté d'essayer de le comprendre. Je dois juste libérer le type de la chaise, et ensuite, je pourrai partir. N'est-ce pas ce que Gracin m'a promis, après tout? Une fois que toute cette histoire sera terminée, je pourrai partir.

Avec cette idée en tête, j'attrape le couteau et me redresse tout en faisant autant abstraction que possible de la voix de Vic provenant du projecteur. Un rapide coup d'œil me permet de voir que Gracin est toujours installé sur sa chaise. Il m'observe, et il attend. Mais il attend quoi, bon sang? Je n'en ai aucune idée, alors je l'ignore, lui aussi. Couteau à la main, je m'approche de l'homme sur la chaise et m'agenouille pour détacher ses pieds.

Je me débrouille bien et réussis à libérer ses deux jambes. Ensuite, je regarde son visage de plus près. C'est à ce moment-là que tout part en vrille. Le couteau à la main, je me fige à côté de lui. Je me souviens de ce visage qui me fixait pendant qu'il me brutalisait avec Danny et les autres.

Je dois mettre trop de temps à maîtriser cet élan de haine et de rage, car, une seconde plus tard, Andrew crie.

— Détache-moi, espèce de garce! Sinon, je vais te tabasser si fort que je devrai nettoyer le sang qui restera sur mes mains, comme je l'ai fait avec ton foutu bébé!

À ces mots, je perds la raison.

Avec un cri inhumain, je bouscule la chaise en bois, qui se renverse. Le type émet un hurlement bestial et se débat sur le sol en béton, pour tenter de se redresser avant que je ne l'atteigne. Je retourne d'un pas raide vers la table, pose le couteau par terre, hors de portée d'Andrew, puis je m'empare de la batte de baseball que j'utilise comme un club de golf. Je le frappe de toutes mes forces dans le ventre et interromps ainsi son cri. Je m'accroupis à côté de lui tandis qu'il halète et reprend son souffle.

— Ça te plaît, sale ordure ? Tu aimes ça ? Je devrais peut-être te garder ici pendant quelques jours. Peut-être que je devrais te forcer à te souiller pour que tu voies l'effet que ça fait, hein ? Je vais peut-être te frapper jusqu'à ce que tu perdes connaissance, et regarder ton sang disparaître dans les égouts. Pour changer.

Abrutie par les cris et l'horreur de mes souvenirs, par le sang et la mort, je laisse tomber la batte sur le sol, à côté du couteau, et me lève. Mon regard se pose sur le maillet en caoutchouc. Quand je retourne auprès d'Andrew, je prends de l'élan et me mets à frapper son torse, sans tenir compte de ses hurlements et de ses supplications. Je me réfugie dans ma tête, à l'endroit où j'ai enfermé les souvenirs de leur violence depuis le jour où Gracin m'a sauvée. À l'endroit où j'ai enfermé les souvenirs des nombreux passages à tabac de Vic, si nombreux que je peux même plus les différencier les uns des autres.

— Pourquoi tu m'as fait autant de mal, Vic ? hurlé-je. Pourquoi tu m'as enlevé notre bébé ?

Quand Andrew cesse de crier, et que je suis à bout de souffle, je laisse tomber le maillet et m'effondre à genoux. Engourdie et émotionnellement anéantie, je reste assise là pendant quelques secondes. La tête baissée, je m'efforce de rassembler les fragments disséminés de mon âme. Je prends une profonde inspiration, avec l'intention de me relever, d'aller vers Gracin et d'abandonner à son sort ce fumier d'Andrew. Mais celui-ci me donne un violent coup de pied dans les côtes, ce qui me fait basculer. Ma tête heurte le sol en béton et, profitant de ma confusion, il parvient à attraper le couteau et à se libérer des liens qui le retiennent.

J'esquive le coup du couteau qu'Andrew brandit, et évite de

justesse sa lame qui siffle dans l'air. J'entends Gracin se lever et écarter une chaise, mais je n'ai pas le temps de m'inquiéter de ses agissements.

Du bout des doigts, je sens le maillet et le saisis avant de donner un coup avec vers l'avant, sans réfléchir à sa destination. L'arme fracasse chair et os dans un craquement sonore, et Andrew s'effondre sur le sol, où il reste immobile et silencieux. Affligée, je m'écroule par terre.

J'ai envie de pleurer, mais je me sens vide. J'ai envie de hurler, mais je n'ai plus de voix. J'ai envie de déchaîner ma colère contre l'homme qui a orchestré ma perte, mais je n'en ressens aucune à son égard. Seul un sentiment de paix m'habite. Comme si j'avais exorcisé mes démons. Quand le projecteur s'éteint, je suis plongée dans l'obscurité. Puis Gracin m'enlace de ses bras, une étreinte à la fois douce et rigide, chaleureuse et glaciale. D'une certaine manière, il est tout ce dont j'ai besoin, même si cela semble paradoxal.

— Est-ce que c'est ce que tu veux ? me demande-t-il.

Quand il a dit qu'il s'occuperait de Desmond, je n'aurais jamais cru qu'il comptait l'utiliser pour retrouver les hommes qui m'ont fait du mal. Du moins, pas dans cette optique.

Un sanglot m'échappe.

— Quoi ?

Pourquoi voudrais-je un truc pareil, bon sang ?

— Dis-moi. Est-ce que c'est ça que tu veux ? répète-t-il en écartant les cheveux de mon visage et glissant les mèches derrière mes oreilles. C'est à ça que ressemble ma vie, Tessa. Elle est brutale. Elle est sanglante. Tout comme moi. Je suis un monstre sous ce déguisement, petite souris. C'est ça que tu désires ?

— Gracin, s'il te plaît. Je ne peux pas.

Soudain, il m'embrasse violemment. Je me colle à lui, à la recherche de sa force qui répare les brèches de mon âme. Avec les mains sur ses épaules, je gémis face à l'intrusion brutale de sa langue.

— Tu peux. Maintenant, donne-moi ta réponse.

— Oui ! je crie. Oui, je te désire. Je te déteste, mais je t'aime. Je n'ai pas cessé de penser à toi depuis le jour de notre rencontre. Tu hantes mes rêves. Je te vois partout quand tu n'es pas là. Malgré tout ce que tu m'as fait, je te désire. Bon sang! Ça te fait plaisir? Pourquoi tu m'as poussée à faire un truc pareil? Pourquoi tu l'as amené ici? Tu savais que je lui ferais du mal?

— Je t'ai conduite ici parce que tu ne peux pas espérer une vie éternellement heureuse avec un homme comme moi. Tous les aspects de ma vie sont aussi sinistres et cruels que ce qui s'est passé dans cette pièce. Mais en réalité, je ne t'ai rien imposé. En réalité, nous ne sommes pas aussi différents que tu le penses.

Je commence à protester, mais il m'embrasse pour me faire taire.

— Ce n'est pas une mauvaise chose, contrairement à ce que tu penses. Cet homme? C'était une ordure. Bien pire que le pire des hommes de ta connaissance. Pire que Vic. Il méritait tout ce qui lui est arrivé.

— Je veux juste oublier tout ce qui s'est passé. Je veux en finir avec Sal et recommencer à zéro. Faire comme si rien n'était arrivé.

J'enlace Gracin si fort que mon biceps hurle de douleur. Toutefois, je m'en fiche.

— Mais d'abord, je crois que j'ai besoin de sommeil. Je ne tire aucune conclusion, mais je suis épuisée. On peut aller se coucher?

Je marque une pause.

— Ensemble? Je ne veux pas dormir seule. Pas ce soir.

CHAPITRE VINGT-NEUF

Après une brève conversation avec l'un de ses gardes du corps, pour lui demander de se débarrasser du corps, Gracin me raccompagne dans ma chambre. Le fait que je ne sois plus dérangée par la présence d'un cadavre en dit long. Il me conduit immédiatement à la douche, sans qu'aucun de nous ne parle. Je ne suis pas sûre de trouver les bons mots pour décrire ce qui vient de se passer, alors je n'essaye même pas.

Je m'appuie contre le lavabo pendant que Gracin fait couler l'eau de la douche et se déshabille devant moi. Il se retourne, puis m'aide à me dévêtir. Toutefois, ces gestes n'ont rien de sensuel. On dirait presque qu'il se soucie de moi, de la manière tordue qui le caractérise. Je n'essaye pas de comprendre, car cela ne sert à rien.

Gracin m'aide à entrer dans la douche, et il m'attire contre lui. Je ne résiste pas.

Je ne peux pas. Je ne suis pas sûre d'en être capable, même avec la présence d'esprit ou l'énergie nécessaire. Tandis que je me détends contre sa poitrine, il entreprend de me laver délicatement les cheveux et de savonner mon corps, avant de se mettre à genoux pour inspecter les cicatrices sur mes jambes. Je n'ai plus trop de sensations au niveau de la chair boursouflée, mais je frissonne quand même lorsqu'il pose ses lèvres sur chaque marque.

— Jamais plus personne ne te fera autant de mal.

Toujours accroupi, il lève les yeux et m'adresse un sourire malicieux.

— Sauf moi, peut-être.

Je frissonne malgré l'eau chaude.

— Tu ne me feras pas de mal, dis-je.

— Ah bon ? répond-il avant de se relever pour rincer mes cheveux.

— Non.

— Qu'est-ce qui te fait dire ça ?

— Tu aurais pu m'en faire quand tu m'as retrouvée à Los Angeles, dis-je avant de bâiller et de me blottir contre lui alors qu'il me caresse le dos. Je me demandais pourquoi tu n'es pas venu me chercher quand tu m'avais trouvée.

— J'avais des choses à faire avant. Je devais acheter une maison, et régler mes affaires avec mes employeurs. Je ne pensais pas qu'ils te trouveraient aussi vite, sinon je serais venu te chercher plus tôt.

— Et la vidéo ? demandé-je d'une voix endormie. Comment as-tu mis la main dessus ?

Une fois que je suis propre, Gracin coupe l'eau et me fait sortir de la douche. Il fait pareil et m'enveloppe d'une serviette pour me sécher.

— Quand je suis retourné chez toi et que tu n'étais pas là, je l'ai prise pour avoir quelque chose qui t'appartienne, explique-t-il, en m'aidant à m'habiller. Quelque chose qui pouvait m'aider à me souvenir de toi. Il n'y avait pas grand-chose, alors j'ai dû me contenter de ça. Je ne savais pas si j'allais me lancer à ta poursuite, mais je ne pouvais pas non plus me dire que c'était la dernière fois que je te voyais.

— Et A... Andrew ?

— Desmond et moi avons discuté. Il m'a dit où je pouvais trouver Sal et Danny, ainsi qu'Andrew, dit-il, avant de lever mon visage vers lui pour qu'il puisse m'embrasser. C'était impossible que je les laisse s'en tirer après t'avoir fait ce qu'ils t'ont fait.

— Mais, pourquoi la vidéo ? Pourquoi m'avoir poussée à le faire ?

— Pour que tu prennes conscience que tu es capable de te défendre, répond-il.

— Je pense que tu me l'as bien prouvé, dis-je sèchement.

Gracin m'embrasse à nouveau, puis nous nous écroulons sur le lit sans un mot, et dormons jusqu'à l'aube. À mon réveil, je découvre qu'il est déjà habillé. Il repousse les cheveux de mon visage. Je sais sans même avoir besoin de le formuler que notre relation est inéluctable. Après avoir murmuré un mot d'excuse, je quitte le lit et m'empresse de rejoindre la salle de bain pour me brosser les dents. À mon retour, je trouve Gracin debout, en train d'arpenter la pièce.

Il n'était pas revenu dans cette pièce depuis mon arrivée, et il regarde avec une curiosité évidente les objets que j'ai accumulés. Les livres que j'ai empruntés à la bibliothèque, mais que je n'ai jamais lus, les fleurs que j'ai cueillies dans le jardin, et un ensemble d'haltères que j'ai pris dans la salle de sport.

— Je me suis toujours demandé ce que tu faisais ici quand je n'étais pas à la maison.

Je l'observe prendre une fleur séchée et la faire tourner entre ses doigts.

— Pourquoi ?

— Tu me fascines, répond-il en me regardant. Depuis le premier jour, tu m'obsèdes, et je n'arrive pas à te sortir de ma tête.

— Tu veux me sortir de ta tête ? lui demandé-je.

— Non, répond-il sans hésiter.

Il se place juste devant moi et me scrute de son regard vert, aussi orageux qu'un matin d'été et tout aussi éclatant.

— Tessa, dit doucement Gracin.

Ensuite, il gémit et prend ma tête entre ses mains pour m'embrasser fougueusement.

Je le sens presque frémir sous mes doigts lorsque j'attrape ses poignets. Il se retient à peine de piller ma bouche. Ce moment n'a rien de charmeur ni de tendre. C'est une invasion, un siège, devant lequel je capitule en soupirant et en le laissant m'allonger sur le lit.

Je me moque que ce soit mal de faire ça, que ce soit un homme mauvais ou que ce soit un homme que je devrais plutôt fuir. Tout ce qui m'importe, c'est de me sentir, grâce à lui, plus vivante que je ne l'ai jamais été. Avec lui, j'ai l'impression de vivre pleinement et de pouvoir respirer.

Je ne sais pas à quel moment je lui ai pardonné ce qui m'est arrivé, ou ce qu'il m'a fait faire, mais je ne lui en veux plus. Et, maintenant, je suis à nouveau consumée par un violent désir de le posséder et de le conquérir.

— Tu me fais confiance ? me demande-t-il.

Sous lui, je hoche la tête en silence, impatiente et avide de ses caresses. À cette réponse, il ferme les yeux. Soucieux de ne pas blesser mon bras, il m'aide à retirer mon t-shirt, et contemple ma peau nue. Il croise mon regard au moment où il se penche pour couvrir lentement ma peau de baisers remplis de tendresse. Une main dans ses cheveux, je me cambre sous ses caresses.

— Tu veux que j'arrête ? murmure-t-il contre ma gorge. Tu veux partir ?

J'ouvre la bouche, mais au lieu de me laisser la possibilité de répondre, il y fourre sa langue. J'oublie ce que je voulais dire et l'aspire plus profondément.

Après avoir trouvé mon pantalon, il défait le bouton d'un geste brusque et descend la fermeture éclair. Il glisse ses doigts sous ma ceinture et me caresse, ce qui m'arrache un cri et me fait basculer la tête en arrière, dans les oreillers.

Privé de ma bouche, Gracin passe à mon oreille et suce le lobe sensible. Je ne suis pas plus capable de réprimer ma réaction à ses caresses que je ne suis capable de stopper le lever du soleil. Mon cri de plaisir retentit dans la pièce tandis que mon entrejambe brûle de désir, que mes seins s'alourdissent, et que mes tétons durcissent. Gracin grogne son approbation devant l'humidité croissante entre mes cuisses. Il s'attarde là, et joue autour de mon clitoris, ses doigts terriblement efficaces. Je gémis doucement en le voyant flirter avec la partie de mon corps qui a le plus envie d'être comblée.

— Ne t'arrête pas, dis-je en retrouvant ma langue. S'il te plaît, Gracin. Reste, s'il te plaît.

En entendant son prénom, il retire sa main. Je pousse un cri de protestation et me redresse. Quand je réalise qu'il se lève uniquement pour se déshabiller, je me tais et me recouche afin de profiter du spectacle.

Mon Dieu! Il a un corps incroyable. C'est irréel. Et pour l'instant, il est tout à moi. Pendant qu'il déboutonne sa chemise, je me repais de la scène et dévore des yeux chaque centimètre carré de peau nue, jusqu'à ce que les deux pans de tissu se séparent complètement. Là, Gracin s'arrête et se met à retirer ses bottes, qu'il envoie rouler quelque part sous le lit dans un grand bruit.

Décidée à ne plus jouer les spectatrices passives, je me mets à genoux et m'avance vers lui pour poser mes mains sur ses épaules. Il s'immobilise à mon contact, tel un lion qui se laisserait caresser par un humain. Sans le quitter des yeux, je lui ôte sa chemise et dévoile son torse.

— Je n'arrive pas à croire que tu aies des piercings, dis-je, incrédule.

Incapable de ne pas poser mes mains sur lui, je m'apprête à toucher les deux anneaux métalliques, puis je change d'avis et pose plutôt mes mains sur les abdos de Gracin.

— Est-ce que ça te fait encore mal?

— Je les avais déjà avant, répond-il nerveusement. Je les ai remis après Blackthorne, et oui, ça me fait encore mal. Il faudra encore quelques mois avant que la cicatrisation ne soit complète.

— Oh, dis-je dans un souffle.

— Si ça t'intimide, tu vas avoir une sacrée surprise dans quelques minutes.

Je ne comprends pas ce qu'il veut dire, car il n'a pas d'autres piercings...

Je déglutis alors que mon imagination s'emballe. Je pose les yeux sur son érection grandissante.

— Oh, je répète.

Je ravale mon enthousiasme et mon excitation.

Gracin approche mes mains de son pantalon, qu'il a déjà déboutonné. J'en ai l'eau à la bouche. Je m'avance de sorte à laisser pendre mes jambes au bord du lit, et j'abaisse son jean sur ses hanches, puis ses cuisses. Il m'aide à le retirer jusqu'au bout afin que je me consacre entièrement à son érection massive, dissimulée sous son boxer noir. Je vois une tache plus foncée près du gland, et j'approche ma bouche, pressée de le goûter, même à travers le coton. Alors que je remonte sa queue avec ma bouche, je lève les yeux vers le regard affamé de Gracin qui brûle ardemment.

Il ne mentait pas quand il parlait de surprise. Même avec la couche de coton qui nous sépare, je sens le bout dur à l'extrémité de son pénis. Ce doit être un autre piercing. Les narines saturées par son odeur torride et musquée, je pose mes mains sur ses hanches et descends son boxer, dévoilant ainsi son sexe pour la première fois devant moi.

Cette vue me fait saliver, et je prends sa verge entre mes mains pour la découvrir. Je n'en ai jamais vu d'aussi belle de toute ma vie. Impossible de dire autre chose. Elle est parfaite, épaisse, longue et bien colorée. Une goutte de liquide préséminal fait briller le gland, et juste derrière, se trouve le piercing. Celui-ci est dressé à la verticale et légèrement incliné vers l'avant. Il est constitué de deux perles, une plus grosse en haut et une autre, légèrement plus petite, en bas. Je m'imagine le sentir en moi. Lorsque j'approche mes lèvres pour le goûter, je suis obligée de serrer les cuisses.

Sans que je m'y attende, Gracin pose ses mains dans mes cheveux.

— Bon sang !

Il ne peut rien dire d'autre, parce que je me mets à lécher la preuve de son excitation.

Je le prends dans ma bouche et gémis quand sa saveur imprègne ma langue. J'en veux plus. Je veux lui faire autant perdre la tête qu'il me l'a fait perdre il y a des semaines. Alors, je prends sa verge le plus profondément possible dans ma bouche. Il me faut un peu de temps pour m'habituer au piercing, mais je trouve rapidement mon rythme, et me concentre plutôt sur ses réactions que sur la sensation de la barre contre mon palais.

À l'aide de ses mains dans mes cheveux, Gracin me guide, puis il les crispe et me force à m'arrêter. Quand je le relâche, il m'attire vers lui pour revendiquer ma bouche. Avec sa queue coincée entre nous, je me cambre autant que possible, mais il est trop grand pour moi. Lorsqu'il délaisse enfin ma bouche, je suis à bout de souffle.

— Allonge-toi, ordonne-t-il, ce qui me fait frissonner.

Je m'exécute. Gracin m'aide à retirer mon jean et ma culotte, tandis que je détache mon soutien-gorge et le jette par terre. Il promène son regard sur moi, et se mord la lèvre inférieure.

— Écarte les jambes, me dit-il d'une voix autoritaire à laquelle je ne peux m'empêcher d'obéir.

Je m'approche du bord du lit, et Gracin pose ses mains sur mes jambes avant de s'agenouiller devant moi. Quand je sens son souffle sur les replis de mon sexe, je m'abandonne à lui et rejette la tête en arrière. De ses énormes mains, Gracin m'agrippe les hanches pour me rapprocher du bord avant de les incliner vers lui pour que je m'approche de sa bouche.

Si je le trouvais doué pour les baisers, je dois reconnaître qu'il l'est infiniment plus pour le cunnilingus. Je crois que je crie, je crois que je gémis, mais je ne sais pas vraiment, car toutes mes sensations me parviennent à travers un voile.

Oh, mon Dieu !

Je ne sais pas si aimer ça fait de moi une mauvaise personne. Je ne peux assurément pas en être une bonne. Lorsque Gracin me tourmente avec de grands coups de langue, les questions d'éthique, de bien et de mal m'importent beaucoup moins.

Dans la pièce, un concert de sons humides retentit à mesure que Gracin me lèche avec application, ce qui me donne simplement envie d'en avoir plus, d'aller plus loin. Quand sa bouche retrouve mon clitoris, je vais à la rencontre de chaque coup de langue. Je suis décomplexée, éhontée et libérée. Je ne réalisais pas à quel point j'en avais besoin jusqu'à ce que je sente l'orgasme poindre sous la surface. En entendant des cris plaintifs s'échapper de ma bouche, Gracin augmente l'intensité de ses coups de langue, jusqu'à ce que je sois certaine de m'évanouir sous leur efficacité ou y succomber.

J'atteins le paroxysme, mais, lorsque Gracin glisse deux doigts dans la source de ma moiteur, mes sensations de plaisir sont complètement bouleversées. D'une main, il contourne ma cuisse pour atteindre les replis de mon intimité. Sans s'arrêter, il les écarte et colle ses lèvres à mon clitoris tout en continuant d'enfoncer ses doigts en moi. L'association entre sa bouche, ses caresses et la perspective de sentir sa queue se révèle insupportable. Mon sexe se contracte autour de ses doigts alors que je pousse un cri silencieux.

Gracin ralentit ses assauts pour me laisser me remettre de mes émotions. On pourrait penser qu'un tel orgasme nécessiterait de faire une pause, mais il n'a fait qu'attiser mon appétit. Quand il se relève, je recule sur le lit et il vient au-dessus de moi, à quatre pattes.

— Tu ne sais pas depuis combien de temps j'ai envie de faire ça, dit-il.

Gracin s'empare brutalement de ma bouche, me permettant ainsi de goûter ma saveur sur ses lèvres, ce qui fait ressurgir le souvenir de notre première fois.

— En moi, dis-je quand j'arrive à reprendre mon souffle. J'ai besoin de te sentir en moi.

— Ça ne t'a pas suffi ? demande-t-il.

— Pas du tout, rétorqué-je.

— Gourmande.

Gracin se redresse, toujours entre mes jambes, et me regarde.

— Laisse-moi te contempler, dit-il. Je ne veux pas me précipiter cette fois.

— Plus tard, rétorqué-je en m'agitant sur l'oreiller.

Cependant, il secoue la tête.

— Ne t'inquiète pas, je vais te donner ce dont tu as besoin.

Je sens d'abord le froid subtil du métal de la barre, puis le poids de sa longue queue, que Gracin frotte contre mes replis humides. Quand mes yeux se révulsent, j'abandonne tout espoir de le supplier. Il veut me torturer et je n'ai pas la volonté nécessaire pour résister. Il a choisi le plaisir pour me punir, une autre forme de douleur.

Toute ma concentration est focalisée sur la perle froide qui recueille la moiteur de mon sexe, et effleure ensuite le bourgeon ultrasensible de mon clitoris. À chaque fois qu'elle atteint le sommet, je me cambre brusquement et agrippe les draps, que je tords. Gracin met ses mains sous mes genoux et écarte mes jambes avant de soulever mes hanches pour trouver l'angle parfait qui lui permettra de me torturer. Il ne cesse de frotter son sexe contre le mien, nous excitant tous les deux, lorsqu'il se presse contre mon ouverture pendant quelques secondes.

Je suis folle de désir pour lui. Mon cerveau est incapable de réfléchir de manière rationnelle. Je suis impuissante face à sa poigne résolue qui m'empêche de changer l'angle de mes hanches pour le prendre en moi. Comme la majeure partie du temps, c'est lui qui décide. Les choses se font à son rythme, mais c'est tellement bon que je suis obligée de le supplier de continuer, encore et encore.

Puis Gracin lâche mes jambes et me drape de son corps. Alors qu'il frotte une dernière fois sa queue contre mon sexe, nous regardons tous les deux ce qui se passe. Il place son gland contre mon entrée et gémit lorsque mon entrejambe se contracte désespérément autour de lui. Lorsque la perle de son piercing est capturée, Gracin s'affaisse sur ses avant-bras et tremble sous l'effet de la tension.

— Qu'est-ce qu'il y a? demandé-je, essoufflée.

— Un préservatif, dit-il entre ses dents serrées. Mais je ne sais pas si je suis capable de bouger, là.

Il accentue ses propos avec un mouvement de bassin, en se retirant légèrement avant de s'enfoncer un peu plus en moi, juste après son piercing. Dans un gémissement silencieux, je lui offre ma gorge. Je sens le métal en moi, et j'ai tellement envie de le sentir bouger que les mots me manquent.

Il me faut un long moment avant de retrouver suffisamment mon souffle pour parler.

— Je prends la pilule. Le médecin me l'a prescrite après que j'ai... après tout ce qui s'est passé.

— Dieu merci, dit Gracin en posant sa tête sur mon épaule. Je n'ai rien, comme tu le sais.

À ces mots, il ricane.

— Tant mieux, parce que je ne pense pas pouvoir te laisser ressortir maintenant.

Gracin se remet à genoux et monte mes jambes sur ses épaules. Je m'apprête à lui demander de les reposer, mais au moment où il fléchit le bassin, la perle de son piercing passe sur un endroit de mes parois intimes qui me fait voir des étoiles. J'agrippe les mains qu'il a posées sur mes jambes, en cherchant désespérément à trouver un point d'appui, car j'ai peur de faire une chute dans le vide une fois que j'aurai basculé. Gracin serre mes mains dans les siennes, sans lâcher mes jambes, et je suis obligée de m'accrocher de toutes mes forces.

Au début, ses mouvements sont lents et mesurés. À en juger par son expression, s'il allait plus vite, cela ne durerait pas long-temps, pour aucun de nous deux. Honnêtement, je m'en fiche, car chaque coup de reins me fait vibrer, et provoque des mini-orgasmes si intenses que je ne sais plus où l'un finit et où commence le suivant. Quand Gracin se penche pour m'embrasser, je m'agrippe à ses épaules, et me laisse envahir par toutes les émotions que j'ai refoulées pendant des mois. Aussitôt, une explosion de plaisir les emporte, et je me crispe, les parois de mon inti-mité serrant sa verge comme dans un étau.

Je suis sortie de ma torpeur lorsque Gracin me retourne, telle une poupée de chiffon, et me positionne, les fesses en l'air, face à lui. J'ai juste le temps de me cramponner aux draps avant qu'il ne me pénètre violemment et me fasse ainsi atteindre un autre orgasme... puis un autre. Et enfin, il finit par éjaculer en moi.

Pendant la nuit, Gracin me réveille plusieurs fois avec un seul mot.

— Encore.

À ce mot, je lui ouvre mes bras, les jambes et le cœur. Car notre relation est dangereuse et explosive, mais elle est aussi inéluctable.

CHAPITRE TRENTE

Le lit est vide. Seul un mot sur la table de chevet indique : « Je reviens plus tard. – G. ». Puis je peux lire un mot ajouté à la hâte, comme si Gracin savait ce que j'allais penser et voulait devancer ma réaction.

« Ne te lance pas à ma recherche. »

J'ai vu ce dont il est capable, mais cela ne veut pas dire pour autant qu'il peut tout régler tout seul. Surtout après ce qui s'est passé hier soir. Ce salopard devrait le savoir.

Le sang qui doit être versé m'appartient en partie pour ce qu'ils m'ont volé. Alors, cela me révolte que Gracin soit parti sans moi, surtout qu'il connaît mon avis sur la question. Mais il n'en tient absolument pas compte.

Je repousse les draps et m'habille rapidement, sans faire de bruit. Le pistolet que Gracin m'a donné pour notre virée au bar est toujours dans le tiroir de la table de chevet, là où je l'ai laissé. Je le récupère et le glisse dans la ceinture de mon jean. Les souvenirs de la nuit que nous avons passée ensemble font souffrir mon corps, mais j'ignore la douleur et jette un œil par la porte de la chambre. Maintenant que je sais comment me rendre à la salle de vidéosurveillance, je compte entrer en douce et y prendre l'un des trousseaux de clés que j'ai vus accrochés au mur. Il est hors de question que Gracin agisse sans moi. Je le retrouverai, même si je dois ligoter tout le personnel du manoir.

Comme par hasard, Marie apparaît avant que je ne puisse descendre les escaliers.

— Où croyez-vous aller comme ça ? demande-t-elle.

Je songe un instant à lui mentir, mais je suis convaincue que cette femme peut lire dans les pensées.

— Je pars à la recherche de Gracin, dis-je d'un ton plat. Que vous ayez quatre-vingt-dix ans ou non, si vous essayez de m'en empêcher, je vous mettrai K.O. sans hésiter.

Elle ronchonne et croise les bras sur sa poitrine.

— Vous creusez votre tombe, dit-elle.

Quand je suis à peu près certaine qu'elle ne me suivra pas, j'accélère le pas et essaye de retrouver le chemin qui mène à la salle de vidéosurveillance que Gracin m'a montrée. Si je réussis à rejoindre l'un des véhicules et à sortir de sa maison, je trouverai un moyen de le retrouver. Il doit avoir un système GPS, que ce soit sur son portable ou directement sur la voiture. Même si je n'ai pas la moindre idée de la façon de procéder, je ne suis pas complètement démunie. Je trouverai un moyen.

Lorsque j'arrive dans la salle de vidéosurveillance, les deux mêmes gardes du corps qui étaient là hier lèvent aussitôt les yeux vers moi.

— Où est-ce qu'il garde Desmond ? leur demandé-je sans détour. Et ne me racontez pas de conneries.

Ils échangent un regard.

— M. Kingsley nous a informés...

— Je me fous de ce qu'a dit monsieur Kingsley. Soit vous me dites où il est allé, soit je le retrouverai par mes propres moyens.

Sur ce, je sors l'arme de ma ceinture et la pointe sur le type à gauche.

— Maintenant, soit l'un de vous deux commence à parler, soit je me mets à tirer.

Dix minutes plus tard, je suis en train de sortir la camionnette de sa place dans le garage. Je devrais m'en vouloir de les avoir menacés, mais je n'ai aucun remords. Je tape l'adresse que les gardes m'ont donnée, et repense à ce que m'a dit Gracin la veille. Je ne suis pas impuissante. Je suis capable de me défendre. J'ai tué un homme, j'en ai blessé d'autres et j'ai échappé à la police. Pour le gouvernement américain, je suis sans doute qualifiée de criminelle et de fugitive. Je ne vaux pas mieux que le malfrat que représentait Gracin pour moi lorsque nous nous sommes rencontrés. Ai-je déjà été la gentille dans tout ça ? Peut-être que non. Peut-être que je suis la méchante.

Il s'avère que Sal n'est pas loin. L'homme possède une maison à la frontière entre la Californie et le Mexique, où il organise les livraisons de drogue avec ses contacts mexicains et le cartel. Selon Gracin, cela faisait longtemps qu'ils n'avaient pas fait affaire, c'est pour ça qu'il lui a fallu autant de temps pour retrouver Sal. Peu m'importe, du moment que je le fais payer pour ce qu'il m'a pris.

La maison, qui n'est qu'à environ quarante-cinq minutes de route, est une gigantesque monstruosité contemporaine. Le genre d'endroit qui symbolise la richesse et les privilèges. Enfin, ce serait le cas si la pelouse devant la maison ne donnait pas l'impression d'avoir été le théâtre d'un carnage entre gangs. Il y a des cadavres partout. Je vois de la fumée s'élever du poste de garde qui protège l'allée, et le portail d'entrée a été détruit.

Je suis peut-être folle, mais ce spectacle me fait chaud au cœur et m'excite comme une puce. Être la cible de la rage meurtrière de Gracin peut être effrayant, mais être la motivation de sa vengeance me fait un peu craquer. Je remonte l'allée en prenant soin de ne rouler sur aucun des cadavres, puis je m'arrête à côté du SUV de Gracin.

Mon pistolet entre les mains, je me baisse et regarde s'il y a du mouvement à l'avant de la maison. N'en voyant aucun, je longe discrètement les voitures jusqu'à la porte d'entrée. Je n'entends personne à l'intérieur et, pendant un instant, je pense être arrivée trop tard. Mais j'entends des éclats de voix.

Celle de Gracin, et une autre, qui ressemble à celle de Sal. Je bous d'une rage contenue qui neutralise la peur que je pourrais éprouver. Je jette un œil par la porte grande ouverte, et laisse mes yeux s'habituer à la pénombre.

Un pistolet braqué sur ma tempe me dissuade de faire un pas à l'intérieur.

— Qu'est-ce que tu fous ici ? demande Gracin en s'approchant derrière moi.

— Qu'est-ce que tu crois ? lui rétorqué-je d'une voix cassante, parfaitement consciente du pistolet qu'il enfonce dans le bas de mon dos. Tu peux baisser ton arme, tu sais.

— Je ne t'avais pas dit de rester à la maison ?

— Depuis quand je t'écoute, bordel ? rétorqué-je avec virulence. Tu savais que je ne voulais pas encore une fois être laissée derrière !

Gracin baisse son arme et me force à entrer dans une alcôve, dans un coin, hors du couloir principal.

— Après hier soir, je pensais que tu comprendrais pourquoi je ne peux pas t'emmener.

— Je me fiche de ce que tu veux, Gracin, dis-je. Tu pensais vraiment que le sexe changerait ce point ?

Lorsqu'un bruit de bousculade se fait entendre dans le couloir, nous nous retournons tous les deux en même temps.

— On en parlera plus tard, dit Gracin dans mes cheveux. Tu as ton arme ?

Je la brandis et lui lance un regard acerbe, ce qui le fait rire. Il faut croire que je n'ai pas réussi à cacher ma fureur.

— Brave fille.

Malgré mon irritation, je lui rends son sourire.

— Reste derrière moi, dit-il. Et, pour l'amour du ciel, ne fais rien de stupide ! Je ne me suis pas efforcé de te protéger tout ce temps pour que tu te fasses tuer.

Nous nous rapprochons de l'extrémité du mur, puis nous retournons dans le couloir vide, quand résonne la voix de Sal.

— Autant en finir maintenant, King ! Ce n'est pas ton genre de faire traîner les choses.

Devant moi, Gracin se fige, avant de se remettre à avancer dans le couloir. Comme il ne répond pas, Sal poursuit.

— Très bien, comme tu veux. J'avais l'intention de négocier

avec toi, mais si tu te montres déraisonnable, on va devoir régler ça autrement.

Je doute fortement que Sal envisage une seule seconde de négocier avec nous. S'il a eu le culot de torturer une femme juste pour retrouver Gracin et venger la mort de son fils, rien ne l'empêchera de nous tuer tous les deux dès qu'il nous aura repérés. Notre seule chance est de l'atteindre en premier. Ainsi, plus personne ne sera aux trousses de Gracin, et, moi, je pourrai enfin tourner la page. Oublier Vic, et oublier ce que ces hommes m'ont fait. Je ne sais pas si cela implique de continuer ma vie avec Gracin ou sans lui, mais je suppose que nous devrons répondre tous les deux à cette question une fois que nos vies seront hors de danger.

Nous tournons dans une pièce qui semble être un grand salon. Sal attend là, avec deux autres hommes, les deux mêmes inconnus qui étaient présents aux côtés de Danny lors de cette fameuse nuit. Le diable en personne est également de la partie, et, vu son expression hargneuse, je suis étonnée de ne pas l'entendre grogner dès qu'il nous aperçoit.

Mon doigt se crispe sur le côté de la détente, mais je me force à garder mon calme lorsque je croise le regard meurtrier de Danny.

— Sal, dit Gracin en baissant son arme.

La démarche décontractée et souple de Gracin contredit la concentration avec laquelle il regarde Sal.

— King. Je regrette que nous devions nous revoir dans de telles circonstances.

— Non, c'est faux, répond Gracin.

Sans la moindre trace de remords, Sal hausse les épaules et sourit, puis tourne son attention vers moi.

— Et cette charmante demoiselle. Nous nous retrouvons. Je dois te dire, King, celle-ci est spéciale. Ce n'est pas tous les jours que quelqu'un survit à Danny et peut raconter ce qui lui est arrivé.

— Qu'est-ce que tu veux, Sal ? demande Gracin.

Son ton montre clairement qu'il n'a aucune patience face aux tergiversations de Sal.

— Je veux ta mort, répond l'homme sans détour.

Il se tourne et me regarde dans les yeux.

— Et je suis prêt à offrir à ta jolie petite copine la possibilité de redémarrer sa vie si elle fait le sale boulot pour moi.

— C'est une offre intéressante, dis-je, sans laisser paraître mes émotions. Mais elle ne suffit pas à combler mes attentes.

Sal hausse un sourcil.

— Quelles sont-elles exactement? demande-t-il avec un rictus.

Danny se fige et je lui adresse un sourire cruel.

— Lui, précisé-je en désignant Danny d'un signe de tête. Mort.

Sal réfléchit un instant. Danny, à qui ce silence n'échappe pas, réagit brusquement et rugit. Gracin se jette devant moi, et, l'instant d'après, un coup de feu retentit à travers la pièce.

CHAPITRE TRENTE-ET-UN

L'impact de la balle projette Gracin en arrière, puis son corps s'écroule sur le sol, inerte.

Tout s'arrête.

Ma respiration.

Mon cœur.

Mon monde...

Tout.

Ne meurs pas, s'il te plaît. Ne meurs pas, s'il te plaît. Tiens bon, encore quelques minutes.

— Espèce de salaud! craché-je entre mes dents serrées, tandis que je pointe mon arme sur Danny.

La seule cellule cérébrale qu'il possède entre les oreilles doit lui dire de me craindre, car son visage perd toutes ses couleurs.

— Tu es du genre fougueuse, n'est-ce pas, *cara mia*? chantonne Sal.

De là où je me trouve, il est difficile de savoir si le sang coulant du corps de Gracin provient d'une blessure mortelle ou d'une plaie superficielle. Mais je n'ose pas quitter Danny des yeux, de peur d'être sa prochaine victime.

— Qu'est-ce que vous voulez?

Sal traverse la pièce tandis que Danny et ses camarades me gardent en joue.

— Ce que je veux? répète Sal avant de sortir une carafe de whisky et de s'en servir une bonne dose. J'ai obtenu ce que je voulais. Le King est mort, ou il le sera bientôt. Il est mort en sachant que sa femme était entre mes mains et que son destin dépendait de ma volonté. Il est mort en comprenant ce que j'ai ressenti quand il a assassiné mon fils. Il n'y a que les enfants et la famille qui comptent pour moi. Les employeurs de King le savaient. Mon fils était censé être hors limites.

Au fur et à mesure que Sal parle, des postillons jaillissent de sa bouche.

— King aurait dû le savoir.

— S'il ne le savait pas à l'époque, il le sait maintenant, espèce de connard! crié-je.

— Épargne-moi cette comédie, dit Sal en agitant la main.

Danny fait un pas vers moi.

— Je vais m'occuper d'elle, patron.

— N'y pense pas une seconde, rétorqué-je en postillonnant.

Sur le visage de Danny, je vois la nervosité.

— Attends. Tu ne lui as rien dit, n'est-ce pas?

Sal prend une autre gorgée et repose son verre sur le bar.

— À quel propos?

— Elle est complètement folle, patron, m'interrompt Danny. Elle délire. Ce n'est pas étonnant si c'est la pute de King. Qui peut coucher avec un psychopathe dans son genre sans prendre le moindre médicament?

Sal le fait taire d'une main, puis se tourne vers moi.

— À quel propos?

— J'étais enceinte de huit semaines, l'enfant de King, quand vos gars m'ont récupérée, expliqué-je avec un air de défi.

Je regarde ensuite Danny avec toute la haine et le dégoût dont je suis capable.

— Je n'étais plus enceinte après qu'ils en ont eu fini avec moi.

Telles des pierres jetées au fond d'un lac, les ondulations provoquées par mes paroles se propagent et ébranlent tout sur leur passage. La tête baissée et les mains levées pour se protéger, Danny se tourne vers Sal.

— Je ne savais pas, dit Danny d'un air misérable.

La rage envahit le visage de Sal, qui devient rouge écarlate.

— Espèce d'idiot ! s'exclame-t-il. Si tu n'étais pas un membre de ma famille, je te mettrais moi-même une balle dans la tête. On ne tue pas les enfants !

— Laisse-moi t'épargner cette peine, dit Gracin d'une voix rauque.

Tous les regards se dirigent vers lui, qui est étendu au sol, au moment où un deuxième coup de feu retentit dans la pièce.

Un cercle rouge se forme juste au-dessus de l'œil gauche de Danny, puis ses jambes se dérobent sous son poids. Mort, il tombe au sol dans un bruit sourd. Les deux balles suivantes éliminent les deux brutes qui se tiennent de chaque côté de Danny, avant même que je ne comprenne ce qui vient de se passer.

Sal hurle de rage, et, comme je l'ai fait il y a quelques mois, je réagis instinctivement pour protéger l'homme dont je ne peux me passer. Le coup part dès que je presse la détente, que je touche à peine. Projeté en arrière, Sal atterrit lourdement sur le canapé.

Après quelques secondes de silence stupéfait, pendant lequel nous essayons tous les deux de comprendre l'enchaînement des événements, Gracin lève les yeux vers moi.

— On m'a encore blessé.

Je nous surprends tous les deux en me jetant sur lui, et en lui donnant un coup de poing dans la mâchoire.

— Mais qu'est-ce qui t'a pris, espèce de psychopathe suicidaire ? Tu pensais être héroïque en interceptant une balle ? Tu pensais que je te remercierais de mourir sous mes yeux ?

Gracin se laisse retomber sur le sol et se couvre le visage avec son bras valide.

— Si tu veux crier, est-ce que tu peux le faire un peu moins fort ? J'ai sacrément mal au crâne. Je crois que j'ai plongé la tête la première vers le carrelage.

— Tu peux t'estimer heureux d'être blessé. Sinon, je t'arracherais les couilles à mains nues.

— On dirait que j'ai une mauvaise influence sur toi, répond Gracin en souriant.

Malgré son bronzage, il est presque aussi blanc qu'un fantôme.

— Tu es beaucoup plus violente maintenant que lorsqu'on s'est rencontrés.

— Je me demande pourquoi... ?

Avant toute chose, j'inspecte la blessure de son épaule. Soulagée qu'elle ne soit pas fatale, je déchire un morceau de mon t-shirt et l'enroule autour de son bras, me délectant de ses grognements de douleur.

— Tu n'aurais pas dû faire ça, dis-je, une fois que j'ai terminé, une fois la peur et la colère passées. J'ai cru que tu allais mourir.

— Il fut un temps où tu t'en serais réjouie.

Je ne relève pas cette remarque, car la torpeur due à l'adrénaline qui a parcouru mon corps toute la journée laisse place au choc. J'ai presque failli le perdre. Ce n'est pas passé loin.

Gracin me relève le menton.

— Hé! Tu ne m'as pas perdu. Je suis là. Je ne vais nulle part.

Sans tenir compte des corps qui jonchent le sol de la pièce, je m'accroupis pour l'aider à s'asseoir. Une fois qu'il est en état de bouger, je le soulève et l'aide à avancer vers la porte.

Au lieu de continuer cette conversation hasardeuse, je change de sujet.

— Qu'est-ce qu'on va faire pour cette pagaille? Est-ce qu'on aura encore plus de chefs de gang et de sbires à nos trousses demain matin?

Gracin pousse un soupir tandis que nous retournons péniblement vers les véhicules. Je n'ai pas besoin de le tenir. Son bras a été blessé, pas ses jambes. Mais je n'arrive pas à le lâcher. J'ai besoin de m'accrocher à lui pour m'empêcher de trembler.

— Ils ne s'arrêteront probablement jamais. Je ne me fais pas vraiment d'amis dans mon métier.

— C'est bon à savoir. On prend ma voiture ou la tienne? lui demandé-je en arrivant près des véhicules.

Gracin me regarde avec un mélange d'exaspération et de confusion.

— C'est tout ce que tu as à dire?

— On en parlera demain, rétorqué-je simplement. Bon, quelle voiture?

— C'est sans importance, déclare Gracin en secouant la tête. Je demanderai à quelques-uns de mes gars de récupérer l'autre quand ils viendront faire le ménage.

— Tu as des gars qui s'occupent de... peu importe, dis-je en agitant les bras. Je ne veux pas savoir.

CHAPITRE TRENTE-DEUX

Lorsque nous arrivons, la maison me paraît différente. Cela ne me surprend pas. Je ne suis jamais venue dans le manoir de Gracin de mon plein gré, et, lorsqu'il m'a conduite ici la première fois, c'était le milieu de la nuit, et j'étais inconsciente.

Je lui ai proposé de conduire, car il est blessé, mais il n'a rien voulu entendre. Du sang suinte encore de sous les bandages, et l'entendre sortir de la voiture en grognant me fait soupirer.

Lorsque je l'emmène dans la salle de bain du rez-de-chaussée, où j'ai pris l'habitude de stocker des fournitures médicales précisément pour le jour où nous serions confrontés à ce genre de situation, Gracin ne proteste pas.

— Assieds-toi ! lui ordonné-je.

Il s'installe sur le couvercle fermé des toilettes.

— Ça devient une habitude, dit-il en levant les yeux vers moi.

Il a les paupières mi-closes, mais je vois un soupçon de douleur, et une pointe d'humour dans son regard. Il a dit quelque chose de similaire lorsque j'ai dû panser ses blessures à Blackthorne.

Je suis prise d'un élan de tendresse, telle une fleur solitaire dont le bourgeon sortirait d'une crevasse dans le béton d'un lieu abandonné. Pour dissimuler mon émotion, je baisse la tête et aide Gracin à retirer sa chemise, en prenant soin d'éviter de toucher son épaule. La blessure n'a pas l'air grave. Il peut s'estimer heureux que la balle n'ait pas fait plus de dégâts.

Après avoir rassemblé mon matériel, je passe mes mains dans ses cheveux, juste parce que j'ai besoin de me rassurer en le touchant. Il se penche vers moi.

— Quelqu'un doit veiller sur toi, dis-je finalement.

— Tu te portes candidate ? demande-t-il.

Je ne réponds pas, car je ne connais pas ma réponse. Dans un état de mutisme, je finis de faire le nouveau bandage, mais le silence devient si oppressant que j'ai peur de le rompre.

Gracin doit le voir sur mon visage, car il s'apprête à prendre la parole, mais se ravise finalement, et referme la bouche. Indécis, il serre les dents, puis secoue la tête.

— Viens me voir quand tu auras pris ta décision, dit-il avant de s'interrompre pour m'embrasser sur le front, le geste le plus affectueux que j'ai reçu de sa part.

Cela me brise presque le cœur.

Je suppose que le fait qu'il ne m'enferme pas dans ma chambre est plutôt encourageant, et j'ai presque envie de rire. L'espace d'un instant, je dois réprimer un sourire. Comment se fait-il que je trouve si attrayante l'idée d'être en cage avec Gracin ? Peut-être parce qu'entre ces murs, j'ai trouvé la liberté, même si c'est pour être entre les mains de mon ravisseur.

Je nettoie le bazar, et range le matériel pendant que je passe en revue les options qui s'offrent à moi.

Gracin n'est pas un homme bien. Il serait le premier à me le dire. Il est impitoyable, sanguinaire, et ne se conforme pas aux lois. Les seules règles qu'il suit sont celles qu'il a établies, et il ne s'en excuse pas.

Je visualise aisément ma vie sans lui. Elle serait magnifique. J'aurais une nouvelle identité, une qui n'aurait pas de mandat d'arrêt à son nom, et je finirais par m'installer avec un homme, acheter une maison, adopter un chien, et avoir deux ou trois enfants. C'était la vie que je désirais lorsque j'ai rencontré Vic. La vie que je croyais pouvoir bâtir avec lui.

Maintenant... maintenant, je suis incapable d'imaginer une vie sans Gracin. Les moments difficiles sont durs, mais les moments heureux, l'excitation que je ressens chaque fois que je le vois ? Il n'y a pas de comparaison possible.

Je me retourne pour aller le chercher et manque de lui rentrer dedans.

— Je croyais que tu me laissais respirer, dis-je, stupéfaite.

Les mains crispées le long de son corps, il a le torse taché de sang et le visage couvert d'ecchymoses.

— J'ai changé d'avis, répond-il.

À ces mots, je me mords la joue.

— Vraiment ?

— Oui, dit-il en faisant un pas mesuré vers moi.

— Et qu'est-ce que tu as décidé ?

Gracin s'approche suffisamment pour me relever la tête d'un doigt. Son expression est sérieuse, et, même s'il peine à ouvrir un de ses yeux, son regard est solennel.

— Je me suis dit que j'avais eu raison de t'enfermer ici pour t'empêcher de fuir vers le danger.

Je me crispe légèrement, mais Gracin pose un doigt sur mes lèvres.

— Je voulais te garder ici pour m'assurer que tu étais en sécurité. Te voir dans cet entrepôt, dans cet état... c'est quelque chose que je n'oublierai jamais. Quand tu as débarqué dans la pièce et que Danny a pointé son arme sur toi, j'ai compris que je ne voulais plus passer un seul jour sans toi. Ce qui se passerait si je te laissais partir, alors je t'enchaînerai au lit s'il le faut, afin de te garder dans ma vie.

— Et si je te répondais que je veux toujours m'en aller ? Tu ne me laisserais pas partir ?

— Non, répond-il d'un ton définitif et virulent. Non, je ne te laisserais pas partir.

Il se tait pour m'embrasser. Je sens le goût métallique du sang provenant de sa lèvre fendue, mais derrière... juste derrière, je perçois cette saveur enivrante. Avec un soupir, je m'avance pour me blottir davantage contre lui.

— Je ne te laisserai pas partir, murmure-t-il contre mes lèvres, mais chaque jour qui passera, je tenterai de te convaincre de rester.

— Comment penses-tu y parvenir?

À présent, ma respiration est plus haletante et mon cœur, dont les palpitations sont toujours alimentées par l'adrénaline de notre fuite, s'emballe.

— Et si je te le montrais, plutôt?

Je frissonne contre lui, puis il m'entraîne dans le couloir. Il embrasse mes joues et mon oreille, avant de jurer à voix basse et de me plaquer contre le mur de la cage d'escalier. Avec mes mains, je tire sur sa ceinture et attire Gracin contre moi.

— Tu essayes de me distraire? demande-t-il en léchant le creux de ma gorge.

— Peut-être. Ça marche?

Quand il frotte son érection contre moi, je retiens mon souffle.

— À toi d'en juger, répond-il.

Je gémis et le tire derrière moi dans le couloir.

— Je crois que j'ai encore besoin d'être convaincue, dis-je avec un sourire malicieux. Enfin, si tu n'as pas trop mal.

Quand nous arrivons à la porte de sa chambre, Gracin se plaque contre mon dos et presse son membre dur contre la fente de mes fesses.

— Jamais. Même si j'étais mourant, tu m'exciterais toujours.

Il ouvre la porte, et nous nous précipitons à l'intérieur avant de la claquer derrière nous. J'essaye de me retourner, mais Gracin maintient mon dos collé contre son torse et place mes mains au-dessus de ma tête.

— Garde-les comme ça, grogne-t-il.

Je suis tellement excitée que je n'ai pas la force de discuter.

Derrière moi, je l'entends se débarrasser de ses vêtements. J'entends le cliquetis de sa boucle de ceinture, le claquement qu'elle fait en tombant sur le sol, le zip de sa fermeture éclair, le bruisse-ment de son pantalon qui tombe par terre. Quand je sens à nouveau la chaleur de son corps dans mon dos, je me mets à trembler.

Je fais mine de vouloir baisser mes mains, ce qui me vaut une morsure au niveau de l'épaule en guise de punition.

— Je croyais t'avoir dit de les garder là.

— S'il te plaît, murmuré-je. Je veux te toucher.

— Ça viendra. Patience, petite souris, dit-il avant d'embrasser la zone qu'il a mordue et d'apaiser la douleur avec sa langue.

Je fais comme il demande, mais seulement parce qu'il ne cesse de me toucher. Basculant la tête en arrière, je gémis en direction du plafond tandis que ses mains caressent mes seins à travers le tissu de mon t-shirt fin.

— Enlève-le, supplié-je.

Il s'exécute et remonte le t-shirt par-dessus ma tête avant de le jeter au loin.

— Enlève tout.

Cette fois, il titille mon corps au lieu de m'obéir. Je me balance d'un pied sur l'autre, puis rejette mes cheveux en arrière. Avec ses mains, il enserre mes seins par-dessus mon soutien-gorge, puis dessine des cercles sur le coton. Le rembourrage est suffisamment épais pour que je ne sente rien, mais savoir que ses doigts sont à une épaisseur de tissu seulement me rend folle.

Alors que je me trémousse sans retenue contre lui, Gracin baisse les bonnets de mon soutien-gorge pour accéder à ma peau. De ses doigts habiles, il joue avec mes tétons et m'arrache des gémissements de plus en plus intenses. Gracin les pince juste assez pour me procurer un mélange de douleur et de plaisir, puis il détache mon soutien-gorge et descend ses mains jusqu'à la ceinture de mon jean.

Le souffle coupé, je sens ses doigts courir le long de la couture.

— S'il te plaît, murmuré-je.

Cette fois, Gracin me donne ce que j'attends et déboutonne mon pantalon, puis plonge sa main en dessous.

D'une main, il me tourne la tête afin de pouvoir approcher ses lèvres des miennes, tandis que, de l'autre, il trouve ma moiteur et l'effleure du bout des doigts.

— Si prête, dit-il. Je crois que l'idée de rester ici te plaît. Ma petite souris s'est-elle transformée en chatte ?

Je marmonne des mots inintelligibles contre sa bouche, et je le sens sourire. Mon cœur fait un bond dans ma poitrine. Je sais que je ne pourrai pas lui résister. Aucun remède n'existe contre son emprise sur moi. Je ne peux pas m'enfuir. Même si l'option se présentait, je ne pense pas que j'en serais capable.

Avec sa langue, il envahit, pille et conquiert ma bouche, et je réponds à chaque attaque par une riposte, ce qui lui arrache un gémissement. La main sur ma gorge se resserre, me rappelant infailliblement la première fois où il m'a plaquée contre un mur. Le souvenir ressurgit et m'incite à me cambrer contre lui à la recherche d'un charme pour calmer l'ouragan qui se déchaîne en moi.

Gracin se contente de se rapprocher, si bien que je me retrouve coincée entre son corps et la porte. Le désir de trouver ma libération, de le toucher, et d'exprimer tout ce que je ne peux pas dire avec des mots me fait trembler.

— Chut, je suis là, dit Gracin en commençant à faire bouger ses doigts.

Je ne peux rien faire, à part subir. Il continue cette délicieuse torture, si bien que la porte finit par vibrer sous l'effet de la tension qui s'accumule en moi. Juste au moment où je pense que je vais basculer, il s'écarte et me permet de redescendre mes bras le long de mon corps.

Quand je me retourne, Gracin me prend dans ses bras et m'emmène vers le lit. Avec avidité, je l'enlace et accepte le poids de son corps sur moi. J'enroule mes jambes autour de sa taille pour le serrer contre moi.

— Attends, dit-il.

J'entends la présence d'un sourire dans sa voix.

— Pas si vite, petite diablesse.

— Je ne peux pas attendre, rétorqué-je en ondulant contre lui. Tout de suite.

Il réussit à baisser mon jean malgré le peu d'espace que je lui laisse, puis il recolle sa peau à la mienne.

— Je vais prendre mon temps, dit-il.

Et c'est ce qu'il fait.

J'ai l'impression qu'il se repent en quelque sorte pour tout ce qu'il m'a fait subir.

Pour m'avoir manipulée quand il était en prison, pour m'avoir enfermée, pour être la cause de mes souffrances. Il vénère mon corps avec les caresses les plus tendres, les plus enivrantes, jusqu'à ce que je sois au bord des larmes tant mon désir est puissant. Gracin ne s'est jamais excusé de ses actes, et je me rends compte que c'est inutile, tout comme c'est inutile de le remercier de m'avoir sauvée.

Lorsque des larmes se déversent du coin de mes yeux, Gracin les lèche tout en me pénétrant. Je retiens mon souffle lorsque je sens son piercing heurter et stimuler tous les points sensibles de mon intimité.

Ses coups de reins sont lents et mesurés. Quand j'ouvre les yeux, je le surprends à me regarder.

— Reste avec moi, dit-il, juste avant de trouver ma bouche pour m'embrasser tendrement. Dis-moi que tu vas rester avec moi. Je ne peux pas te perdre.

Les mains dans ses cheveux, je le regarde dans les yeux.

— Tu ne pourrais pas te débarrasser de moi, même si tu essayais.

Mes paroles ont un impact sur lui, car il accélère la cadence. Au moment où je le sens se convulser contre moi, je réalise qu'il a peut-être autant besoin de moi pour panser ses blessures que j'ai besoin de lui pour me prouver que je suis indispensable à quelqu'un.

Alors que je jouis autour de lui, enveloppée par ses bras et maintenue par son poids, je sais pertinemment que je ne passerai pas une minute de plus sans l'avoir à mes côtés. S'il est l'équivalent d'une drogue, je suis prête pour la montée. J'en veux une autre dose, et une autre, et une autre, jusqu'à en mourir ou à avoir un avant-goût du paradis.

Je me perds dans les baisers, les caresses, et l'amour toxique de Gracin.

CHAPITRE TRENTE-TROIS

— Le parquet appelle Tessa Emerson à la barre.

Dans une autre vie, la peur m'aurait paralysée au moment de me rendre à la barre, de la même manière que l'aurait fait mon ex-mari durant notre mariage. Je ne suis pas étrangère à cette emprise sinistre, mais aujourd'hui, j'affronte mes peurs au lieu de les fuir.

L'huissier me conduit à la barre, où je m'assieds face à une salle remplie de gens écoutant depuis des heures les récits des témoins. Quelques geôliers ont affirmé que Vic était un homme et un mari intègre, mais leurs déclarations ont été invalidées dès qu'Annie a pris la parole. Apparemment, je n'ai rien réussi à lui cacher, car elle a rapporté chaque ecchymose et chaque côte cassée avec lesquelles je me suis présentée au travail. Mais ce n'est pas tout. Elle a fourni une série de photos de moi, assise à mon bureau, penchée sur des patients, à me tenir les côtes... Sur chacune d'elles, le jury a pu voir les marques violettes et bleues qui couvraient ma peau à divers endroits.

— Jurez-vous solennellement de dire la vérité, toute la vérité, et rien que la vérité? demande l'huissier d'une voix ennuyée. Que Dieu vous vienne en aide.

— Je le jure, dis-je.

Évidemment, Gracin n'est pas dans la salle, puisqu'il est recherché pour le meurtre de Tino Salvatore et pour son évasion de prison. Toutefois, il n'est pas loin, et il observe. Il patiente. Je puise ma force dans cette certitude, pendant que je me fais interroger par l'accusation au sujet de mon mariage avec Vic. Je réponds à leurs questions aussi honnêtement que possible. Lorsque je lui ai tiré dessus, j'ai agi en état de légitime défense. Ils n'ont d'ailleurs aucune preuve pour affirmer le contraire.

— Vous voulez dire que vous avez vécu dans une relation abusive pendant des années? Avez-vous déjà essayé de partir?

— Oui, à plusieurs reprises.

— Et que s'est-il passé?

— Il m'a battue.

Devant le sourire narquois de l'avocat, le public se met à chuchoter.

— Vous n'avez pas envisagé d'aller voir la police pour dénoncer son comportement?

— Si. Une fois.

— Une fois? Et qu'est-ce qu'il s'est passé?

Je tourne mon attention vers l'honorable juge Edward Milton, qui bouge sur son siège. Avec un haussement de sourcils, je lui demande sans dire un mot s'il veut vraiment que je réponde à cette question publiquement. Il suspend l'audience, mais cela ne change rien. Dès que Gracin et moi avons décidé qu'il était dans mon intérêt de me blanchir, je savais que je me retrouverais tôt ou tard devant l'homme qui m'a dit que les femmes devaient obéir à leur mari. Le teint livide de son triple menton m'indique qu'il ne m'a pas oubliée non plus.

Comme la salle d'audience se vide, l'huissier me donne le feu vert pour quitter la barre. Le procureur me lance un regard méprisant, auquel je réponds par un clin d'œil. Ce n'est pas sa faute s'il fait un travail ingrat, et de toute façon, j'ai d'autres choses plus importantes en tête.

Je reste dans le hall en attendant qu'il se vide complètement. Presque tous les employés ont profité de cette interruption pour sortir déjeuner, alors personne ne remarque que je contourne discrètement la corde de velours séparant les zones autorisées au public des zones interdites. Personne ne m'arrête sur le chemin qui m'amène au cabinet du juge. Il s'agit d'une petite ville, et, même si tout le monde se connaît, les gens sont trop polis pour me dire que je n'ai pas le droit d'être là.

J'arrive devant la porte du juge Milton, et j'entre sans frapper. Il ne semble pas trop surpris de me voir, car le pistolet que Gracin pointe sur sa tempe retient toute son attention. Je ferme la porte derrière moi et m'assieds confortablement dans un fauteuil en cuir usé situé devant son bureau.

Le juge Milton s'apprête à parler, mais il referme brusquement la bouche lorsque Gracin le pousse avec son pistolet.

— Ce n'est pas le moment de parler. C'est le moment d'écouter.

— Je vois que vous vous souvenez de moi, dis-je. Bien, alors vous devez savoir pourquoi je suis ici. Je vais faire court, car vous ne méritez pas mon temps. Je vais être innocentée pour la mort de mon mari, et vous y veillerez. Sinon ? Eh bien, je pense qu'on va éviter d'être vulgaire. Vous comprenez ?

Une goutte de sueur coule sur le front du juge et tombe sur le bureau immaculé. Comme l'homme ne répond pas, je me penche vers lui.

— C'est le moment de parler.

Quelques heures plus tard, je sors du tribunal et monte dans le SUV discret qui m'attend le long de la route. Gracin m'attrape par le cou et m'embrasse longuement, avec passion, sans prêter attention à la file de voitures qui attend derrière nous que nous démarrions.

— Tu es une femme libre maintenant, dit-il après le baiser. Qu'est-ce que tu vas faire du reste de ta vie ?

— C'est une bonne question. Tu as des idées ?

Il me lance un regard qui me donne des papillons dans le ventre.

— Oh, j'en ai quelques-unes.

— J'en suis sûre, mais on va d'abord devoir faire une chose.

Gracin prend ma main et la porte à ses lèvres tout en se frayant un chemin dans la circulation.

— Ah ouais ? Laquelle ?

— Et si je te montrais ? proposé-je alors que nous arrivons à un feu rouge.

Gracin me jette un coup d'œil, et de mon sac à main, je sors une photo que je lui tends.

— Qu'est-ce que nous avons là ? demande-t-il.

— Une surprise, dis-je. Tu ferais mieux de te garer pour ne pas bloquer la circulation.

— J'aime les surprises.

Il s'exécute et quitte la route pour s'arrêter dans un parking désert.

Même si certains souvenirs m'empêchent de dormir la nuit, et me conduisent à me demander pourquoi je suis venue au monde pour endurer tout ce qu'on m'a fait subir, d'autres me rappellent pourquoi je continue à avancer et à me battre. La plupart d'entre eux comportent Gracin d'une manière ou d'une autre. Mais aucun ne parviendra à surpasser celui-ci.

— Tessa, qu'est-ce que c'est ? demande-t-il, même si nous connaissons tous les deux la réponse.

— Gracin, je ne sais pas ce que l'avenir nous réserve, et je m'en fiche. Tout ce que je sais, c'est que je ne peux pas imaginer un avenir sans toi. Je t'aime, tellement. Je ne pensais pas que cette chance nous serait à nouveau donnée, mais maintenant que nous l'avons, je suis tellement heureuse que ce soit avec toi.

— Tu es enceinte ? dit-il en levant les yeux de l'échographie.

Avant que je ne puisse répondre, il me prend dans ses bras et me serre contre sa poitrine.

— Je n'ai pas de mots pour décrire ce que je ressens pour toi, dit-il. Mais si ces mots existaient, ils ne seraient pas suffisants.

— Alors, tu es heureux ? lui demandé-je, les yeux remplis de larmes de joie.

— Je suis fou de joie, ma chérie ! s'exclame-t-il avant de m'embrasser à nouveau. Rentrons à la maison.

REMERCIEMENTS

À Melissa, qui est toujours à mes côtés. Sérieusement. **Toujours**. La personne qui a attendu (plus ou moins) patiemment l'histoire de Gracin. Celle qui m'a encouragée dès le début, ce jour où cette idée folle m'est venue. Celle qui a lu attentivement chaque chapitre aussitôt que je les terminais, avant de les mettre en pièces. Celle qui a écouté chaque idée, qui s'est lamentée du temps que j'ai mis à terminer cette histoire, et qui l'a aimée autant que moi (peut-être même plus).

Il n'y aurait pas de *Toxique* sans toi. Si tu n'avais pas été là, Gracin aurait continué à mijoter dans ma tête, à trépigner d'impatience et à me menacer d'un poignard.

Merci.

À ma mère, qui a répondu sans faillir à un million de questions au sujet des établissements pénitentiaires. Je ne serais pas là où je suis aujourd'hui si tu n'avais pas passé toutes ces années à trimer et à te dévouer. Je te suis redevable pour une grande partie de mes accomplissements. Grâce à ton soutien et ta patience inébranlables. Grâce à ton amour inconditionnel. (Grâce à tes tuyaux sur la façon de s'évader de prison). ;) Je t'aime, maman !

À tous mes lecteurs, et plus particulièrement aux Knockouts, mon groupe de lecteurs. Je ne trouverai jamais les mots justes pour vous exprimer ma gratitude. J'ai l'impression que vous savez exactement quand j'ai le plus besoin de vos encouragements, car vous êtes toujours là pour me dire des mots gentils ou me remonter le moral au moment où j'en ai le plus besoin. Merci de m'accompagner dans cette aventure. Je n'y arriverais pas sans vous !

Un grand merci à Michell Hall Caspar et à Mandy Sawyer pour votre vigilance !

Les auteurs seraient perdus dans cet abîme sans fond si les blogueurs n'existaient pas, ceux qui travaillent dur et soutiennent notre travail avec autant de passion que le leur. Un grand merci à : The Wonderings of One Person, SJ's Book Blog, EscapeNBooks, Books Over Boys, Crystal's Crazy Book Ramblings, Kiki Reader Loves Books, A Cup and a Book, Black Feather Blogger, I HAVE A BOOK OBSESSION, Exposure Book Blog, et bien d'autres encore. Si j'ai oublié quelqu'un, n'hésitez pas à m'envoyer un e-mail. Je peux mettre à jour cette liste et souhaite n'exclure personne ! : P

À PROPOS DE L'AUTEUR

 **Nicole Blanchard** est une autrice à succès publiée dans le New York Times et l'USA Today. Elle se spécialise dans les histoires d'amour dangereuses impliquant antihéros ou extraterrestres. Avec sa famille et leur ménagerie, elle vit en Floride, cet état ensoleillé.

Visitez son site web www.authornicoleblanchard.com pour en savoir plus ou pour vous abonner à sa newsletter grâce à laquelle vous pourrez recevoir des informations sur ses ventes et être tenu au courant de ses nouvelles parutions.

 facebook.com/authornicoleblanchard

 instagram.com/authornicoleblanchard

amazon.com/Nicole-Blanchard

 bookbub.com/authors/nicole-blanchard

goodreads.com/nicole_blanchard

 pinterest.com/blanchardbooks

 tiktok.com/@authornicoleblanchard

 threads.com/@authornicoleblanchard

patreon.com/NicoleBlanchard

AUTRES ROMANS DE NICOLE BLANCHARD

DARK ROMANCE

Queenmakers Series

Little Death

Until Death

Kiss of Death

Standalones

Toxic

CONTEMPORARY ROMANCE SERIES

First to Fight Series

Battleboro Fire & Rescue Series

Friend Zone Series